"大榕树"
原创文库

春雨的魅力

汤伏祥 / 著

海峡出版发行集团
海峡文艺出版社

图书在版编目(CIP)数据

春雨的魅力/汤伏祥著. 一福州:海峡文艺出版社,
2024.8
　"大榕树"原创文库　　　ISBN 978-7-5550-3769-9

Ⅰ.I267

中国国家版本馆 CIP 数据核字第 2024Q19Z16 号

春雨的魅力

汤伏祥　著

出 版 人	林　滨
责任编辑	林可莘
出版发行	海峡文艺出版社
经　　销	福建新华发行(集团)有限责任公司
社　　址	福州市东水路 76 号 14 层
发 行 部	0591－87536797
印　　刷	上海盛通时代印刷有限公司
厂　　址	上海市金山工业区广业路 568 号
开　　本	720 毫米×1010 毫米　1/16
字　　数	270 千字
印　　张	20
版　　次	2024 年 8 月第 1 版
印　　次	2024 年 8 月第 1 次印刷
书　　号	ISBN 978-7-5550-3769-9
定　　价	58.00 元

如发现印装质量问题,请寄承印厂调换

目 录

血浓于水的兄弟之情，早已化为我生命的一部分，我珍惜它、爱护它，愿它与此生永远相伴。

变成"居民户"就了不起吗？

　　那是 1995 年 8 月的一天，勤劳的母亲贩卖了些茶青，我和几个老人围坐在一起摘茶尖。这活也不知道是什么时候兴起的。我们村里祖祖辈辈，都是这般勤劳，种田种地，那是再自然不过的事情了，一到春天，茶叶就一茬一茬地长，然后我们就一茬一茬地采。我小时候就和母亲上山采茶过多次，其中上邻村茶山采茶最是辛苦。也就是小学五六年级的时候，我随母亲，带着饭盒、大米，步行两个小时左右，翻越两座山，到那里去采茶。父亲很有眼光，当大家都还窘困于村里茶山规模不大的情况下，父亲就与几个友人承包了邻村的一片集体茶山。满山尽是茶树，我们一去就是一整天，中午在山上用饭盒蒸饭吃。女人们采茶，我也跟着采。傍晚，父亲，还有其他男人，就翻山来把茶叶挑走，直接送镇上的茶厂加工了。从春天到夏天，父亲、母亲时不时要为茶叶的事情奔波，当然，他们的农活远非这点茶叶。父亲还在村里办有碾米厂，这活已够他忙的，还要种田、种地瓜。母亲也一样，农活样样都参与。父亲打稻谷、母亲割稻谷，我们兄弟也偶尔帮忙。父亲上山挖地瓜，母亲在家刨地瓜，然后晒成地瓜米。母亲虽是大户人家的女儿，但这些农活样样会，手脚麻利，相比而言，她做家务倒是显得略为粗糙。

母亲先前是采茶叶，然后直接将茶叶运到镇上去卖，不知道何时起，茶厂里开始流行茶叶的茶尖与茶青分开加工。茶尖就是茶叶的嫩芽，单独摘下来，单独加工，茶叶就显得上档次，也就可以卖个好价钱。母亲天生有生意的头脑，看到了其中的利润空间，就跟着村里几个能干的妇女一起贩卖起茶叶来了。也就是先收购村民们采下来的茶叶，然后，雇请老人帮忙将茶尖与茶青分开，茶尖、茶青各自送到镇上去卖。茶叶一斤才一块多，摘出的茶尖一斤可以卖到十块多，茶青一斤也可以卖到六七角，这样下来，一天也能挣个大几十块。

8月的那天，我围坐着帮忙摘茶尖，心情自然是愉快的，倒不是看母亲能赚到多少钱，也不是母亲会给我多少摘茶尖的工钱，而是我即将到福州来上大学了。前几天，我刚刚去镇上办了户口转出的手续。我的户口因此从"农业户"变成了"居民户"。这在当时是多么自豪的一件事。若干年后，我有一次回老家，村上一个姓叶的老支书很自豪地告诉我说，他的孙子去参军了，最诱人的待遇就是户口从农业转为非农业。我的大舅子，年轻的时候，也好不容易到南平城关弄了个"居民"的身份，可从来没享受过"居民"的待遇，也不知道"居民"还有什么待遇，后来想把户口迁回农村老家，结果还一度迁不回去。真是时代弄人，苦笑作罢。在那个时代的人看来，农业意味着农民，意味着落后；非农业，就是居民，就是城里人，就是先进，就是发达。可怜的中国农民，一个户籍制度，就把人分成了两等。为了有朝一日能从农业变成非农业，可谓用心良苦。现在想来，真是无语安慰。

高傲自满的我，看到自己也从农业转为非农业，就飘飘然起来。那次在摘茶尖时，弟弟也坐在我身边，我就一副了不起的德行。看到弟弟茶尖摘得不好，就批评起他来了。他从小就经常被我骂。小时候，我大多比较听话，家务活做了不少，弟弟从来不做。我看了，心态不平衡，就会骂他、批评他。大多时候，他就跑开，自己玩去了。后来，我上高中时，他念书实在吃力，就中途罢了，到福安城里打工了。现在看来，那个年代很多事情极为混乱。

弟弟打工时才十六岁，属于童工。但当时在我们看来却很正常，政府、企业估计还没有童工这个概念。弟弟能去城里打工，还得益于一位我尊敬的校长介绍。这位校长是我人生路上的贵人，我下面要单独写，这里先不赘述。

这次围坐摘茶尖，自己心情愉快，但却完全没顾及弟弟的感受，还在批评弟弟。弟弟向来对我尊敬，这是我后来渐渐明白的。现在我们兄弟俩可以说是无话不谈，他家许多事情还叫我拿主意。但那次的批评，显然让弟弟很失落——他说了句：你以为自己变成"居民户"就了不起吗？说完这话，就独自跑开了。母亲看到这一幕，也说我不要太得意，我惭愧得不知道说什么好。二十年过去了，我依然记得清晰。我不是在记住弟弟反击我，而是勉励我自己，不要太高傲自大，上了大学有什么了不起呢，从农业变成非农业又有什么了不起呢？我永远是农民的孩子，当时是，今天还是。我还勉励我自己，不要取得一点成绩就得意忘形了，兄弟永远是兄弟，要多多体谅暂时处于你下位的人，多多体谅他们的心情。

人的成长离不开贵人的相助，对于我来说尤其这样。我感谢、感恩给我帮助的人，是他们给了我梦想与精彩。

义父林梅生校长

1995年9月3日，我第一次出远门——我要上大学了。之前我只去过一趟宁德，没去过什么大的城市。相比现在的孩子来说，肯定是没见过世面，即使是现在农村的孩子见识也比我们那个时候宽广得多。

父亲带着我，从村里坐三轮摩托车到镇上。那个时候，三轮摩托车是乡村主要的交通工具，十几年后，政府突然说三轮摩托车不安全，便被取缔了，这是后话，暂且不表。我们从镇上又转中巴车到福安城关。到了城关后，父亲和我直接去林梅生校长家。

林梅生校长，时任宁德地区民族中学副校长。我们都习惯称他"林校长"。他是我成长路上难得的贵人。如今我能有一份安定的工作，能取得一点成绩，与他的关爱是分不开的，他是我成长的最初引路人。

我与他相识是1991年的正月。我原本在福安六中念初中。六中就在我们的甘棠镇上，我们村里同年级有十一个人在六中念书，我在六班。当时，我们十一个人经常聚在一起，相当快乐。1990年的夏天，闰五月十九日，在民中念书的堂哥伏智到富春溪游泳，结果在那里结束了年仅十九岁的生命。我的爷爷因此悲伤过度，就在那年的年底也离开了我们。也就在那年春节，我突然萌生了一个念头，也想去民中念书。那天，父亲在做线面，我把想法跟他说了。父亲先是一阵震惊，问我为什么要去民中念书，我说，城里的中学应该比镇上的好。父亲见我说的有道理，答应了这事。但父亲不认识民中的老师，怎么才能去得成呢？我就找伯父帮忙。由于我伯母的原因，我伯父认识了民中的副校长林梅生。我的两个堂哥在民中念书都得益于林校长的帮忙和照顾。大堂哥走了，1990年9月，我的二堂哥也从民中转学到了六中。如今，我却想来补他们的缺。

　　那年正月，伯父、父亲带我去民中见了林校长。这是我第一次见到林校长，我说，我要来民中念书。他见我有决心，便收下了我，让我办了寄读手续。于是我就开始了在民中的学习、生活。这一段的求学生涯对我的未来产生了影响。后来我们村里在六中念书的十个人，只有一人考上了高中，其他九个都回老家当农民了，假如我当时也留在六中，会不会也一样回老家干农活了呢？所以人的一生，在关键的时候，有了关键的人帮忙一把，的确少走不少弯路。我与林校长就这么一见，缘定了我们几十年的师生情谊、父子情意。

　　刚到民中时，我似乎没有一下子融入集体，加上寄读的身份，有时候难免失落，比如推选入团，我就没份，因为我的学籍还在六中，不属于民中的学生，很多事情没资格参与。但那时的我，不甘落后，总希望通过努力，能得到老师、同学们的认可。初三那年，原本成绩一般的我，一下子上升到班上第二名。这多少给了我信心。在林校长的帮助和努力下，我终于从寄读转为正式的学生。

　　后来我初三毕业，又考取了民中高中部，与林校长的交往越来越多。他知道我家里经济条件不好，有些可以减免的学杂费，都给我减免了，还把他儿子穿旧了的衣服转送给我。我偶尔也从老家给他带点地瓜、南瓜什么的土特产。就这样，我们高中三年不断来往。我隔一段时间就给他汇报我的学习情况，偶尔也会去他家蹭饭。

高二那年，我突然萌生了一个念头，想组织一个福安全市的学生文学社。于是我就去福安一中、福安师范、宁德地区农校等学校联系，把这些学校的文学社联合起来，组成福安市校园文学协会。我当时真是异想天开，充满激情，先是跑到市文联，找郑望生主席，希望这组织能归到市文联领导。他给我许多建议，支持我们的行动，但成立一个组织程序很复杂，需要民政部门的审批。我不甘心，就找了市民政局负责管理社团的人。那人告诉我说，学生成立社团组织，需要有学校的审批盖章。我只好又回过头来找民中分管学生工作的领导。显然，民中是不会同意学生去搞个全市的社团组织的。为了这个文学社，我甚至找到了时任市长钟明森，向他请求支持，钟市长赞赏我的行动，但说社团的成立当以民政局的意见为主。无奈，这层层的审批，差点断送了我的梦想。之前不是很理解，现在明白了，一个学生去组织一个社团，是相当不明智的，层层审批，也是出于对我的爱护。但当时，我并没有因此而放弃组织这样一个文学社团，于是就想到了林梅生校长。他完全信任我，就给我出点子。他建议就在地区中语会下面成立个学生创作的组织。

林校长当时兼任地区中学语文教学研究会的理事长。他真是真心真意干实事，真心真意爱学生，对学生的想法，总是给予鼓励并想方设法帮助实现，爱护有加。在他的促成下，福安市中语会校园文学社正式成立，我任首任社长。成立大会的时候，他在会上对我鼓励有加。他说，见我为了成立这个文学社，到处奔跑，充满了激情，他很受感动。但一个学生主要的任务是学习，学习成绩如果不理想而去组织这些，他是不赞成的。而他知道我当时的学习成绩列年段第五名后，便支持我去实现梦想了。充满激情、充满梦想地做自己兴趣的事情，而又不影响学习，这是最好不过的事情了。他还勉励其他同学要向我学习。林校长的一席话二十多年过去了，一直萦绕于耳边。是他让我渐渐走近了文学世界，后来我写了点文章，出版了几本书，这与当时他的勉励是分不开的。

林校长不仅在学习上、生活上、文学追求上关爱我、鼓励我，而且在我人生的十字路口再一次帮我实现了梦想。高三那年，学校推荐保送生，原本没有我的份。当林校长获悉福建师范大学中文系刚刚成立了文科基地班，他觉得这个文科基地班起点高，很适合我，于是他就主动找母校推荐了我。当时教育部在全国设立了二十二个文科基地班，以培养基础研究的专业人才。

林校长 1955 年毕业于福建师范大学中文系，毕业后与母校常有往来。他的推荐一下子被学校看中，于是有了我后来在长安山难忘的四年时光。

五年的关爱、勉励，指引着我前进，让我一步步走向成熟。我父母亲深深感受到林校长的恩情与付出。在我上大学之前，我父母亲提出要我给林校长做义子，林校长也同意了，他还给我取了名字——林朝亮。就这样，我们不仅有了师生的情谊，还有了父子的情意。

9 月 3 日那天，林校长给我买了去福州的大巴车票，我与他告别后，踏上了远行福州的路程，从此开始了在福州的学习与生活。

岁月已经渐渐远去，而美好的初遇总是让人怀念。我的大学时光从 17 号楼开始，这里有我的梦，我的故事。

初见 17 号楼

8

那是 1995 年 9 月 4 日的清晨。我初次来到省城福州，踏入了福建师范大学，初次与 17 号楼热情拥抱。前一天晚上，在林梅生校长的安排下，我与当时福安一中保送师大外语系的林琼轶乘同一辆大巴前往福州。林琼轶的车票也是林校长代为购买的，当时交通极为不便，从福安来福州，不到两百公里的路程，行车却要七八个小时，所以很多人选择坐晚上的车，这样可以在车上睡个觉，第二天到达福州。当时的大巴分上下两层，全部卧铺车位。我和林琼轶紧挨着睡一起。林琼轶有一米七的身高，加上穿着白色的短裤，腿显得特别长，人显得特别高挑，看上去确实美丽动人。青春蓬勃的我们那么近距离地躺在一起，却没有丝毫的邪念。想想当初，是如此的单纯，如此的天真。我们晚上十点从福安城关出发。上车后不久，我们陆续睡着了。有一下，我醒过来，发现已经到了罗源收费站了。罗源是哪里，我当时并不知道，但那个地名因此被我牢牢记住。第二天醒来，天已经亮了。车停在了福州泉头汽车站——福州到了。

第一次踏上福州的土地，我是那般好奇。因为我们两个人的父母也都没陪来。我们俩下车后，觉得有点茫然，不知道该做什么好。好在司机告诉我们可以去火车站广场看看。在火车站广场，我们看到了亲切的标语：福建师范大学新生报到处。一下子真是感觉好极了，好像找到了依靠。于是，我们就在报到处等候，等候其他乘火车来的新生，然后一起上了一部大巴。那大巴破旧得很，跑在路上哐当哐当地响，好像要散架了似的。大巴车除了司机座位外，没有其他座位了。我们拉着扶手，站在车厢里，大巴车载着我们向梦想的大学进发。

当时的师大破旧的大门前挂着工整的校名，后来才知道这校名是赵朴初先生题写的。一路上了长安山，到了中文系的17号楼。17号楼不高，只有五层。但位于长安山顶，倒有那么一点站在高处，俯瞰满园青春涌动的感觉，特别是站在五楼走廊上，可以一眼俯看到众多系的宿舍楼和两三个小操场。

17号楼的背后是成片的相思树，四季常青。当然，当初刚来报到，是没这般感觉的。只记得报到的时候，有个同年级的女生站在前面，身材魁梧，足足高了我两个头。后来我知道她身高一米八八，体重一百八十八斤。当时的我只有一米六多，体重九十四斤。在如此高大的同学面前，顿然感觉自己的渺小。这同学叫何云泳，是特招生，也是省体工队的排球队员。除了何云泳外，还有一个同学在报到现场也给我留下深刻印象，那就是阮乐峰。报到现场，她跟一个女的有说有笑，从话语中，能感觉出她对师大很熟悉。后来我才知道，那女的就是她姐姐，已经是音乐系的老师了。相比而言，师大对我是陌生的、新奇的。我只能慢慢来观察它、接近它，话语自然是少的。阮乐峰如此大方，侃侃而谈，而我显得相当拘谨。后来，当我逐渐融入这充满故事的17号楼后，每年看着刚来报到的新生，都难免会想起曾经的自己是那般的胆小、拘谨。

初次见到17号楼。在报到现场，当我递交了材料后，有个负责报到的老生见我名字，就很亲切地说：你就是汤伏祥呀。好像他跟我认识似的。接着，他很热情地跟身边的老生介绍说："这就是在日本的报纸上都发表过文章的汤伏祥。"我被他这么一说，也不知道回什么话好，就木木地站着。这时候，我中学时的一位老乡林挺来找我了，他比我高两个年级，在师大已经学习了两年，自然一切都熟悉了。我报到后，他就带我去找宿舍，跟我一起铺床，等等。他的热情帮助，让我一下子温暖起来，对师大的陌生感也好像一下子消失了。

初次见 17 号楼，它是那样的自然，那样的陌生，而又那样的亲切。17 号楼在我到来之前已经毕业了二三十届师兄师姐。轮到我们入住的时候已经略显破旧了。但对于我来说，它是崭新的，因为我的大学的帷幕才刚刚拉开，我的青春梦想才刚刚起航。四年难忘的大学时光，有泪水、有欢笑，有茫然、有激情，有颓废、有梦想……2013 年，17 号楼告别了它的历史，被拆除了。2014 年的夏天，我携太太、女儿再次到了那里，看到的只是一片废墟。

2015 年夏天，那里又重新盖起了新楼。但青春的故事永远不会因为它的拆除或者重建而消失而更改，那里留下了永远，留下了我们中文系人的美好回忆与眷恋……

曾经年少爱追梦，有梦的地方，就有我们的青春留影，就有我们追怀的往事。

初识室友

1995 年 9 月 4 日，我们带着梦想与激情相识于长安山，相识于 17 号楼，相识于 104 室宿舍。

有时候我在想，我们的大学是因为学习知识而让我们成长，还是结交同学而使我们成长？或者谁重谁轻，谁主谁次。或许在很多人看来，当然是学习知识重要了。但我以为，知识固然重要，但相比结识情意，特别是大学同学之间的情意，那知识都会显得轻薄了些。在成长的路上，我们需要知识的累积，但更需要友情的温暖。这就是为什么，我大学毕业后一直很在意同学的情意，都尽可能联系，出差之际尽可能与大家见上一面，闲聊一番。

那天报到后，老乡林挺带我来到了我的宿舍——104 室。在那里，我和室友度过了一年的时光。刚到宿舍的时候，我的名字被贴在了最里面左边靠窗的位置。当看到上铺的名字时，我笑了——罗新珍。林挺就问，怎么好像是个女生的名字？这名字确实如此，可后来见了罗新珍，才发现名字与人太不相符了，他完全是个人高马大的真男人。不过，在生活安排上，罗新珍还真有女人的细腻之心，对大家还很关照。刚刚报到后，他就鼓动大家去学生街买棉垫被，说在床板上垫上垫被会柔软，会比较舒服。还真如此，在他的鼓动下，好几个室友在大热天就垫起了垫被。

我们 104 宿舍安排了十个人住，报到第一天的情景，我记住得不多。但有一人是我们几个都记住了，那就是朱海华。朱海华报到的第一天，就长时间待在宿舍里，好像专门在等待我们一个个的到来。他有点胖，戴着眼镜，一副白净的模样。由于天气热，他一手摇着大蒲扇，一手拿着块小方巾，边摇蒲扇，边擦汗，一副逍遥自在的样子。那扇子估计是老家带来的，要不然，那玩意儿在学校里是难见的。第一眼见朱海华，不免会感觉这人有个性，摇着农村的大蒲扇，用着城里人用的小方巾，这架势、这行头是哪里来的。后来，我跟林滨聊起初识室友的情景时。林滨说，当时朱海华还穿着标有"电力"字样的 T 恤衫，一看就是"富二代"。

这个"富二代"在我们宿舍里，可是典型的"抠门男""吝啬鬼"。他留给我最初的印象就是一包榨菜配一两天的饭。当时一包榨菜才两角钱，他就如此"小气"地压迫自己，只配榨菜度日。我也是来自农村的，也算节约，但见如此节约的人还是第一次。但他似乎不在意别人怎么看、怎么想，时不时还很自豪地告诉我们说：这个星期我只配了三包榨菜什么的。我不知道他为什么要如此节约，后来也没有追问他。但有一次，他给了我们一个惊喜：学校组织捐款活动，他一下子拿出了我们班级最高的数额，具体多少，我忘记了。这真像教科书上所宣传的先进故事：一个相当"吝啬"的人，自己节约抠门，在捐款面前却毫不犹豫。陈永平把这个真人版的故事写在作文里，我们的写作老师叶素青教授还像小学老师那样，在班级里深情地念起陈永平的这篇作文。

炎热的夏天，104 室里拥挤着我们这十个来自不同地方的学子。罗新珍来自上杭、朱海华来自建瓯、林滨来自莆田、丁德银来自明溪、吴关键来自宁德、陈永平来自漳平、刘友能来自尤溪、王建忠来自安溪、何锦前来自武平，我则来自福安。宿舍里摆放着五张上下两层的学生床、五张桌子、十把椅子、一个脸盆架。床铺分两边摆放，靠墙，中间放桌椅，在少摆放一张床的一边，是水泥固定好的隔层行李架。一切的一切，都是那样井然有序地摆放着，没有多余的空间，过道只能过一个人。但就是在这样拥挤的环境里，当时的我们没有丝毫怨言，相比如今的学生宿舍，我们只能感慨时代进步了。

我们这十人，分处不同的两个班。朱海华、罗新珍、林滨、陈永平、我，属于文科基地班，另外五人属于教育本科一班。由于基地班当初招生的定位为非师范类学生，加上首届，在系里受到特别的垂爱，在生活上、学习环境创设上，基地班都受到特殊的"待遇"，这多少让人有了几分嫉妒。后来，我从基地班降到本科班学习后，才渐渐明白了：相聚就是一种缘分，何必在于你高我低呢？不同的待遇是外人的一种心意表达，又何必在意呢？同居者，当同心、投趣。

炎热不是夏天的专利，青春同样充满火热。

军　训

14　　　1995 年 9 月，炎热的夏天，我们在军训中度过。将近二十年后的 2014 年，媒体突然关注起军训来，报道到了诸如军训中学生猝死、学生与教官发生冲突等事件，典型的事件有湖南龙山师生与教官发生冲突、辽宁阜新学生军训期跳楼死亡等。在当时，似乎没人关注这些，军训在大家看来是再正常不过的事情了，几乎所有的大学都这样。跟我同一年进出版社的同事中，有一人是北京大学毕业的。我从她那里才知道，她 1990 年上北大，当时还被拉到石家庄陆军学院封闭式训练了一年。我们与她相比，真是小巫见大巫。

　　军训对于我们成长的意义，是什么呢？似乎每个人都有自己的答案，但在炎热的夏天，对我们的体力、毅力肯定是一种考验。有些时候我在想，我们的生活是如此顺当，没经历过什么波折，而父母要特意制造挫折、波折给我们也是不现实的。军事不算挫折、波折，但却给了我们一次难得的毅力考验。那一年的夏天，我们经历了考验。

　　基地班三十个同学与本科班四个班一百多人编成一个大队。基地班三十人中，男生只有五名。我们这五人与本科四班的男生编在一个中队，中队中又分有三排，我在哪一排忘记了。

　　军训对于我来说，还是能适应的。之前在农村干过不少农活，其中割稻谷是必做的活儿。上大学的那个夏天"双抢"还记忆犹新，我高中的同学陈晓峰、钟连木、陈平来我家玩，被我叫去一起收割稻谷。陈晓峰几乎没干过这活儿，做起来找不到北，弯下身割把稻秆就站起来休息，还时不时地擦汗，看起来有点狼狈。当然，军训与农活不一样，干农活，我有点样子，但军训却常常找不到感觉，除了体力和毅力还能吃得消外，其他的，似乎都在摸索中找感觉。

我们的教官是陆军部队来的，是驻扎在长乐的一个部队。担任我们中文系总教官的是一个指导员，他叫张俊龙。他对大家倒是严肃活泼并重，严肃的时候，一本正经，喊口号铿锵有力；私下里也喜欢聊天，笑眯眯的。

担任我们中队的教官是我们的同龄人，估计就大两岁，他叫存强荣。他高中毕业后去参军，是个下士。他对待军训相当认真，见我们动作不到位，就会严肃批评，然后不厌其烦一遍一遍地重复。我的动作老跟不上节奏，属于经常被"处罚"的对象。当时，还觉得有点不服气，感觉自己都对，怎么老处罚我呢？十几年后，我把动作表演给女儿看时，连女儿都纠正我、笑话我。

军训生活是单调的，先是不断地队列训练，接着就是体能训练，最刺激的主要有两项，一项是拉歌比赛，另一项是实弹射击。拉歌比赛贯穿整个军训过程，其中最有气势的场面就是到学校边上的海军礼堂去拉歌，你一首，我一首，整个海军礼堂歌声震耳，激情四溢，谁人愿意在这拉歌中落后呢？谁人不被这嘹亮的歌声感染呢？在上大学之前，我五音不全，几乎没上过音乐课。记得初三那年，我们毕业生都要会认识五线谱，而我对这"豆芽符号"始终没感觉，没能看懂一个。但又要考试，怎么办呢？我就在同学的帮助下，硬是背下了《欢乐颂》的曲子，最后总算勉强过关。到了高中，我们可怜的音乐课程被完全取消了。所以，这辈子只能哼上一段《欢乐颂》的曲子，其他的无缘了。军训的拉歌，让我忘记了自己还不会唱歌这事，但在那样的气氛下，不会者也不甘寂寞，都会拉上一把。曲子不会，歌词还是可以拉起来的。那唱、哄、喊的场面是那样激动人心、那样澎湃有力。拉歌不分胜负，都在尽自己的力量表达。一阵接着一阵，这个方阵拉起来，那个方阵又盖过声来，而教官一挥手，全场顿然鸦雀无声。那场景，虽然比不上真正的军营生活，比不上军营的宏大和整齐，但对于我们来说，也值得一辈子珍藏、回味。军训是辛苦的，但因为有了歌声，似乎还是充满了快乐。有时候我在想，音乐对于我们到底有什么作用，也许就是在疲惫的时候，它依然萦绕在你身边，或者给你舒缓，或者给你力量，让你继续微笑地面对生活。我们的拉歌或许就是这样传递着力量。

实弹射击，对于我们男生来说，的确是件兴奋、刺激的事情。经过一个星期的训练，我们都领到了"真家伙"。打靶那天，我们被有序地安排到学校背后的山头上进行实弹射击。说实在的，我没拿过那玩意儿，拿在手上还有点紧张，走火了怎么办。可真正轮到我的时候，瞄准，连续开了五枪，算了结了。由于我过于用力拉靶，结果枪柄把锁骨都磨出了红块，还疼痛了好几天。但受这点疼痛还是值得，成绩相当不错，五环四十四分。在我旁边的苏松妹紧张得很，成绩似乎不理想。想想，虽然训练时常被教官处罚，但打靶还给了自己点信心，也算开心一事。

拉歌、打靶，在我们的记忆里已经渐渐远去了，只有那些在我们生命中留下印迹的人还在为我们所挂念。我们的中队教官，虽然对我严厉得很，但我丝毫没有埋怨他，他对训练是如此认真，如此敬业。半年后，他考取了南京军事学院，很自豪地给我们班写信传递喜讯。我当时就在想，工作那么负责的人、那么认真的人，终究会有更好的发展的。我们真为他高兴、祝福。

军训中，由于我们与四班一个中队，在我印象里，四班的曾志君经常与我拌嘴，看我动作不到位，就坏坏地笑。我也一样回击她。她那充满青春的气息、充满可爱的坏坏的笑，给我的军训增添了色彩。多年后，我们在一起谈论军训时光，她还是一副坏坏的笑。那不变的青春印迹在军训中定是美丽的，也定是珍贵而令人留恋的。

净地何须扫，空门不用关。说来容易，能禅悟
到其中的道理却非易事。

鼓山之行

18

1995 年 10 月 2 日，国庆节期间，辅导员郑文灿老师组织我们年级上鼓山。那是我第一次上鼓山。鼓山，似乎是我们这些初到福州的客居者必定会去的地方。

初上鼓山，对鼓山很是好奇，但能留下印象的不多。涌泉寺虽为名刹古迹、佛家圣地，但全国的寺庙多为统一模式，而能留下印象的无外乎是寺中的铁树。寺中有千年铁树二株，我们去的时候，铁树正开花，蔚为奇观。据说后来，这奇观景象被封闭起来，到涌泉寺再也不能轻易见到。

鼓山上的摩崖石刻也有一番自己的特色，虽多为赞美之言，但错落分布，字随步移，倒也让人增长了不少知识，尤其是书法的个性，驻足观看，不失为一种熏陶、享受。

这次鼓山之行，那景色早已远去，倒是同行者记得甚为清楚。当初我们相识不到一个月，就能如此融洽地一起活动，甚为开心。罗新珍、张加钟、王雪清、胡莲英、龚明振……鼓山留下了我们活动的痕迹。前些天，我重新翻看当初的照片，看到我们曾是那样充满青春，那样天真烂漫。

国庆节的鼓山之行远去了，但鼓山留给我的还有很多美好的回忆，后来，我与美华恋爱后，也常上鼓山。若干年后的一个深秋的下午，我与美华重登鼓山。到了鼓山脚下，我们便拒绝了出租车司机的盛情相邀，沿着石鼓名道往上爬。

石道弯弯曲曲，两旁拂夹着树木，坡度也不大。阳光透过树叶的缝隙，斑斑点点地斜洒在我们的脸上。这个时候，游客大多已经下山了，我们走了一段，便解了夹克，继续往上爬。偶尔或立望江亭凝视远山；或休憩于大石块上，远瞰都城，城域模糊可见。深秋的风把石道两旁的树叶吹得零星飘落。我不由得想起戴叔伦在屈原三闾大夫庙前所题的那句诗句："日暮秋风起，萧萧枫树林。"戴叔伦面对屈原之祭庙，回想起屈原的不幸遭遇，感到秋风萧瑟的悲凉，寄托了他对屈原的同情与哀思。也许我们现在远离了那个时代，无法体会到那种"沅湘流不尽，屈子怨何得"的真实感受，有些时候，我们反而有一种"秋风送爽，落叶斑斑，漫步丛中，怡然自乐"的快感。历史远离了我们，我们无法靠近，也无法真正理解历史最原始的核心。我想，这或许就是历史在穿越了长长的时间隧道后的庆幸与悲哀吧。

下午五时，天已开始渐渐地暗下来了，我们沿着微微向上陡斜的石道，来到了涌泉寺。此时恰逢和尚在寺院里诵读经文，声音绵长、圆润。很长一段时间以来，我一直对诵读经文持有一种神秘感，总是怀着敬重的情感去接近它、聆听它。整齐而模糊的诵读，伴着铙儿、钹儿，有如一曲流动的牧歌，悠扬而富有弹性，浓厚而又淡雅。我再一次被这美妙的诵读声所陶醉，自己的思绪宛如在美丽的田野上驰骋，又好像在一个空旷的世界里，渐渐地消退。我和美华都无法作声，仿佛领悟到那种"溪花与禅意，相对亦忘言"的感觉。

不知觉间，钟楼里撞响起了醇厚幽远的钟声，钟声带走了太阳的最后一缕余晖。沸腾了一天的古刹和大山顿然间寂静了下来。几个和尚在平地上打羽毛球，不拉网，也不用劲，漫不经心的。

天色完全暗了下来，大雄宝殿里的油灯已经点亮了。我和美华固执地还要去仰视佛像，樽樽真金妆身，体态丰腴，容貌慈祥。或直立，或盘坐莲花须弥座上，垂脸闭目，静息入定。在暮色里，原本魁梧的佛像，越发显得神秘，不可侵犯。

幽静的大殿，幽静的长廊，一点一点地向暮色里延伸。幽静让人感到一种生命的分量。住在那里的和尚，凭借着一颗颗虔诚善意之心，甘愿固守在幽深古刹里。古山涌泉寺还算一座香火旺盛、住寺人员众多、又通了电的寺院，幽静就如此这般可怕，试想那些偏僻孤远寂寥的小寺庙，终年以油灯相伴，那种孤深、寂寥是可想而知了。"野寺来人少，云峰隔水深。夕阳依旧垒，寒馨满空林。"这就要修心者能耐得住寂寞，志坚心彻，心明神静。弘一法师曾作有一楹联，曰："老圃秋残犹有黄华标晚节，澄潭影现仰观皓月镇中天。"正是体现了出家人志坚心彻的心境。而生活在城市里的我们，是很难真正领悟到这种禅意的，也就无法接受那暮色笼罩下古刹的孤寂。我们过惯了充满明亮的热闹生活，也就自然害怕寂寞，恐惧孤静。也许生活本身是因人而选择的，乐趣也是因人而认定的。他们选择了古刹暮色里孤寂的生活，选择了"长江独自今"的悠闲生活，也就选择了这种生活的乐趣与自在。

我和美华从左长廊进去，右长廊出来，绕过放生池，从涌泉寺正门出来，准备下山。这个时候，月亮已经升得老高了。我们披上夹克，沿着石道往下走。

回到山脚下已是七时多了，我们的确都有些疲倦了，肚子也饿了，便坐在入口处的石桌上啃面包，无拘无束，戏称自由人，真有一种"净地何须扫，空门不用关"的感觉。

我的大学因它而精彩，因它而美妙。

学术部副部长

1995年10月，军训结束后不久，中文系学生会开始纳新，就是吸纳些学生到学生会来锻炼。当时的我，怀着一份激情，报名参加了学生会干部纳新。在这一轮的纳新中，也许是由于前面所说的，在开学报到的第一天就有师兄知道我在中学期间发表过文章，对我格外高看。我们1995级的新生入学生会，多为"部长助理"，因为学生干部形成了惯例，大一的时候助理锻炼，大二为副部长配合，大三为部长，大四退出学生会。但这次纳新，唯独我是副部长，而且是学术部。这部门确实不简单，可以说是学生会中最有实际工作的部门，不像什么学习部，就点名上课、抽查戴校徽什么的。学术部看似高深，但却以活动、以《闽江》为阵地，吸引了不少中文学子。

记得当时，系学生会给我们每个新入职的人都发了聘书。这个格外的副部长，让我觉得开心，也备感压力。当然，当时全然不知后面会有更大的压力和挑战在等待着我。当时学术部部长为1992级的罗立仪，他对我甚是关爱。

我任职学术部不久，罗立仪就组织了一次全校的活动——"闽教版"杯书评赛。我当时不知道具体情况，但罗立仪都拉着我一起做。罗立仪联系了福建教育出版社，由福建教育出版社提供图书，在全校学生中开展读书评价活动，然后评奖，再由福建教育出版社提供奖品，最后还要弄场颁奖晚会。这活动对于刚刚入校的我来说，无疑是新鲜好奇的。罗立仪带着我一起去福建教育出版社联系，找他们的发行科科长陈萍以及总编办的汤源生、发行部的薛勇等人。在罗立仪的统筹下，活动取得预期的效果，"闽教版"杯书评赛后来成了学校年年组织的大型活动之一；这活动也让我与福建教育出版社结下了渊源，以致后来我大学毕业进入出版社工作，同学们多以为我是到了教育社。

记得第一次"闽教版"杯书评赛，我除了参与组织外，自己也写了书评文章，具体写什么忘记了，获得了三等奖。活动的高潮部分是颁奖晚会。那天，福建教育出版社的阙国虬社长亲自来了，后来我才知道他是我们的系友，研究生毕业后在系里工作多年，后来调任教育社社长，同时是系里的兼职教授；那天，时任省委宣传部宣传处处长的马照南也来了；那天，系里的领导也都来了。领导们能如此关爱这个学生的读书活动，在今天看来是很难得的。晚会在学术报告厅举行，罗立仪在晚会上还做了发言，介绍了活动的组织过程。我作为组织的参与者，感觉真的很美妙。那时的我还以好奇的眼神在找寻——一个普通的活动怎么能让那么多领导关心呢？后来，轮到我自己独立组织的时候，我渐渐明白了，许多事情只要我们用心去做，再普通的活动也能做出精彩，做出特色，做出收获。

学术部除了组织"闽教版"杯书评赛之外，还有一项重要的工作——编辑《闽江》。这份1958年就创刊的学生文学刊物，在福建省高校中有很大的影响力，刊名是著名作家郭风题写的。那时的我，还不知道它的历史，只是在罗立仪的安排下，列为其中的编辑。我在念高中的时候，在福安成立了全市的校园文学社，当时就主编了一份学生刊物，名曰《天马山》，寓福安名山"天马山"高高在上之意。这份学生刊物当时出版了一期，我寄往全国多家学生报刊，文章也因此被转载了不少。由于有了当初的锻炼，知道了编辑刊物的流程，所以当罗立仪安排我编辑《闽江》时，便无畏惧感，对当时高两三个年级的师兄师姐们的稿件也敢动手修改。

初见《闽江》感觉质朴、新鲜；初编《闽江》感觉亲切、从容。当时这份刊物的主编是在念研究生的林女超，罗立仪为执行主编。我们编辑完稿件后，交给罗立仪，由他统稿，然后再交给林女超把关。林女超住在旧研究生楼，送稿之事多由我完成。这一来一往，也让我认识了高好几个年级的师兄师姐们，除了林女超外，还有师兄叶友琛。将近二十年后，我和叶友琛在他任职的福清聊起当年的情形，都感慨时光的飞逝，也都不免怀念起这份刊物对我们的帮助与锻炼。

学术部，这个重要的学生会部门，我与它相伴三年，我的大学时光，因为它而变得更为生动、更为精彩。《闽江》作为它的阵地，与我紧紧相连，让我为之疯狂，为之奔波，让我更为充实，更为开阔。甚至可以说，我大学的精彩而美妙的故事都可以从中找到答案。

大学，因为有了青春的闪耀而精彩，更是因为有了志同道合者而美丽。

我们也是一对

24

　　入学不久，我积极参加学校社团，加入了校青年通讯社。青通社，顾名思义，就是全校的学生记者组织。当时的社长叫张凯，政教系经济专业 1993 级的师兄，他很有风度，高高帅帅的，讲话不急不慢，很是斯文。他当时的女朋友、后来的夫人与他是同学，毕业后到中文系任辅导员，带 1996 级本科生。他也因此经常来中文系 17 号楼，所以我与张凯倒是经常见面。他毕业后到省社会保障厅属下的《就业与保障》杂志工作，由于杂志实行管办分离后，划给了省出版总社主管，我们还曾一度成了"出版系统人"，上下班时常碰面。后来，听说他离职了，我没打听他的去向，凭他的才气，可知去向肯定是更加光明。

　　青通社当时活跃分子当属王美金了。他是中文 1994 级本科生，写一手好文章，深得潘新和老师的赏识。十多年后，潘新和女儿结婚，被邀请的学生不多，王美金是其中的一位。在青通社开会时，张凯讲话后，王美金一般会补充，他布置内容很细致、很具体。在我看来，张凯、王美金可谓志同道合，他们带领着我们这些新人一起编织梦想。当时青通社的活动场所在文科楼边上的地理系宿舍楼一楼，只有一间活动室。但一周至少有两三个晚上，我们这些青年记者们都会聚集在那里，一起探索新闻线索、一起采写新闻稿、一起编辑刊物。

记得11月的一天，张凯和王美金在会上布置了一项大型的采访及新闻调查活动。就是定一个晚上，对校园的情况进行全面的调查，然后形成一份内参给校领导看。新闻调查的内容涉及很多，其中有几项我印象特别深刻，一是全校有多少间卫生间，男的有几间、女的有几间，男厕所的坑位有几个，女厕所的有几个，有多少卫生间坏了不能使用。二是晚上九点，有多少对男女学生在校园内黑暗处约会恋爱。三是全校八点有多少学生在教室内晚自习，有多少学生在图书馆学习或阅书。这几项，我印象特别深刻，其中第一项，不知道是谁想的，我当时就觉得特别有意义，像师大这样一所女多男少的大学，常常可以看到下课后，女生排队上厕所的盛况。明明知道女多男少，而且女生上厕所程序多，但为什么在盖楼的时候，决策者忽略了这点？我们的调查后来形成了内参，据说领导看了，也很是赞同，还表扬了我们一番。

这次调查活动，我被安排在学校大操场恋爱对数的统计。和我一起的是英语系的何晶。何晶是福州人，长得很漂亮，活泼伶俐。当天晚上，我们俩一起来到学校的大操场，在黑暗中走了一圈，一对一对地数，一共二十一对。数完，我开玩笑说：那我们也算一对吗？当时的她也大方地说，对对对，我们也算一对。虽然话语不多，平时也没有多少来往，但能从中感觉到彼此轻松的氛围，彼此都为青通社能给我们这样一个任务而自豪。

黑暗中有恋爱者的激情，也有旁观者的梦想。当时的我们心怀梦想，也总想把师长们安排的任务做好，得到师长们的认可。所以，我们非常认真地在一起做一些在今天的大学生们看来很幼稚的事情。但当时的我们真的很纯真、浪漫而有激情。

青通社，虽然也只是学校众多学生组织中的一个，但却充满了朝气与生机,我能体味其中的活力。当然,这与张凯、王美金等人的智慧、才气有关。两年后,当我自己主持青通社活动的时候,却少了这份激情,现在想来,都觉得愧疚。那是 1998 年的 6 月 4 日,校团委书记李锋老师找我谈话,叫我主持校青通社工作。这之前,中文 93 级的陈训明毕业后留校团委工作。他对我甚是信任,在大一的时候,他任校学生社团联合会理事长,就把我叫去做他的助手,担任秘书长。当时的我,也不知道要做什么。但只要他交代的事情都会尽力去完成。陈训明任校学生会主席后,依然对我很赏识。毕业后,他在校团委负责管理学生工作。对于青通社的常务副社长人选(社长由陈训明兼任),他再一次看中了我。事实上,他高看了,我辜负了他。因为此时的我大三马上结束,大四的学生一般不任学生干部了,接下来就要毕业实习,而最关键的是我当时正在追求女朋友,对于青通社工作似乎失去了动力。虽然名为青通社的一任常务副社长,却少了当年张凯、王美金他们的干劲,这是要愧对大家的。因为一个组织,如果当家人没了梦想与干劲,那下面的人何来锻炼,何来受益呢?还好,当时我虽然忙于恋爱,荒废了梦想,但中文 1997 级的张凝热情颇高,许多活动他都主动参与安排。当然,这对他未尝不是锻炼,后来他成长很快,大学毕业后也进了新闻媒体部门工作,还曾一度借调到中央电视台工作,这对我多少有了安慰。当时,正值青通社成立十周年,我也组织开展了些活动,编辑出版了《长安青年》《动态》等。但比起张凯、王美金等人,深感有愧于大家,也有愧于陈训明。

　　青通社,因有张凯、王美金等师兄的组织,为我大学时光留下了印迹,也因为有何晶等志同道合者而留下美妙的回忆,有陈训明对我的赏识,而有机会主持过一年的青通社工作,更有张凝等人的热情,让青通社继续在长安山留下身影,留下精彩。对我来说,我想说的只有:谢谢!

一切美好的机缘只是源于一次偶然的巧合

与得贵巷结缘

1995 年 11 月的一天，我开始与福州得贵巷结缘。人生有些东西似乎是命中注定，有些东西你没在意，而它却悄悄与你结缘了。得贵巷便是如此。

在一个秋天的下午，我与室友林滨突然想要去城里走一趟。师大在仓山，到台江、鼓楼都习惯称"进城"。从乡下进城玩什么呢？林滨说，我们去出版社看看。那时我对出版社完全是陌生的，虽然后来我知道，我们中学期间就接触了出版社，我们的高考总复习资料就是福建人民出版社出版的；之后因为"闽教版"杯书评赛与福建教育出版社常有往来。但当时林滨提议去看出版社，我确实不知出版社为何物。

林滨是班上年龄最小的男生，他 1978 年出生，来自不算偏僻的莆田涵江，高中阶段就看过不少课外读物。他居然是《科幻世界》的忠实读者，每期必买。所以，年龄虽小，但学识、视野在我之上。在他的提议下，我们摸到了福建出版社的根据地——得贵巷。

我们坐 20 路公交车，到南门兜下车，穿过五一广场，到了五一路，接着也不知道怎么就找到了得贵巷。但我依稀记得，我们经过福州市第一印刷厂，也就是现在的得贵路路口，然后穿梭于小巷，终于见到了两块牌子——福建人民出版社、《海峡》编辑部。我们略显兴奋，终于找到了，终于找到了，我们站在门口兴奋着。这两块牌子位于得贵巷 27 号，大门左边是《海峡》编辑部的牌子，右边是福建人民出版社的牌子。里面的院子不大，房子也只有两层楼，灰砖楼板，略显破旧。我和林滨就只傻傻地站在门口兴奋着，不敢走进院子看看，仿佛只是来看那两块牌子罢了。我们进院子找谁呢？没有认识的人，我们找他们有事吗？似乎也没事。我们或许真是来看看那两块牌子，来看看那破旧的房子——但当时，我们心里似乎都明白了，这个地方就是把文字变成铅字的地方，这对于我们热爱写作的人来说无疑是神圣的。多年以后，我居然和林滨都到了出版社工作，也许是那次傻傻的兴奋，让我们在彼此心里都埋下了神圣的种子。我大学毕业时，虽然有几个单位可以去，但我毅然选择了出版社；林滨更是钟情于出版社，他研究生毕业后，先去了让人羡慕的电视台，不到一年又转到了出版社，而且在六年后，他就任海峡文艺出版社副社长了。也许正是当年那次与得贵巷的结缘，冥冥中为我们指明了一条人生之路。

当我和林滨再次来到出版社时，出版社已经搬迁入新的办公大楼了。新的办公大楼就在得贵巷边上，但大楼的大门朝向东水路，所以由原来的得贵巷 27 号变成了东水路 76 号。1998 年 5 月的一天，我和林滨到福建科技出版社拜访尤廉先生。尤廉先生的办公室在出版大楼 15 层最南端，办公室朝东南方向，阳光异常明媚。他热情接待了我们，与我们谈起了大学时光，谈起了《闽江》。当时，我为系里学生刊物《闽江》主编，林滨为《闽江》副主编。这份从 1958 年就创办的刊物，到我们接手办的时候，已经整整走过了四十年的岁月。尤廉先生是 1956 年考入中文系的，他亲历了《闽江》的创办。据他回忆，《闽江》是 1958 年创刊的，他曾一度保存有创刊号，可惜在"文革"

中被烧毁了。当时，我和林滨主要是去求证《闽江》的创刊时间，因为我们手上并无创刊号，但几个亲历者的回忆都把创刊时间指向了1958年。那次与林滨同行拜访尤廉先生，目的就是想再次确认。当时我们怀着一个梦想，怀着一份纯真，对《闽江》的事情不敢丝毫马虎。之前，为了弄清楚《闽江》的历史，我们已经拜访了郑锹、陈章武等老系友。我们孜孜寻探《闽江》的历史，或许只是想为这份学生刊物增添几分自豪罢了。但却因此我与得贵巷及出版社再度结缘。

这次拜访尤廉先生，我们已经不再懵然穿巷而行了，虽然得贵巷依然存在，但我们经过五一广场，来到福新路，再从福新路拐进东水路，二十多层的福建出版中心大楼十分抢眼地矗立在眼前。相比三年前得贵巷破旧的办公楼，真是另一番景象。是这现代化的办公景象吸引了我们，还是我们注定要与出版社结缘呢？或者在我们内心深处，从一开始就想做个出版人。从1995年那次莫名其妙地跑到得贵巷，对着两块牌子傻傻地看、傻傻地笑，到后来，我们自己操练编辑，把《闽江》编得有模有样。1997年，还组织编写了一本系友散文集《不老的长安山》（福建教育出版社出版）。再到后来，我们与尤廉先生的那次长谈，都让我们与得贵巷、与出版社一步步结缘。

我第三次来出版社是1998年12月，那时，我的老师潘新和教授向福建人民出版社推荐了我。我怀揣着个人简历等材料来到出版社。半年后，经过考试、面试，最终我正式进入出版社工作，从此，我更是与得贵巷、与出版社结下了深深的情义。

父亲为了我付出了他的全部，我永远感激他、敬重他，愿他健康长寿，幸福相伴。

"十佳小作家" 候选

1995 年 11 月，我收到了还在民中补习高三的老同学吴莉莉转来的中国作家协会的信件。我上大学后，还陆续收到些信件，多亏了吴莉莉同学，她总是尽心帮忙，转寄给我。吴莉莉文笔甚好，在高中的时候就写得一手好文章，却困于当时高考录取比例太低，无奈只好复读一年，后来她也考上了福建师大中文系，我们再次成为校友。大学毕业后她到了省政府办公厅工作，继续发挥她的文字所长。

中国作家协会在这之前曾向全国征集小作家的作品，刚刚接到大学录取通知书的我就寄去了一篇习作《写给父亲》（同时，我投稿给《中国青年报》，随后发表在 7 月 24 日的《中国青年报》上，后来又被选入了《中国青年报·人生》十年精华本）。半年后，中国作家协会凭借这篇习作，给我寄了中国 "十佳小作家" 的候选表格。当时我甚为高兴，这可是难得的荣誉呀，虽然后来的评选结果我也不太在意了，但我为之珍念。可以说，那是我高中习作写作生涯的顶峰，也是我更高人生目标的起点。

《写给父亲》这篇习作后来收入了由中国作家协会编辑出版的《中国小作家优秀作品选评》一书中。此书由冰心题写书名，1996 年

5月由作家出版社出版。书中的每篇文章都附有知名作家对小作家们的点评。我的习作是由小说选刊杂志社社长、著名作家柳萌点评的。柳萌先生的点评，无疑对我是莫大的鼓舞。

《写给父亲》一文，有些内容并不是完全真实的，比如写我们生活于大山之中，村与镇的距离十五公里等，这里有夸张的成分，但父亲为我的学习而奔波、劳作，为我付出了辛劳却是真实的。父亲对我的爱，对我们子女的爱是真实的。所以今天我重新附录《写给父亲》一文及柳萌先生的点评，以示鞭策自己，继续前进，同时也感谢父亲伟大的爱。

写给父亲

父亲的身影，像个问号，多少年一直把什么寻找，紧弯的腰身，弓成了小桥，驮着儿女走向未来……

今天，我捧着大学破格录取的通知书，清晨五点钟便起床，赶着回家。半年没回家了，回到家里，马上把通知书捧给父亲看。父亲不识字，但看到那红红的两个大印，就笑了，笑声传遍了悠悠的山谷。

这一夜，我们父子俩都无法入睡，我跟父亲谈起了这几年的生活，谈到了生活的困难和对未来的希望。在深夜里，到处是一片漆黑。整座房屋静静地守住大山，我也静静地躺在床上，屏住了呼吸，细细地思索。

在穿越孩童与成人之间的困惑时，是父亲给了我走过孩童到成人地带的勇气。

记得六年前，我收到县城中学的录取通知书。开学前一天，父亲跑到离山村十五公里的镇上为我买了支新钢笔。上学那天，老村主任嘶哑着声音说："伏祥，到城里好好读书，我们村没一个大学生。我们讲话都不敢大声，将来就靠你了。"坐上三轮摩托车，与那为我送到山脚下的憨厚的父亲对视成了南方初秋一帧游人的风景。家乡的大山在我眼中模糊成一片浓浓的祝福、沉甸甸的希望。

父亲陪我到了城里，为我安排好一切，父亲住了两天回大山里去了。回去时，我骤然发现父亲那被朝阳拉长的佝偻的身影是一种象征，一种生命的特定象征。

六年了，父亲的身影一直蹒跚于那重重叠叠的大山间，多少的希冀和疲惫拥簇在脚底，从这山头走到那山头。到了高三，父亲便是每隔三星期就从大山里赶来，挑着一担柴火，柴火上压着一袋米，踏着古朴的山歌而来。柴火挑到镇上卖了，换了两盒口服液，有时还买来一两件衣服，风尘仆仆地来到了城里。父亲早上五点钟就走出大山了，到县城时也只留下几缕夕阳的余晖。每每见到父亲时，父亲那张黝黑但很结实的脸上总露出几丝笑，那笑是希望、是苦涩、是欣慰。晚上父亲怕影响我学习，很早就自己一个人睡了。第二天临走时，父亲用那双皲裂的手塞给我一大把钱，仿如将自己成吨的汗水连着一颗纯朴的心，伴着日月星辰塞给了我。

父亲是一个地地道道的农民，是大山的儿子，大山刚毅的性格伴着父亲走过了五十个年头，五十个苦涩、挣扎的年头。母亲得了胆结石，长期有病在身。我是长子，是大山的孙子，从小就不能帮父亲干点什么。家庭生活十分困难，父亲为我的成长倾注了多少心血，不惜时间，不惜金钱，更不惜那残年，这种爱是世界上最无私的爱，是世界上最宝贵的爱！

今天，我捧着一颗心，一颗被父亲亲手点燃的心，回到了家里。我和父亲坐在父亲亲手打磨的石凳上，山坳里吹来了世纪交替的暖风，这是冬的漫长，春的希望，夏的成长和秋的收获。

我将理想的种子埋在奋斗的土壤里，用勤奋作镐锄，去躬耕知识的沃土，来献给我的父亲，献给中国这块古老的大地上千百万默默耕耘的憨厚的父亲们！

柳萌点评：

　　这篇散文，让我想起朱自清先生的《背影》。同是写对父亲怜爱之情的感激，这一篇自有其特点，尤其是第一段的比喻和描写，简单几笔就道出了父亲的辛劳和企盼，形象而贴切，没有对父亲的真挚情感绝对写不出来。而真情实感又是散文写作所必需的，这也正是这篇散文感人之所在。

　　我与英语这门学科算是没了缘分，过去如此，
今天也如此。

第一次英语考试

　　1995 年 11 月，我与英语结下了死结。

　　在高中时，我的英语成绩不算差，150 分的卷子考个 120 分那是
正常的。但上了大学后，不知为何一下子对英语产生了排斥、恐惧，
英语成绩也越来越差。是自己本身对语言缺乏感觉，还是不够努力
呢？后来，我跟朋友们聊起学英语的感受时，真是苦不堪言，我说，
我就是找不到感觉，越学越不会。朋友们却说，学英语有什么难的，
肯定是没下苦功夫。是不是没下苦功夫呢？我以为我的大学时光都被
英语剥夺了，特别是大一、大二几乎天天在念英语、背诵单词，可不
知怎么搞的就是考不好，而现代当文学、文艺评论等，我几乎没花时
间，却能自如有度、从容面对，而且成绩很好。我以为我是下了功夫
了，但功夫没下对，找不到感觉，所以不断陷入泥潭。

　　我始终以为，学习任何东西都是要有天赋的，勤奋并非万能。比
如我对文字的感觉，对数字的记忆可能还算不错，在学习现代文学
时，对于现代文学社团的成立时间、主要人物等，几乎可以做到过目
不忘。我没有刻意去背这些，但恰恰记得最为牢固。但叫我背诵古典
文学、古典诗句，我却犯难了，总是背记不下来。我以为，这就是天

赋，没有天赋要强求做一些事情是很难成功的，英语对于我来说，就是如此——不管我再怎么努力。

1995 年的 11 月，我迎来了第一次英语单元测试，结果就以不及格宣示了我与英语的裂隙。这次考试考了 58 分，这估计是我大学期间比较好的成绩之一，此后大一、大二我大多以英语补考而收场。我当时的英语老师林元富教授看到我这么一个学生似乎也头疼了，但见多识广的大学教授们也不会因此而生气，学习权已经交给了我们大学生自己。若干年后，我到出版社工作，编辑《世界科幻博览》期刊，刊物的文章有不少是翻译作品，对我来说，这无疑是巨大的挑战。有一回，我们组织了一个大型活动，邀请了浙江大学外语系陈建中教授参加。陈教授是翻译界的名家。会议期间，林元富老师特意来拜访陈教授，我以组织者作陪左右。林元富老师见到他曾经连考试都不及格的学生，居然在做翻译的编辑工作，我不知道当时他有何感想，而我却深感惭愧。

与英语的无缘，影响了我人生的轨迹。我的大学时光因它而改变，在大学一年级上学期期末考试中，我又考了不及格。后面是补考了，再后来有了因此从基地班到了本科班的经历，这是我学习路上的一次转折。大一、大二，我的专业成绩还算好，但却因为英语补考无缘奖学金。大一、大二几乎在备战考四级，但却一次比一次考得差，第一次 46 分，第二次 45 分，第三次 44 分。因为英语，我知道自己无缘考研，也无缘进一步研修专业。

也因为英语，我的学习路上多了几分回味的东西，我从基地班到本科班学习，看似乎是一次挫折，但对于我的成长却是一次难得的磨炼，我因此而变得更加坚强。我从不忌讳说自己的短处，英语就是我学习上最大的短处，我与它已经是个死结了。这死结，老师、同学们也都看在眼里，对我少了讥讽，多了同情。若干年后，我送女儿上学时碰到一个老师，我觉得那老师面熟，就对她多看了几眼。她也一下子似乎想起了我，但不记得我的名字了，她随口就是一句：你就是那个在大学里英语念得很差的那个？我说：正是。然后我也一下子想起来了，她就是1996级专科的郭燕琼。她比我迟一年入学，比我早一年毕业，连她都知道我的英语很差，真可谓"臭名远扬"啊。不过，倒是这特殊的记忆，让彼此间少了份陌生，多了份亲切。

还有一次，基地班毕业十周年聚会，老系主任齐裕焜教授也参加了。我主动上前问候。齐老师没教过我，又是系主任，未必都记得住学生。但我一上前自报名字时，他一下子就记起来了，说：你就是汤伏祥？就是当年英语很差的汤伏祥吗？我们同学听了都笑了。

当然，我不是为了炫耀英语差如何光荣，这只是我对英语迫不得已的面对，我必须坦然而微笑地面对它，就像面对我已经或可能会碰到的任何困难一样——坦然而微笑。二十年后，我看到马云在香港团结基金会上的演说，他说自己的数学是如何的差，高考数学还考过一分。他说，这并不丢人。我想马云可能夸张了，数学一分是很难考出来的，随便一道选择题做对都不只一分，但他无非是想表达自己成绩并非优秀，无优秀的成绩一样可以创业，一样可以创造出一番天地。虽然我不能与马云相比，但我同样觉得不丢人，同样觉得没有优异的英语成绩也照样可以去创造属于自己的一番天地。

登高远眺首先要有登高的机会。师者传授知识的方式很多，创造机会让学生登高无疑是最高超的方式之一。

相聚天福旋转餐厅

　　1995 年 12 月，我们相聚于福州五四路口天福旋转餐厅。这是我第一次上酒楼吃饭，也是第一次领略了省会福州的风光。

　　军训完不久，我们进入了学习状态。担任《现代汉语》课的沙平教授年轻温和，且充满激情。当时他刚从日本留学回来，穿着比较讲究，说一口标准的普通话，颇有绅士风度。

　　《现在汉语》课程原本有点枯燥，但沙平教授讲得非常生动，我们都爱听他的课。他在讲"现代汉语"时会时常介入点日语的知识，颇为风趣。但沙平老师显然还不满足于课堂教学，他要把现代汉语的教学拓展到校外。他认为，学语言最重要的是在于使用，语言只有在使用过程中才展示出其中的魅力。

　　12 月的一天，他突然在班上宣布，下节课要拉到大街小巷去上。这下我们都来劲了，在大街小巷上课，怎么个上法呢？沙老师就把我们分成了若干个小组，然后又点出了若干条街道名称，叫我们沿着街巷，登记各个商店的招牌。他还说，我们先登记招牌，最后集中地点为五四路的天福大酒店——那里的顶楼是一家旋转餐厅，他想让我们登高远眺福州全城。天福大酒店有二十五层，在当时的五四路上算得上是高档酒店了。顶楼的旋转餐厅非常有特色，可以在上面边吃边观赏福州全城美景。

沙平老师和系里协调后的一个上午，我们全班同学上街了，活动地点集中选择在五四路，因为当时的五四路是福州最繁华的地段，写字楼林立，商店招牌炫彩夺目。我和林静榕、戴艳梅等几个同学一个小组。我们从树兜沿温泉饭店往天福大酒店方向登记招牌。当时我对温泉饭店的招牌印象特别深刻，用英文写着"Spring Hotel"。"Spring"是春天之意。"Spring Hotel"为什么不译成"春天酒店"？当时我还有点纳闷。

中午时间，大家都到天福酒店集中了。我们登上酒店的电梯，到了二十层，尔后又转梯到了旋转餐厅。登高远眺，视野开阔，福州城果真尽收眼底。当时五四路上虽有高楼耸立，但不像今天这般。天福酒店旁边的中银大厦、环球广场都还未建起，对街的置地广场更是尚无影子。我们坐在旋转餐厅的玻璃窗边上，边享用自助餐，边远眺窗外景色。沙平老师顾不上吃东西，一个劲儿地跟我们介绍福州城中之景。那天天气甚好，远眺也是极好的，加上沙平老师的耐心，仿佛有了一切皆我物、随意揽江山的豪情。

旋转餐厅的菜很丰富，都是自助的。这是我第一次吃自助餐，刚开始不知道如何下手，好在大多同学与我一样，也是未曾见过大世面的。沙平老师便给大家介绍吃自助餐的要领。他知道我们常困于校园中，接触社会的机会不多，就创造机会带我们去领略、去感悟，以他博大的视野，让我们去体味世间的宽广、精彩。沙平老师这次的安排，有学以致用的目的，有教学与实践相长的动因，更有让我们体会登高远眺的豪情，观察大千世界，开阔视野的用意，所以多年后大家还记忆犹新。

这次活动，我在调查的基础上写成了一篇论文《浅析外来语在商店名中"汉化"的文化底蕴》。这篇论文约一万字，分析了外来语在商店名中汉化的文化底蕴表现，即"外来语的意译体现了真、善、美的有机统一""外来语的半音半意译体现了音意优化组合的完美统一""外来语的音译体现了语感与美感的和谐统一"。已经记不清我当时是怎么完成这篇论文的。若干年后重读此文，自己都感觉有点不可思议。当时我才大学一年级，如何能完成这样一篇还算有点分量的论文呢？想来定是沙平老师精心指导帮助的结果。

这篇论文后来参加学校学生学术论文评选，获得了一等奖，更是得到了系里陈节教授、潘新和教授的一致肯定。

天福旋转餐厅，是沙平老师给我们创造的一次难得体验，他让我们爱上了学习《现代汉语》，更是爱上了语言，也更加懂得如何使用语言。多年后，我到出版社工作，成天与语言文字打交道，常常为作者、为书稿的一个字眼、一个词语、一个句子表达伤脑筋，总希望能在自己的努力润色下，让书稿的语言文字更精准、更有底蕴、更完美。这其中，是不是就源于那次相聚天福旋转餐厅的活动呢？我想是的。

一位老师他留给学生的感念并非夸夸其谈，而是一桩桩暖心的往事。

冬月送衣

1996 年 1 月，天气已经很冷了，长安山上铺满了飘落的相思树叶。在这样的一个季节里，我却感到格外的温馨、温暖。

那是一个临近期末考试的下午，我在文科楼复习。准备匆匆赶回17 号楼宿舍的时候，我的辅导员，也是系的总支副书记王福贵老师叫住了我。他看看我，又摸摸我的手臂说，伏祥，你衣服会不会穿太少了。我说还可以。他又说，那怎么没穿毛衣呢？那时我确实只有一件毛衣，刚好那天没穿。那件毛衣还是我高一那年在福安念书时找堂姑买的，三十元一件，一直伴随我，到了大学，我自然带上它。后来毕业参加工作后，我还穿着它，以致有次回老家，邻居一个婶婶看了我穿的毛衣，还开玩笑说我，一件毛衣要穿几年才肯丢了呢？我以为，东西还可以使用，为什么要换新的呢？衣服自然是这样。

那个下午，王老师无意中发现了我穿得那么单薄，就问我，有毛衣吗？我说了实话。他接着说，那我给你几件，是我以前穿的，现在太小了，但没破，还是可以穿的。我说，没关系，我不怎么怕冷。我在想，也许只是老师对学生一时的嘘寒问暖，没太在意，就回宿舍了。

到宿舍大概不到一个小时，王老师出现在我们的宿舍了。我没想到，他真的带来了一大袋的衣服，有毛衣三件，夹克两件。他说，见我穿得少，怕冻着，还是回家拿了。我看着他那和蔼的眼神、亲切的微笑，突然不知道说什么好。我以前在中学念书的时候，经常穿林梅生校长儿子退下来的衣服，如今上了大学，又有这样一位老师，在冬月里见我穿得单薄，就为我送来衣服，那种感觉真是无法表达，只能马上接过老师的衣服，然后当着他的面，马上穿到自己身上。

衣服穿起来，大了点。王老师身材魁梧，我瘦小，但那种温暖是难以名状的。同学们见王老师给我送衣服，也都流露出羡慕的眼神，都凑过来看我穿。"是大了点，但还可以穿。"他微笑着对我说。我 语无伦次地说："还很新，跟新衣服一样。"他说："能穿就好，别冻着感冒了。"王老师话虽不多，但句句充满暖意。

冬月送衣，不是简单地派送旧衣服，那是寒冷冬季的暖心行动。他能注意到我穿得单薄，随即想到要给我添衣，而且马上行动，这不是一般的领导所能做到的。王老师当时位居系总支副书记，却如此关爱、体贴一个刚入学不久的普通学生，实属难得。正是这种无私的爱和对学生无微不至的关怀，让一个普通学生感怀了一辈子。后来，我在学习上、学业上碰到了点挫折，他也是尽心尽力帮助我解决，让我去迎接和面对一个个新的挑战。对于这样的老师，我从内心里感激他、尊敬他。

王福贵老师，从系总支副书记，到总支书记，再后来到福建商业学校、福建邮电学校等校当校长。虽然岗位变了，但我们来往依然密切。因为，他怀着一颗挚爱的心与学生交往，而我则怀着一颗感恩的心与他对话。王老师的夫人行动不方便，需要靠轮椅走动，但王老师依然让师母生活得异常完美。师母喜欢完美，也追求完美，从每一件衣着，每件家具，到人格、家庭，她都追求完美。王老师有几年时间在福清的福建侨兴工业学校当校长兼书记。行动不便的师母坚持要到福清陪伴王老师。王老师也习惯每天与师母交流信息，交流感受。王老师知道师母的爱意，也就成全师母跟着来回奔波。师母下楼多为不便，王老师总是小心翼翼地挪着师母下楼，然后又细心地把师母扶上轮椅，整理好衣服，绑好安全带，然后再出发。每次出门都如此。有几回，王老师搬家，我们同学都争着去帮忙，除了见见王老师外，还可以与师母聊天。师母总是打扮得端庄得体，坐在轮椅上，与我们交谈、问暖。后来，我们的写作老师叶素青教授见他们一家如此恩爱，师母在身体有残缺的情况下还如此追求完美，就写了篇文章《残缺的完美》收录在她的自选集中。多年后，我和林滨去见王老师，王老师分别给了我们一本叶老师的自选集，其他文章我们都顾不上读，先就读起了《残缺的完美》。读完很受感动。我当时就在想，是什么东西让王老师和师母都在追求完美呢？他们怎么会如此完美呢？因为他们心存完美、心存爱意。十几年前，他对待一个穿着单薄的学生，都能细心体察，都能伸出温暖之手，经营家庭、经营爱情也就可想而知了。

如今，王老师退休了，我和林滨偶尔会想起来一起去看看他。他还是那般热情地接待我们，给我们泡茶，跟我们聊家庭、聊事业，总是嘱咐我们要进退自如，既要大胆追求事业，又不能把它看得太重。对于将近四十岁的我来说深有感触。

王老师，在那个冬月给我送来温暖，我将它一辈子珍藏；如今，我有机会，也定当给他送去温暖，与他泡茶聊天，让温暖的情意永远绵长，让师生的情永远绵长。

命运有时候是不公平的，但来了，就要去接受它，即使我们再不情愿。

英语补考

那是 1996 年 2 月初，春节才过了几天，大概是大年初五我就来学校了，因为我之前被通知要补考英语。

这年春节本来是叔祖父七十大寿，但因为家里出了点状态，叔祖父的寿也没做成。十年后，叔祖父迎来了八十大寿，我们本想好好庆祝一番，可他又在年前摔了一跤，从此生活不能自理，直到三个月后离开了我们。每每想起这些，我都无限自责。叔祖父很有才气，却得不到施展，而且终生未娶。这是时代的悲剧，也是命运的不济。

当我来到学校的时候，学校里还异常冷清。有几个难兄难弟也到了，他们也都算是被英语折磨的人。

补考无疑是件丢人的事情，谁人愿意补考呢？谁人愿意不及格呢？但在英语面前，我显得那般无奈。这次英语补考对我来，不仅是丢人那么简单，更是我学习生涯的一次大挫折。

这次补考虽然我情绪不好，也没认真应对，但想来也没什么好紧张的，不就是补考吗？大学老师对补考向来是没兴趣的，只要学生认真作答了，便可以给个及格分过了。考试开始后，我便埋头作答了。也不知道是在什么时候，突然有只手伸进我的抽屉拿东西，那爪子真是迅速得很。我抬头一看，一个女人，一个地道的女人站在我边上，我还没反应过来，她却已经傲慢地宣布：考试携带资料等同作弊。你、你、还有你……我们一排默默在做题的学生，一下子都成了她的猎物。她非常有成就感地指着我们宣布，然后在我们几个的试卷上做了记号，走了。整个过程干脆利落，似乎训练有成，相当专业。我们几个都呆呆地坐着，不知道如何是好。监考的老师也被这一幕震慑住了，不知道他是否后悔考试开始时没叫我们把携带的书本放到讲台上。可一切已经晚了，他就随口说了句：你们还是把卷子继续做完吧。

那试卷一下子成了一张废纸，但我却依然要去面对它，要去完成它。那女人的气焰还如此高涨地弥漫在教室里，叫我如何心平心静地去做题呢？那时间是如此煎熬，那情绪是如此低落。

考试结束后，我就去找王福贵老师说了情况。王老师说，这下麻烦大了。他去找学校教务处了解情况。但一切都于事无补。那个有了战果的女人自然"秉公办事"，要给我们一个处分。严肃考场纪律，谁还能说什么呢？从2月到3月，王老师不断找学校申诉，表明学生只是携带了资料，给个通报批评就可以了。但教务处拿出考试纪律规定，坚持宣称携带资料等同作弊，要给最严重的处分。我知道，王老师，还有系里好几个领导都为我的事情找学校沟通，但最后还是逃脱不了最严厉的处分。留校察看一年，扣除一年助学金，并从基地班降到教育本科班学习。

我自己也是心有不甘，在处分没下来之前就多次去找时任校长曾民勇教授，向他申诉。他也无奈，对我没有批评，反倒是同情、安慰和鼓励。我甚至说，如果要这么严重处分我，那我就放弃学习了。他安慰说，那没必要，大学四年才刚开始，这点挫折不算什么，以后可以弥补的。

在多方努力无果的情况下，最后我还是从基地班降到了本科班学习，安排在本科一班。这是我从小学习以来，受到了最为严厉的打击，也是最为严重的处分，从小学习成绩一直优秀，都是老师眼中的好学生，如今怎会受到如此严厉的处分呢？虽然，这处分来得有点冤。曾经一度，我差点因此而想放弃师大了。我对它如此挚爱，它却在我无知的情况下摆出了一副要舍弃我的样子。当我在报纸上看到北京师大中文系招收作家班，就去信与在北京师大的同乡汤向明联系，希望他能帮忙促成我去那里学习。向明联系后告诉我学费比较高，最后我才断了那念想。

1996年3月5日那天，我看似非常轻松地到了本科一班学习。坐在教室里，我想起了以前看过的一部片子，叫《东京爱情故事》。这片子的故事有点老套，讲的是都市男女的爱情故事，但里面的主人公关口里美却给我留下了深刻的印象，一度我曾视她为榜样，她在任何困境下都能乐观面对爱情、面对生活。我的处分虽然不是爱情的挫折，但同样需要我乐观去面对，虽然我内心万般不甘。

一次英语的补考改变了我学习的轨迹，甚至改变了我的人生。现在想来也许一切都是命中注定的。我因为英语补考，被无情地处分了，也因此被降到了本科班学习，也因此才得以认识交往更多的同学，甚至也因此才有了我后来的爱情收获。因为处分，让我明白学习的路上并非一帆风顺，成长路上的挫折总是难免的，我必须乐观面对，积极挑战。这件事反而让我从此对困难多了几分承受力，这是我人生难得的一次磨炼和收获。我要感谢它、珍视它。

　　生活的欢乐源于自己，也源于默默奉献的环境、他人。我感怀那段岁月，不仅因为岁月徜徉着青春，而且岁月充满了温暖。

迎接新生活

　　1996 年 3 月，我开始了在本科班的学习。这是一个充满爱和温暖的集体，我热爱它。我在这集体中收获了人生最宝贵的友情、爱情。

　　对我的到来，同学们没有刻意用言语来表达什么，但一个个温暖的表情，一张张微笑的脸，我知道，他们同情我、欢迎我。也正是有了同学们默默的暖意，我便一下子抛开了烦恼，迅速融入了新的集体。大家知道我爱写作，知道我善于组织活动。虽然我不是班长，也不是团支书。但班级组织活动的时候，班长陈邑华、团支书卓希惠总会叫上我，拉我一起想点子。在她们那里，我没了陌生感，多了几分亲切。我感谢她们。

　　4 月，班级组织了一次溜冰活动。当时，溜冰场在学生街非常热闹，一天到晚都有学生在活动。我们的溜冰安排在晚上，去多少人忘记了。只记得这次溜冰我异常勇敢。我之前没溜过冰，也不知道溜冰是什么个玩意儿。但到了现场，在管理人员的指导下，迅速投入。这过程中，我不断摔倒，不断爬起来，一次又一次，大概一个多小时下来，我总算学会了溜冰。基地班的黄君薇同学也在溜，她看我摔了爬，爬了摔，摔了又爬，她特别感动，说第一次看到一个男生如此勇敢。那时，我真是铁了心，学什么就要学会，不再畏缩，不再畏惧。这是处分给我的勇气，也是新的集体给我的力量。

溜冰那天晚上回来较迟，我们就在物理系前面的清华园开了一桌。大家凑份子后就吃开了。那情景，多年后还在我脑海里不断涌现。那样的夜色，那样的温暖，那样的豪迈，我们从学生街疲惫而归，然后大家一起挤到热气腾腾的饭桌上，不讲究什么卫生不卫生，也不讲究吃得好不好，只为了那亲切的氛围，只为了那浓浓的情意。这场景后来再也没有了。工作后，虽然我们外面应酬无数，但完全少了当初那种感觉。

同学们的热情，活动的组织，让我走近了这个集体，让我深深地爱上了这个集体。本科一班，在班长陈邑华、团支书卓希惠的领导下，活动是一个接着一个。当时有几个活动开展得非常有特色，比如有次我们班与学校第三食堂联谊。我们在第三食堂里帮忙洗菜、端菜、打菜、洗碗，忙得不亦乐乎，最后自然也是获得一顿免费的晚餐。

我们班男生不多，只有十二个，女生有三十六个。活动点子往往出自女生，而跑腿的却是男生，比如与食堂的联谊就由刘友能来完成，他是学生会生劳部的干事，与学校后勤来往比较多。我们宿舍几个男生，个个都是女生使唤的对象，与同住17号楼的同班女生来往比较多。丁德银是我们的老大哥，脾气非常好，从不生气，讲话非常温和，待人真诚，大家都喜欢跟他交往。女生们下楼找我们，都喜欢找他说话，似乎跟他交往特别放心。吴关键是我们年级的学生会主席，书法写得非常好，经常在宿舍里练习。他一见人就微笑，从没有当学生干部的架子。这点，后来越发显得难能可贵。大学毕业后，他作为优秀选调生去乡镇工作，接着到宁德市委工作，然后又到省直机关，最后又回到宁德组织部门，在不同的岗位上锻炼过。但我们每次去宁德，他必定带着夫人来见我们，总还是那副乐呵呵的样子。

因为有了这样充满活力、温暖的集体及同学，我的挫折感、自卑感渐渐消失了，我融入了新的集体，体味了新的快乐，迎来了新的生活。我虽然在本科一班，但整个年级一百四十四人又是一个大集体，年级经常一起上大课，经常一起活动，我因此收获了更多的同学情意。我后来常常想，如果我当初没有那个处分，没有那段挫折，没有到本科班学习，那会是怎样一段人生路呢？也许我就是简单地念书、考研，甚至考博，然后在高校里做起了学问。这也许没什么不好，但却完全收获不了温暖和爱。我感恩这段挫折，它是我成长的一段磨练，我因它而坚强，因它而多彩，因它而收获爱。我在本科班结识了更多的同学，收获了更多的情谊。这是我一生的财富，这比简单地在哪个班级学习显得更为重要、更为难得、更为珍贵。

人在顺境中，往往春风得意，总觉得自己可以主导一切，也因此常常漠视了朋友的存在，漠视了环境的重要。但到了困境中，才慢慢体会到，其实个人的力量总是那么渺小，环境是那么的重要，在温暖的环境中，在爱的氛围中，个人才有发展，才会精彩。1995 级中文本科是个大集体，我因加入本科一班，进而又融入这个大集体。大学毕业十年后，辅导员郑文灿老师说要不要搞个毕业十周年的聚会。我说当然要，并且主动去组织、联络。为了联系到每个同学，我电话打到了新加坡，运用了百度搜索，不怕麻烦地辗转打听，最后终于制作成一本完整的通讯录，把聚会的事宜通知到了每个人。虽然有些同学多年未见面，但我一报名字，大家都觉得亲切。因为在大学里我与大家都收获了情谊，收获了大学最难得的同学情谊。

1996 年 3 月，我在失落中迎来了新的生活。我要感谢那些在我困境中报以微笑，给我温暖、力量和勇气的同学们。谢谢你们。

诗有如生命，活得快乐，诗也快乐。

永远的燕语

1996 年 3 月，我接到了福安市青年诗社社长黄曙光先生给我寄来
的《永远的燕语》一书。

《永远的燕语》是福安市青年诗社十七位会员的集子，由香港天
马图书有限公司出版。《永远的燕语》中有我十二首诗歌。这些诗
歌，是我青春岁月的见证，是我多思季节的记录。

我走近诗歌，得益于黄曙光先生。黄曙光是位难得的友人，当
时，他在福安建设银行工作，由于热爱诗歌，就组织成立了福安市青
年诗社。在他的麾下，聚集了一大批诗歌爱好者，比如黄曙英、胡素
月、刘鸿翔、缪绍峰等，编辑出版《八面风》诗报。当我还是高一
学生的时候，一天，他来学校征集诗歌爱好者。这有如当年自己在民
中念书时创办福安市中语会校园文学社一样，一个学校一个学校地奔
波，一个学校一个学校地征集会员。黄先生已经有稳定的工作，但诗
歌似乎是他生命中最活跃的因子，于是充满激情地在校园中奔波，发
展诗歌爱好者。要知道，这可不是传销活动，会员入会简单，不需要
费用，而且还负责指导，凭借的只是对诗歌的无限爱好、对缪斯的孜
孜追求罢了。可以说，爱好诗歌的人、爱好文学人大都是纯粹的人，
物质于他们来说，似乎是多余的，人情世故也是无暇顾及的，只有诗

歌、文学才是他们不断追逐的梦想。黄曙光就是其中一位值得我尊敬的诗人，一位值得我追随的师长。

在黄曙光的指导下，我也渐渐练习起诗歌创作来。那是一个多梦的季节，青春在梦中跳动，梦因青春而闪动，于是有了诗歌于梦中吟唱，与青春做伴。

加入青年诗社后不久的一天，黄曙光社长就叫我参加诗社组织的"闽东诗歌笔会"。笔会邀请了著名诗人蔡其矫先生参加。蔡老，当时已经七十五岁了，但看上去非常健朗，非常欢快。1993 年 8 月 7 日，笔会的行程是从福安赛岐港出发，沿江坐船到白马港，参观白马港的碧波荡漾与水天一色。白马港位于下白石，是福安的出海口，那里海水湛蓝，山水交融，是难得的天然海港。参加这次笔会的还有时任地区行署副专员林思翔、省作协秘书长朱谷忠、福建日报社的陈创业等。我是这次笔会中最小，也是唯一的一名学生，大家对我格外关爱。也许是诗歌拉近了彼此的距离，也许是蔡老、林副专员等人宽广的胸怀，让我在这次笔会中获益颇多。蔡老见我还是名学生，就给我题词勉励："诗有如生命，活得快乐，诗也快乐。"这题词就像他的性格，在笔会中，他总是欢声笑语，用阳光和对生活的热爱感染着我们每个人。

林思翔副专员题词："愿你早日成才。"朱谷忠题词："在诗的境界飞跃。"陈创业题词："后生可畏。"这些题词对我无疑是莫大的鼓舞和勉励，甚至因此与他们有了往来，林思翔副专员便是其中的一位。我上大学那年，他还给我写信勉励。后来，他到省科协任党组书记，我们在福州也常有见面。这就是那个时代的官员，那些有文学情结的官员，在他们那里少了官架子，让我也有机会与他们一起探讨文学、探讨生活。这要感谢他们的厚爱，感谢他们让我在成长的路上有更多感恩的回忆。

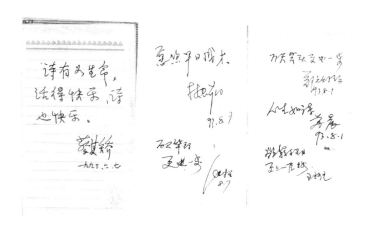

　　在这次笔会后，我对诗歌更加热爱起来，偶尔会有感而发地试着写些，渐渐地，在《八面风》《福安文艺》上开始发表诗歌，也渐渐走进了诗歌的世界。有了诗歌的萦绕，也就多了几分思绪的跳动，常常会在沉思时陷入诗歌的境界，边思边写，让心飞翔起来。遗憾的是，上了大学后，我动笔写诗渐少，诗歌似乎远离了自己，现在更是与它陌生得很。曾经的思绪、曾经的追逐，都化作了岁月的印迹，留在了往事里。还好有本《永远的燕语》，算是对那段岁月的见证，让我在平凡、单调的生活中，对曾经将我引入诗歌世界的长辈们时时感恩。

　　蔡老其矫先生，已经不在世上了，他永远踏歌而去了，但曾经健朗的他永远留在我的记忆中。林思翔先生、朱谷忠先生等让我心怀感念。黄曙光先生，更是我永远尊敬的师长。多年后，他到福州发展他的事业，是两三个公司的老总。他经常邀请我去一聚，我们谈论的还是诗歌，虽然此时的我已经对诗歌陌生了，但他依然情绪激动、慷慨激昂。他依旧不断创作，写出一首又一首，一组又一组的好诗。2014年他的诗集《我在一根烟中想你》在中国文联出版社出版。当为之祝贺。相比，我是堕落了，常常以忙为借口，不知浪费了多少时光啊。

《永远的燕语》也许只能定格于过去了，当初自己也是那般地心怀梦想，那般地孜孜追求。今天重新阅读、回味《永远的燕语》，感恩与此有关的人和事，也鞭策自己不要就这般浑浑噩噩而过，让梦想重新点燃，重新出发，让自己在诗歌中再次飞扬，在文字中体味生活、感悟生活。

附录《永远的燕语》中的一首，算是纪念吧。

父亲的汗水

走过梦中窄窄的黎明

睁开眼睛

太阳长一身稻穗

父亲挥洒汗水的刹那

阳光落地顷刻变成利息

那是一个苦涩的时代

山就是父亲的船

永远的燕语

在时间之河航行

载走那个年代

今天

土地湿润渗透着父亲的汗水

阳光炫目那是父亲的眼睛

晨风吹断了梦

父亲深入土地

犁出了痛苦

也犁出了欢乐

汗水又挤满了父亲的额头

荡漾在皱纹的小沟里

抽出道道彩霞

彩霞浸映着父亲

映着沉甸甸的稻谷

构绘成一帧优美的风景

岁月是家，有家便有了岁月。

岁月是家

　　1996 年 4 月，中文系老牌学生文学刊物《闽江》出版。《闽江》的刊首语用的是我在高三那年发表在日本《中日新报》上的一篇小散文。我因后来得到一套完整的《闽江》创办 50 周年纪念集《沙漏无言》而得以保全此文。

　　1994 年底，当时还在民中念书的我，时常会去学校阅览室看报刊。一次，我在一本刊物上看到日本一个中文机构组织了征文活动，心里就痒痒的，想试试在国外能不能也获奖，于是就有了这篇《岁月是家》。当时这文章是怎么写成的，我忘记了，无外乎是一些优美文字的堆砌。但在高中的时候，曾一度非常勤奋，高一起，就坚持写文章，也试着去投稿，陆续发表了些文章。《岁月是家》写好了，就用航空件寄往日本。几个月过去了，没什么音讯。突然有一天，我收到一份从日本寄来的信件，打开一看，原来是份日本出版的中文报纸，叫《中日新报》。我当初的文章并非寄给《中日新报》的，为什么我的文章会发表在这份报纸上呢？至今我也没明白，但当时收到报纸很是兴奋，自己的文章在国外发表了。我把报纸给语文老师黄赛珍老师看。黄老师也为我高兴，就在一节语文课上，用她声情并茂的语调朗读了这篇文章。

这篇文章后来被我裁剪下来，粘贴在一个笔记本中，算是保存纪念。

上大学后，我又将自己高中以来发的文章都裁剪下来，一并粘在一个笔记本中。本想以为这样算可以长久保存了，可谁想到，这些文章最后都因为一次办公室装修而被工人当作废品处理了，想来真是欲哭无泪。但《岁月是家》这篇文章，我却因为《沙漏无言》的出版，得以继续保留了下来。我想把它重新摘录于此，也算弥补一点遗憾。

岁月是家

从千万叮嘱里踏歌而出，在七八盼声中迎春归来，只是那样轻轻地吹着一支竹哨，却在浪尖上抛落过许多豪迈，在荒漠里遗留了缕缕秋风，在雪峰顶上披上了一身的云霓。最后，还在古筝的鬓旁留下些老曲的影子。

只因人生是家，岁月是家。

岁月是家。

而我只是一只来鸿，在春风拥抱的时刻里飞翔在江北的鸿鸟，却会叫出枝丫上的绿，欢腾跳跃，恰似蝴蝶在花丛中间飞翔，到处游荡，让天空、天地和白雾尽情地欣赏。

岁月是家，而我只是一只鸿鸟，畏惧夏季炎热的残酷，险恶让我损伤，隐藏在冬的森林，与雪相伴。夏却逍遥抗拒、走来，只因你是家，岁月是家。

岁月是家，或许温暖，或许不幸，却始终属于自己。踏出家门，背起行李，抚摸着故乡的大榕树，感谢树荫的恩泽，或许包一把泥土。是泪是雨，是痛苦的激动，千万的叮嘱在挥手的时刻记得更牢、更深，在泪雨中踏歌而出，只因你是家，岁月是家。

而我只是一只去燕，在秋风瑟瑟里飞出家门的燕子，唱支山歌给自家，聚在田野外的电线杆上，举家欢聚，拍打着羽毛，准备从这里起程。

岁月是家，而我只是一只去燕，飞出的瞬间总是兴奋，当倾盆大雨敲打在微颤的羽毛之上的时候，只是想躲宿在屋檐下；晴空的日子，总担心那最后的一枪；流浪天涯海角的时候，总是没有归宿，只因你是家，岁月是家。

岁月是家，或许依恋，或许忘怀，当爆竹炸响的时候，心却总是牵挂，扑向母亲的胸膛幸福的时光沉浸在记忆中，玫瑰色的云朵在天上浮动，照衬在雪白的屋顶，只因你是家，岁月是家。

人生是家，岁月是家。

岁月是家。

岁月是家，而我只是一阵雨，悄悄地落在冬的怀抱里，在太阳和高温里，主动地退化。化了才会明白，岁月是家，天涯路口原本就只有为家而奔走的行程。

有青春，就有梦想，有梦想就当尽力去实现。

评刊会

1996 年 4 月，我与《台港文学选刊》结缘，并组织了评刊会。

《台港文学选刊》是大学期间我最为经常阅读的文学刊物，不仅是它所刊载的文章吸引了我，而且也因这本杂志的编辑与我结缘。

虽然我们来自中文系，但能完全静下心来阅读文学作品的同学并不多，大多数同学只是对文学作品做些粗略的了解，然后就了事了。埋头阅读文本的，真的少而又少，这不能不说是中文系的悲哀。大学期间，虽然我也曾一度给自己下了任务，尽可能多读些文学作品。记得当时我给自己列了个书目，但坚持不了一阵子，最后草草结束。想来，真是可悲，没有一定的文学阅读量，就失去了对文字的感觉，就失去了对作品的感觉，也愧对中文系学生这个称号。

我虽然阅读文学名著不算多，但对文学刊物还是比较喜欢的，尤其是耳目一新的《台港文学选刊》。当时的《台港文学选刊》并不出名，完全没有《收获》《大家》《当代》《十月》这些老牌的文学刊物来得响亮，但它却以台港文学的优秀作品深深地吸引了我，或者说以编者独特的选文吸引了我。

大概在那年的 2 月，新的一期《台港文学选刊》刊登了台湾文学奖的获奖作品。台湾的文学奖有自己的特色，一般由报刊设立，比如

"联合报文学奖""中国时报文学奖"等，好像还有个"幼狮文学奖"。这些报刊设立的奖项，少了些政治的味道，多了人文的情怀。当初看那期获奖作品，真是震撼心灵。印象最深的当属白先勇的作品。

当期白先勇的作品《芝加哥之死》是一篇耐人寻味的小说。《芝加哥之死》的开篇，就开门见山地把小说的主人公吴汉魂推到了读者面前，构成了一种独特的艺术悬念，随后又迅速把读者带到了那个早已精心描绘的一个特定而又集中的环境中。作品以吴汉魂一天的生活为背景，却展示了一个大时代，展示了美国的生活画卷。吴汉魂是20世纪60年代留学生群体中具有代表性的个体，他好不容易在美国取得博士学位，但内心却充满迷茫、痛苦，发现"地球表面，竟难找到寸土之地可以落脚"，明知芝加哥是个古墓，在吞噬着他的追求、他的灵魂，但他又"不要回台北"，因为他更怕阳光，宁愿在最后走向灭亡。也许是我作品阅读得太少了，总是被类似的作品所吸引，于是慢慢走近了《台港文学选刊》。

我阅读这些作品后，常常会和同学林滨交流。林滨也是爱好文艺的，我们俩算是无话不谈的同学。当初我们每月都会固定去报刊亭，他购买《科幻世界》，我则购买《台港文学选刊》。有一天，我跟林滨讲，《台港文学选刊》中的一些获奖作品真的不错，读起来特别新鲜，我们不如上门去《台港文学选刊》编辑部看看，就像当初我们慕名去得贵路看出版社一样。在我的鼓动下，我和林滨去了位于福州凤凰池的福建省文联机关，在那里见到《台港文学选刊》主编杨际岚先生以及编辑宋瑜、蔡江珍等人。

对于我们的到访，杨主编给予了热情接待。现在想来，我们两个就是俩傻帽上门。但他们没有因为我们是学生而高高在上，反倒热情亲切有加。本来就没什么事情要说，只是慕名上门，想看看这刊物是如何编辑出版的，然后表达下我们对这刊物的热爱之情，或许再加上了解下他们怎么会得到那么多高水准的小说。但由于紧张，到了编辑部后反倒结结巴巴的。不过，我还是提出了：是不是可以搞个评刊的活动，拿出一两个版面，刊登下我们读者看这些小说的感悟。我这建议一说，杨主编很是赞同，然后嘱我来组织。

说做就做。我回到学校后，就和林滨组织了几个同学，先阅读作品，然后定个时间，大家一起来品读。4月的一天，杨主编带领着编辑部的同志来到系里。我们的评刊会如期举行。这次评刊活动没有老师参与，是我主动请缨的，自然由我组织。活动还算比较成功，随后我们的评刊发言形成了文字。当然，大家的文字还比较稚嫩，甚至对作品的把握也不准确。当时我将文字稿整理发给蔡江珍编辑后，她还给我写信提出了修改意见，希望我们能认真阅读作品，不要随意堆砌理论词汇。在蔡编辑的指导下，我们也是"文不厌改"，最后终于让刊评发表于《台港文学选刊》1996年第3期。参与的同学除了我之外，还有林凯、李莎、林滨、黄君薇、董青松、罗立仪。后来，我们又继续发动同学们阅读《台港文学选刊》，继续以"中文系书评小组"的名义在《台港文学选刊》发表刊评。1997年第2期上发表了林滨、李立明、苏松妹、李莎等人的刊评，我则以"刘文""雪风"的笔名发表。

现在想来，当初怎么会有那么一股冲劲呢？喜欢一本刊物，读到了好作品，就想与大家分享，就想评刊、评作品，而且还主动上门联络。想想，青春年少，是什么事情都有可能做出来的。同时，也是感怀那个时代，就我们这样冒昧地上门，居然主编大人也接待了我们，而且就把我们的设想变成了现实，让我们一点一点地接近梦想，实现梦想。我因此与杨际岚主编认识，在而后的岁月里还颇有交往。杨主编是我尊重的长者。宋瑜先生后来也位居主编，但如今见到他，他还是当初那般热情与亲切。蔡江珍也是福安人，老乡见老乡真是格外亲切。

这些主编、编辑老师们都是我成长中的良师益友，是他们的热情让我的青春有了更多值得怀念的东西。

没有什么比生命更珍贵的。年轻不懂事，却要付出生命的代价，想来，都觉得可惜和痛楚。

"严打"

　　1996 年 4 月，那是我心情极为不好的一段日子。

　　学校的广播里每天都转播着早间新闻，一次又一次地播报着，中央将开展"严打"专项行动。这新闻对我来说，有点揪心，为自己的亲人担心着。但如今我不想去写他，因为那毕竟都是过去的事情了。可有一事，却让我的思绪常常回到中学时代。

　　我初一的时候在福安六中学习。那时，六中正在新建校园。老校区位于一个叫仙丹的地方，那地方原本是一个尼姑庵，后来被征作学校使用，我们念书时，还有一座楼保留给尼姑使用。清晨里，琅琅书声常常伴随着诵经声一同回荡。这是当时条件所致的结果。就像当初我们上的小学，学校就是村里的祠堂，念书与祭祀活动常常混在一起。在 20 世纪七八十年代，这种现象应该比较普遍，宗祠、寺庙改造下当校舍使用，或者混合使用。

　　当时的尼姑庵，也就是我们六中的校园，破旧不堪，校园里除了简单的一座两层教学楼外，似乎没有什么像样的建筑。当时的六中没有高中部，但初中每个年段有六个班级，学生也有将近一千人。一千人，对于一个尼姑庵来说，其住宿的压力可想而知。在我印象里，校园似乎没有那么多学生，初三年段似乎被安排在了别处，校园依然拥挤，特别是住宿。所以学校动员大家尽可能去镇上的亲戚家住。我在镇上没有直系的亲戚，于是隔壁五班的一位陈同学接纳了我。

陈同学的家位于甘棠北门，离学校不算远，每天清晨，我都会沿着一条长长的石头小路，步行到104国道上，然后再走上一段路，便到了学校。陈同学虽然与我隔壁班级，但清晨去上学，却很少一同前往。他在家吃饭，我到学校去吃食堂。他的家只是我寄宿的一个窝。当然，这窝是干净的、温暖的。他家是新房子，我住二楼，名义上我与他同住一间，但不知道什么情况，他几乎没进房间睡过，那反倒成了我的单间。他父母待我甚好，热情，而且从不干涉我的学习、生活，从没说要什么寄宿费。我在他家住了几个月，也没给过他们寄宿费。当时的人确实比较厚道、淳朴，家里有房子，给儿子的同学住，好像很自然的样子，从没想过"租"字，现在想来，真是不可思议。现在多少人在学校附近盖房子，不就是为了每年租给上学的学生住吗？当时他父母把房子让出单间，让我居住，我至今对他们心怀感激之情。

陈同学是镇上的人，我是乡下人，见的世面还是有差距的。镇也是乡下，但在我们眼中，他们已经属于被羡慕的对象了。陈同学在镇上有一群来往密切的朋友，这些朋友常常会来家里打沙袋或练习拳击。当时陈同学家的二楼挂着两三个沙袋，他常常会对着沙袋打，练出了一身好肌肉。他的那群朋友来后，更是热闹得很，有打沙袋的，有练习拳击的。我偶尔也摸摸沙袋，但从来没认真出力打过。也许在他们眼中，我只是个死读书的乡下人罢了。陈同学与朋友们聚在一起，总有使不完的劲，他们个个充满着青春与活力。要身高有身高，要力气有力气，相比之下，我则像个小老头。他们知道我如此，聚集在一起的时候，也很少叫我参与。

我在陈同学家寄宿了三个多月，后来，学校改造了间宿舍，可以让我们住宿，我就搬到了学校里，于是与陈同学的交往更少了。虽然我们在隔壁班，下课的时候偶尔见见，但似乎很少交流。在我印象里，他一直是个非常重情义的人，大家对他都很尊重，有大哥的风范。后来，初二下学期我到了民中念书，与六中同学的交往更少了。直到1996年，我在大学里才知道，陈同学初中毕业后没有继续上学了。他后来真的当起了大哥。

　　大哥，这并不是我们当时那个年龄所能承受得起的担子，可他做了。他戴起了粗重的金项链，留起了时尚的头发。对同学也是相当阔气，当电话还是昂贵消费品的时候，他已经拿起了大哥大。在同学眼中，他开朗、活泼，总能制造出欢乐的气氛，卡拉OK也唱得极好。当然，这些都是后来我听其他同学说的。

　　在这些发达的背后，却是他青春的愚昧。他拉起了团伙，居然拦路抢劫。当我听到这消息时，简直惊呆了，他怎可以做这样的事情呢？他是如何干上这个的呢？当时，福安在修路，路面难行，从宁德到福安要经过陡峭的眉洋岭。他与同伙就做了埋伏，当夜间车辆在坡上缓慢行驶时，他们就拦下车辆抢劫。一次，两次，三次……就这样，他们仿佛觉得来钱十分容易。

　　我不知道他是什么时候开始组织这团伙的。他在积累他的青春梦想中用错了砝码，在1996年初的"严打"中他被公安机关抓捕了。接着可怕的消息一点一点地传来，他在过去拦路抢劫中还有过命案。

　　校园里继续转播着中央人民广播电台的早间新闻，我为他揪着心、捏着汗。暑期回老家后，陆续有同学说了他的情况。在法律面前，在声势浩大的"严打"面前，他终究难脱法律的严惩，一颗可怕子弹最终结束了他年仅十九岁的生命。我听后，顿觉全身冰凉，也许一切都是命中注定，也许一切都早有征兆。当初他与朋友们练习沙袋、拳击，难道就为了这般下场？我当时很想去见见他的家人，但同学们劝我，你去了只能让他的家人徒增悲伤。一切都无济于事了，唯有让这枪声远去吧，唯有希望以后再也不要有如此悲凉的故事重演了。

美景并非常常有，但美景可以重现，而青春和
欢乐却只能定格在那瞬间。

长乐下沙之行

1996 年 4 月，我们来到长乐下沙，在那里度过了一个美妙
的夜晚。

不知道是谁出的主意，我们班级组织了长乐下沙之行。后来我看
照片，估计是长乐的同学陈华瑞促成的。

当时是怎么组织起来的，我们是怎么到达下沙的，这些都忘记
了。只记得那是我第一次看到大海，第一次行走在柔软的沙滩上。

我们到下沙的时候，海水正在涨潮，不停地冲刷着沙滩、岩石。
1993 年，我在念高中的时候，有一回参加"闽东诗人笔会"，曾坐船
到过福安的白马湾。那里已经是海的一部分了。但在港湾里，一切都
显得那么平静，那么安详。而到了下沙，那气势、那声响、那辽阔，
给了我另一种体会。

在无边无际的大海面前，人是那么渺小，心是那么辽阔。波浪一
波接着一波，不停地涌上沙滩，然后又迅速地退去，周而复始。沙子
在浪涛的冲刷下，变得异常干净、柔软。涌上沙滩的海水带走了一些
沙土，海水也因此显得有些浑浊。但在几十米外，海水的颜色就明显
分割开来，靠近沙滩的部分土黄一片，而远处则是湛蓝无际。

　　同学们见到大海，一下子就欢呼雀跃起来，他们大多跟我一样，也是第一次看到大海。来自龙岩的陈晖是二班的同学，一说去看海，也跟着我们一起来了。这也是他第一次看到大海。我们迅速冲向海滩，大家挽起裤脚，让海水漫过小腿，接着就开始摆出不同的姿势拍照，然后又是一阵追逐、泼水，直到所有的人都湿身了，才平静下来。我与大家一样，也玩得非常 High。

　　一阵疯狂后，我们平静下来，我站在沙滩上眺望远方，远处的海水显得很宁静，偶尔凸起点浪花，但又迅速地退去。有艘大船在海中也稳稳地停泊着，浪花在船边泛起了点点白色。那场景看起来是那么安静、悠闲，完全没了岸边的汹涌澎湃。我呆呆地望着远方，傻傻地想，大海怎么可以同时有两面，既安静又汹涌呢？但后来我知道错了，远处的大海在涨潮时也是不平静的，大海的深处也在怒吼、涌动，只是因为在远处，我们的肉眼感觉不强烈而已。

　　当我们还在海边纵情欢乐时，陈华瑞和几个同学已经为晚上怎么住宿的事情忙碌了。他们联系了当地的居民，弄来了十多顶帐篷。当时我不懂得畏惧，懵懵懂懂的，就在沙滩上支起了帐篷——晚上我们要在沙滩上过夜。现在想来，当时怎么那么大胆呢？我们二三十个人睡在沙滩上，万一涨潮把我们卷走怎么办？万一夜晚有人偷袭怎么办，万一女生出了状况怎么办？当时我们全然没有这种安全意识，也许当时的环境确实不需要我们过于担忧。那时，民风虽已渐下，但想来还是比现在淳朴些。我和同样来自福安的阮江潮睡一个帐篷。

　　深夜渐渐笼罩在大海上，笼罩在沙滩上，但帐篷里的我们依然还在热火朝天地聊着天。帐篷一个挨着一个。也不知道大家何时入睡的，待到醒来时，天已破晓。拉开帐篷，眼前的风景真是美不胜收啊！海水已经退潮，整个沙滩非常辽阔，方圆几千平方米，海浪在远处拍打着，涛声时起时落，像一曲清晨中优美的牧歌。将近二十年过去了，我后来也见过不少海景，但都没这次来得壮丽、优美、辽阔、动人。太阳还躲在海里，但已经在海面露出了光芒，照射在茫茫的大海上，水面微微晃动着粼光。我们在沙滩上呐喊、吼叫，声音传遍了大海。

在我们的呐喊声中，太阳渐渐爬上了海面，没过几分钟，强烈的光芒一下子照射到了整个海面，波光粼粼，耀眼夺目。这时候不知道从什么地方突然冒出了一个人，他挑着两箩筐的鱼出现在我们面前——是讨海早归的渔民。在阳光的斜射下，他的影子长长的，整个沙滩仿佛都成了他行走的舞台。他挑担行走着，影子也在沙滩上行走着。我们几个围了上去。他见我们也这么早就出现在沙滩上，还觉得有点纳闷，就攀谈了起来。知道我们是师大的学生后，他露出赞许的眼神，笑呵呵地走了。

就在这时，我们看到远处还有一位渔民在拉网，于是大家都迅速地跑过去。我们主动上前说要帮忙一起拉网。他自然也是乐意的。我和陈晖特别来劲，迅速扑到渔网前，极为兴奋地与渔民拉起了网来。鱼儿在网中不断跳跃，最后那位渔民满载而归，我们也都为他的收获感到高兴。

日破大海，海上生光芒，人在海中动，鱼在网中跳。青春朝气的我们在海上呐喊，在海上抒发情怀，有人记录下了一幅幅欢乐难忘的影像。那影像里有我、有陈华瑞、阮江潮、陈晖、何锦前、陈邑华、卓希惠、陈俊英、赵舟敏……更有我的太太邓美华。

父爱如山。过去没这般强烈感受，只有到了自己也当父亲的时候才知道。

父亲来看我

1996 年 4 月，父亲从老家来看我。

我上大学的时候独自前来，父亲没有送我到学校。大一上学期结束，接着在寒假里，家中发生了点事情，父亲为应对这些事情，心情很不好，憔悴了不少。没想到大一下学期上学不久，有一天父亲突然来看我了。当父亲出现在我面前时，我还很奇怪，他是怎么来的？

当时老家没装电话，平时互通信息，主要是靠我写信。父亲识字不多，也很少回。他也不知道邮政汇款，更无什么银行卡之类的东西，所以当时我的生活费主要是开学之初自己带的，中途一般还会请林梅生校长的爱人通过银行给我电汇几百。在没有电话事先联系的情况下，父亲是怎么顺利地找到我的呢？原来，寒假里，我与父亲有交流学校里的情况，告诉他我的学校怎么坐公交车、我住几号楼哪个房间等。父亲默默地记下了。于是有了 4 月的一天他的突然到来。

父亲思儿心切，在春暖花开的 4 月，他坐上了从老家去福安城关的车，然后再坐福安到福州的大巴。当时的 104 国道正在改造，一路颠簸，一路堵车，尘土飞扬，路程虽然不到两百公里，但坐车时间一般是七八个小时。父亲到了福州后，也知道问路，坐上了 20 路公交车。到了学校，再一路问到了我住的宿舍。父亲虽然识字不多，但也还算见过点世面，在他年轻的时候，村里修建自来水设施，就是他和村里另外几个人一起来福州买水管的。父亲凭借着自己对儿子的爱，用他半普通话半方言的智慧，终于见到了儿子。

对于父亲的到来，我自然是开心极了。虽然我从小算独立，从中学起就寄宿学校，与父母在一起的时间远远少于学校学习的时间。但见到久违的父亲，满心欢喜。多年后，我自己当了父亲，偶尔出差，最为挂念的便是女儿，女儿也常常在电话里念叨，想见爸爸，甚至在电话里哭着要马上见到爸爸。父亲对于子女们来说就是大山，父亲在就有安全感。不管子女们走南闯北，本事再大，但父亲永远是他们心中的依靠。

父亲来了，他木木地看着我。见我平安健康，就放心了。而我也是木木地看着他。长大后，与父亲的话似乎少了不少，但心里彼此都是喜悦的。

父亲为了见我，也略为打扮了下，但依然难掩他的辛苦。他皮肤黝黑，面色不佳。我见到父亲后，忙着给舍友们介绍父亲。父亲虽然有点腼腆，但话匣子一打开，也是能与大家聊上几句的。他的话无外乎就是说大家住一起要好好相处，团结互助。这是他这辈人对子女与人相处之道唯一的要求。

虽然与父亲没什么语言交流，但我依然知道父亲为什么要大老远来看我。前一阵子，因为英语补考被处分了，从基地班降到了教育本科班。这事我与林梅生校长讲过，估计林校长与父亲交流了。父亲知道我受了委屈，就大老远来看我了。

父亲到来后，我自然跟他提起了处分之事。他安慰我说：事情既然发生了，也没办法，只能自己努力，将来再看了。父亲不懂得如何安慰，话虽不多，但我明白他的意思。他的到来就是对我当时受挫最大的安慰。他来看我，我定能更加坚强。

我领着父亲参观我们的校园。当天晚上，我又带父亲到上三路附近走走。当时上三路附近一片漆黑，多是木头瓦片的房子，特别是上三路往仓前方向。我与父亲边走边聊。父亲突然冒出一句：这师大怎么建在这么农村的地方？不过也好，这样大家可以专心在学校里念书了。当时的师大确实有点荒凉的感觉，破旧的大门，上三路上到处是坑坑洼洼，边上满目菜地，哪里像如今的繁华呢？我原本还想带父亲去东街口这些繁华的地方看看，但父亲执意不去。

他要见的已经见到了，有什么还比儿子更好看的呢？显然他对于繁华与荒芜都无兴致了。他只跟我随意走走，与我聊天便好。他无外乎告诉我，家里妈妈如何，弟弟如何，妹妹如何。当时妈妈身体不好，胆结石比较严重，常常疼得厉害。我听了，只能默默地记着，却什么也做不了。但父亲知道我的性子，什么都会放心里的。父亲安慰我，现在什么都不需要我做，我要做的就是好好念书，将来谋份好工作。

这或许就是大多数农民家长的想法，孩子上学了，能给孩子的尽量给，只盼孩子在学校里好好念书，将来有份好工作，有个好出息。现在想来多少农民家长，为了孩子念书，家里是四处举债，而到孩子毕业了，却找不到工作，那情形就像锥子在含辛茹苦的父母心口戳呀。好在当初，大多数人，只要好好念书，谋份工作还是有保障的。

父亲来看我，与我挤在一张只有九十厘米宽的学生床上，但当初似乎不觉得拥挤。现在想来，真是惭愧。后来再与父亲同睡，似乎不习惯了，连呼噜声也不适应了。有些东西逝去了，就再难回来了。

父亲要回去了。在离开的时候，父亲突然很认真地对我说：这次来看你，除了想跟你说，处分就处分了，不要去心烦这个，到了新班级要好好念书，还有一个最重要的事情，就是前几天你妈妈去给你算了个卦，说你要见血光之灾。你一定要多加小心呀，要处处小心呀。我和你妈在家都睡不着，就担心你出事，所以一定要小心、老实，一定要记住这个。我一下子恍然，原来父亲来看我，是担心我在学校出问题。也是，难道还有比健康、平安更重要的事情吗？父母为了我在家都睡不着了，他们只希望自己的孩子在外求学健康平安，什么处分、调整班级，在平安面前，都显得无足轻重了。我微微点点头，跟父亲说，我一定会多加小心的。

父亲坐车回去了，他看起来放心了些。但我知道，他对儿子的挂念并非这两天的见面能消除的，也不是那一两句叮嘱能替代的。对儿子的担心、挂念，始终伴随着他。这就是父母的心，伟大的父母的心。

师大的四年是我人生美妙的四年，青春因它而精彩，梦想因它而生动。但最为重要的是，它给了我爱情，给了我一个幸福的家。

美华印象

1996 年 5 月，在那花海的季节，我对后来成为我太太邓美华的印象一点一点地清晰明亮起来。

要说对美华的初步印象，应该可以追溯到 1995 年 9 月，那时我还在基地班学习，与本科班的同学交往较少，因为当时基地班单独在文科楼七楼系办的一间教室里上课，课程单独设置，与本科班课程基本无交集，任课老师也不一样，是个相对独立的王国。基地班五个男生与本科一班五个男生住在一起，倒是有些交往，与本科班的女生则基本无交往了。但我与美华相识却非常早。

1995 年 9 月开学不久，有一回，不知道是谁带我去万里一号公寓玩。当时，师大没有足够的校舍，仓山万里村就盖了些宿舍租给学校，这些校舍在学校外面，分散在万里村中。中文 1995 级本科生中有些被安排住公寓。大学一年级住在一号公寓，大二后搬到了三号公寓。美华是住公寓生。那次去一号公寓玩，去了美华的宿舍，算是我们第一次相识。但这次见面并没有留下什么印象。我于她，她于我都是如此。

我对美华印象深刻的一次相见是在这年的 11 月。那次她背着一个书包，书包的袋子很长，背到了臀部的位置。她从图书馆往文科楼走，一步步地下楼梯。我从文科楼往图书馆上楼梯，与她迎面相见。我看着她迎面而来，微笑点头而过，然后又继续下楼。那下楼梯的姿势，那背着书包满面阳光的神态，那走路高昂的神情，仿佛一道美丽的彩虹，定格在了瞬间。当时，我已经知道她非常勤奋，天天背着书包穿梭于图书馆、文科楼之间。她走路总是挺胸，一副高昂的姿态。这姿态、这神情多少年未曾改变，一直深深地印在我的脑海里。多年后，当我们一起重温第一印象时，我就会不由自主地想起那次在图书馆台阶上的邂逅——高傲、勤奋、青春、微笑，这似乎是她留给我的第一印象。

　　与美华有更为进一步的交往便是到了本科班学习后。上课时，她与陈俊英经常坐在一起，我和陈晖常常坐她们后面。那时，她留着短头发，头发自然卷曲，坐姿端正，上课完全进入状态。我望着她的背，着实觉得可爱。她总是专注于学习，上课从不开小差。但下课后，倒也风趣，偶尔也跟着大家说点笑话。大家都觉得她是学习的榜样，也因此，似乎在文艺活动中少了她的影子。但后来，我才渐渐知道，她玩起来也是很疯的，而且文艺才能一点都不比别人差。

　　那次下沙之行美华也去了。虽然之前她来过福州，但也是第一次见到大海，平时紧张学习的她一下子放松了。她和我们一起疯狂，一起奔跑。她的头发虽短，但在海风的吹拂中完全凌乱了，她似乎不大在意这些，旧照中留下了她头发凌乱的画面，也留下了她放松、灿烂的笑容。她就是那种，学习起来非常认真，状态高度集中，而玩起来却很放松的女生。后来，我跟她接触多了，越发觉得她性格的可爱和难得。做事情异常认真，对自己非常严格，而对别人却多了份宽容，多了份融入集体的微笑。

对美华的印象更深刻起来是在 1996 年 5 月。那时我们班级组织团日活动，决定在研究生楼一楼的活动室（这楼位于第三食堂边上，现在早已改建）举行文艺汇报演出。当然，一个班级组织文艺演出，场面不会太大，有几个节目就行了。我们班文艺苗子很多，赵舟敏是公认的文艺女青年，她是系学生会文艺部干部，福州幼师保送上来的，演出、主持，样样都拿得出手。阮江潮也是文艺骨干，常与赵舟敏搭档演出，会自编小品。后来学校各类演出中都有他们的身影。但我没想到的是美华在文艺方面也样样精通。这次汇报演出，她的节目是舞蹈。她穿着短袜、长衫，舞姿十分曼妙。她充满自信的脸庞加上淡淡的容妆，在不算明亮的光线下显得有些朦胧。她跳得优美、干净、温柔，虽然我不太懂得欣赏，但感觉是一种享受。两三年后，我有机会与她一起跳舞，深切体味到翩翩起舞的感觉，真是美妙的回忆。后来我还知道她不仅会舞蹈，而且写得一手漂亮的毛笔字；她不仅会弹钢琴，而且会拉小提琴……这次团日活动，我欣赏了舞蹈，更是欣赏了美华。从此，她的形象深深刻在我的脑海里。

大学里最宝贵的是什么呢？也许答案很多，但指引着青年成长的教授无疑是最明确的答案。

温文尔雅的潘教授

潘新和教授是系里最受学生欢迎的教授之一，他温文尔雅，非常有魅力，不仅学识渊博，敢于说真话，教学有自己的思想主张，自成体系，而且对学生非常关爱友好。他每年都给大一本科生上写作课，鼓励大家进行写作实践，鼓励大家多写文章，多发表文章。期末打分，除了考试分数外，他还会根据学生发表习作的情况给予加分，以至于常常打到了满分。不少学生在潘老师的鼓励下，后来真的爱上了写作，发表了不少文章。潘老师认为，写作本来是侧重实践的课程，理论讲述最后都需要通过写作实践来完成，而习作练习、习作发表是最好的实践方式。

我们有幸与潘老师结缘，也是因为他给我们上写作课。他上课不紧不慢，鼓励大家思考，鼓励大家发表不同的意见。同学们都非常喜欢上他的课。在师大中文系有几个老师上课是非常受欢迎的。孙绍振教授是大家公认的铁嘴教授，他与李万均教授，还有我们上学时已经离开师大的陈宗英教授、李联明教授等，号称"四大铁嘴"，上课非常有激情，受到学生的追捧。虽然潘老师上课没有孙老师、李老师那样充满激情，以气势感染我们，但潘老师的课则是另一种体验，他温和地讲述，娓娓道来，倒也让人入境入情。

潘老师教写作，总是不限于课堂教学，鼓励我们走出课堂去社会捕捉写作素材。当时，他就给大家设计了几个题目，让我们去调查采访，然后写出调查报告或采访报道。我与卓希惠、张玲分成一个小组去福建人才市场采访。当时人才市场刚刚兴起，不知为何物。福建人才市场在东街百货的楼上，也就是现在中国海峡人才市场的前身。这次采访因为有潘老师的指导，人才市场的领导也很重视，给我们介绍了相关情况，并与我们留影纪念。我们在潘老师的指导下也顺利完成了采访报道，让更多同学知道了"人才市场"。

潘老师不仅课上得好，最为重要的是他对学生的鼓励，对学生浓浓的爱。在我们之前，他已经留下了美名，大家都知道他不断鼓励学生，处处帮助学生。大学毕业时，不少学生是由他推荐找到了理想的工作单位。但他从不炫耀，也从不厌烦，送走了一届又接着为下一届学生操心。因此他深受大家的敬重。

1996年5月，任教于我们班的潘老师家里突然发生了点情况，潘老师的爱人不小心摔了一跤，住在福州市第二人民医院，我们班的同学知道后自愿排班轮流照顾。潘老师多次劝说我们不要去，他自己可以照顾得来。但我们还是坚持去医院帮忙。女生照顾师母，男生陪伴女生步行往返，保护安全。

每次去，潘老师总叫我们在一个本子上签名。我知道，潘老师他非常注重师生情谊，他心里在感谢我们的帮助，一旦有机会，他定会数倍奉还给我们。

老师有困难，学生自愿帮忙，这在当时是那样的自然。相比今天，学生给老师打下伞，就有了教育部门要求的深刻检讨，那浓浓的师生情谊哪里去了呢？老师关爱学生，才有学生爱的回报。大学里，学生与老师不就是一个整体吗？潘老师给了我们浓浓的师爱，我们也自觉地与他一起分担艰苦，这是再自然不过的事情了。

潘老师与学生之间的情义就这样不断持续着，他尽自己所能，帮助着我们每一个学生的成长，给大家指引了方向。他从不偏袒哪个学生，总是创造适合的机会让学生获得发展。在师母摔倒后不久，他的专著《中国现代写作教育史》出版。当时大学老师出版著作后当作教材卖给学生的行为非常普遍，但潘老师不这样做，虽然我知道当时他家庭经济条件不算好，而且师母住院也需要钱。但他只是说，需要购买这本书的同学可以向班委登记，然后他再向出版社优惠购买。班上大多同学购买了，他给每个购买的同学签字留念。我当初经济拮据没登记购买。他看到购买的名单后，也给我单独签名送了一本。潘老师的书，当初我怎么可以不购买，而要让老师送上一本呢？难道我真的差那十几元钱吗？现在想来真是惭愧。

大一写作结束后，他又任教 1996 级本科生，接着就是 1997 级本科……但没想到三年后的一天，他突然找到我说，他想向福建人民出版社推荐我，问我愿意不愿意去。他说，从我热爱写作来看，出版社适合我。虽然从大一到大四这两三年之间我们很少交往，但他记住了每一个教过的学生，知道哪个学生适合做什么，当出版社要他推荐一名毕业生的时候，他毫不迟疑地想到了我。在他的推荐下我到了出版社工作。潘老师对我如此厚爱，对其他学生亦如此。师大中文系毕业生中，相当一部分学生是在他的推荐下找到满意的工作的。

成为潘新和教授的学生，是我大学的幸运。但大学四年，与潘老师交往太少了，当初年少无知，不懂得师生情义的可贵，毕业后才发现这情义的难得。也许还来得及，这十几年来，我与他密切来往，就是要好好珍惜这难得的师生情义。

师生情永远是大学时光中最难得的情义，师者或许传授知识，或许传播能量，而亦师亦友者当最让人难以忘怀的。

辅导员郑文灿老师

1996年7月，我与辅导员郑文灿老师一同赤裸洗澡。他是我的第二个辅导员，是位长我几岁的年轻老师，却像长辈们对我关怀备至。

当我从基地班到本科班学习时，他对我张开了温暖的怀抱。刚到本科班学习的第一天，在他的宿舍里，他与我谈心，开导我融入新的集体。他跟我说，在新生入学的时候，他看到我的档案材料，就非常希望我能成为他的学生，有一种似曾相识的感觉。就是这句"似曾相识"的鼓励，让我一下子温暖起来。仿如在茫茫的人海中，在沮丧的无助中，有人向你抛来微笑，向你伸出温暖的大手，那感觉真是太美妙了。有时候我在想，有的老师也关爱学生，但与学生的交流比较简单，无外乎是要努力学习、刻苦什么的。结果有几人能长久记住这些教诲呢？而郑老师与我似曾相识的遇见，却让我永远记于心间。

郑老师总能处处为学生着想。年初英语补考，由于携带资料，同时受处分的还有同年级的郑同学。我们俩因为这处分后来成了好兄弟。郑老师知道我们都是无辜的，但在学校的纪律面前，大家都很无奈。有一天，郑老师突然在年级大会上说：我们年级有两个同学，因为考试的时候携带了资料，被学校处分了，我知道他们有委屈，助学金也被扣了一年。我建议大家每个月捐出两块钱，然后分给这两位同学。这提议得到了同学们的支持，于是我也能像之前一样，每月领得八十一元助学金。

郑老师的关怀，不是留在设想中的。当时我家的经济条件相当不好，家里负债不少，但就是郑老师这一温暖的倡议，让我基本能应对后来一年的学习生活。除了助学金外，有一回他还给了我三百元。三百元在当时是相当大的数字，我们一年的学杂费也就六百元。

从基地班到本科班，在我茫然、无助时，他给了我精神慰藉，给了我物质资助。这一切都让我有信心去面对生活，面对未来。

1996年的暑假，基地班的同学去平潭社会实践。王福贵老师、郑文灿老师都提议我也去。虽然我离开了基地班，但他们还是希望我有多些锻炼的机会，能分享基地班教学的成果。郑老师在节目主持方面非常突出，学校大型的活动基本是他主持的，他能说一口标准的普通话。基地班的社会实践活动，自然也少不了郑老师的组织、主持。

7月的平潭岛，海风徐徐，我们驻扎在部队的大本营中。一天，我和郑老师一起去澡堂洗澡。郑老师在我面前脱光了衣服，我当时还觉得有点害羞，毕竟是师生呀。但郑老师的坦然自在，消除了我的顾虑，我们就这样"赤诚相见"了。这个细节，或许郑老师已经忘记了，但对我来说，我感觉进一步走近了他，走近了他的世界，与他成了朋友。

一个老师，能在你面前坦然相对，他是师，亦是友。我暗暗想着，这样的老师定是我一辈子都应该尊重的。后来我的大学学习、生活，也确因有郑老师这般亦师亦友的爱护而变得精彩。

我大二那年，郑老师当上了系团委书记。在郑老师的鼓励、支持和爱护下，我在系里的学生会工作中做了点事。从主编《闽江》到组织"闽教版"杯书评赛，从组织编写校友散文集《不老的长安山》到组织学生科研课题组……郑老师都给了我莫大的鼓励。记得有一回，我的同学、时任系记者团团长的肖国敬去找他谈事情，我也在场。记者团一天到晚写文章，文笔自然是相当不错的。但郑老师看了国敬的汇报材料后，突然说了句：还是要多学学汤伏祥，他的东西到我这里都很清楚了，我 OK 一下就行了。当时被郑老师这么一说，我和国敬都有点不好意思了。毕业多年后，我和国敬谈起了这段往事，国敬很是羡慕地说：老郑同志对你简直太器重、太赏识了，搞得我们都很嫉妒。正是因为有了郑老师的爱护、鼓励，让我的大学时光充满了乐趣，给了我更为宽广的舞台，让我在长安山的时光没有因此完全浪费。

在学习上、学生工作上，他是这般鼓励我，给我舞台，让我大胆发挥，在生活上、情感上，我们也是相当默契。那时郑老师单身，学生街的江南饭店成了我们经常去的地方，他是为了改善我的伙食才叫我去的，当然都是他买单。有一回从江南饭店回来，我们两个边走边聊，嘻嘻哈哈的，在体育系到外语学院的那段路上，我们还谈到了各自女朋友的事。现在回想起来，真是纯真浪漫。当时我们都非常兴奋。一对师生在路上，边走边谈着彼此的女朋友，那感觉真是太美妙了。羞涩、兴奋……那情那景已成为我心中一道抹不去的风景线。

回忆总是让人兴奋，总是让人心怀感恩。时间在回忆中悄然流逝，青春在回忆中慢慢殆尽。从最早的那次"似曾相识"的谈话，到给我物质资助，再到暑期的"赤诚相见"，我们之间的默契、情义不断加深。郑老师以自己的学养、正派感染着我、鞭策着我。我对他除了感激还是感激。有时候我就在想，一个人的成长，总是离不开贵人相助的，学习上、生活中、工作上都是如此。

郑老师虽然没有显赫的官位，也不是多有名气的专家，他只是一个学生辅导员，但却给了我心灵的慰藉，给了我勇气和力量，让我不断驰骋向前。

　　毕业后，我时常回母校走走。郑老师那里是必去的。每每见到老师，都是一种愉悦。我们是师生，也是朋友，聊天总是相当默契。他很关心我的工作，总是给我鼓励，说我一定能做好。他从系团委书记，后来到了协和学院文产系当总支书记，接着又到学校宣传部任副部长、文明办主任。虽然岗位变化了，但对我依然如故，一样的亲切，一样的鼓励，而对于我来说，他还是一样的亲切，一样的尊重，一样的亦师亦友。

一片景一片情，景由心生。

岚岛社会实践

82　　　 1996 年 7 月，我们在平潭岛社会实践。

系里对基地班的培养可谓尽心。当一个学年结束时，系总支书记兼辅导员王福贵老师就安排大家去社会实践。当初大家都还不知道社会实践是什么玩意儿，王老师就拜托他时任平潭县委副书记的同学帮忙联系。在王老师和他同学的安排下，基地班来到平潭开展为期十天左右的社会实践。

王老师对我疼爱有加，虽然我已不在基地班学习了，但他还是叫我参加。同去的本科班同学中还有赵舟敏、李娟二人，我们 1995 级本科的辅导员郑文灿老师带队驻扎在平潭岛上的部队军营中。

当初，我们对地理方位不甚了解，只记得经过两个多小时的路程，我们到了一个码头，原来这里就是进入平潭岛必经的轮渡码头。轮渡我高中时也坐过一回。那次去福安赛岐，就是从罗江坐轮渡去的。人、车一起在轮船上摆渡。这情形想来现在是少有了。平潭大开发后，告别靠摆渡进岛的日子，终于建成了长两三公里的平潭大桥。

平潭别称岚。1996 年的平潭岛还是相当落后的，除了当初的交通不便外，所到之处，也大多是石头的矮房。平潭风大，一年有一半以上的时间都在刮七级以上的风。所以，百姓们建造房子时，多用石头或石块堆砌而成。

房子不高，多为一两层。当时我们去苏澳调查，才知道那里还相当贫穷，有不少人一天只能吃两餐。当然，这景象后来随着时代的发展在不断变化，特别是平潭大开发之后，真可谓日新月异。

时代在变迁，但对于我们来说，不变的是当初与同学们一起的时光。当初我们到部队后，就给部队献上了排练好的节目。基地班有不少文艺青年：陈旭持着一口标准的普通话，极富表演才华。同去的赵舟敏、李娟更是文艺骨干。赵舟敏当时是年级的文艺部长，能歌能舞，但凡学校大型的演出，定有她的出色表演。李娟是个快乐天使，幽默、大方，是大家喜欢的活宝。出演小品是李娟的拿手戏。当初在部队里演什么忘记了，但李娟与赵舟敏的小品《上学去》依然记忆犹新。这个小品是郑文灿老师和李娟他们自己编导的，表演得相当出色，后来还在九十周年校庆中演出。

除了演出，让我们感受美丽的平潭风光也是我们此行的目的之一。部队的军营在海边。海不断伸向远方，沙滩似乎都看不到尽头了，海水退潮的浪涛声在远处飘荡。有几个清晨，我早早起床，漫步在柔软、广阔的沙滩上，微风徐徐，真是美好的享受。我边走边欣赏边思想，真想让时光永远停滞，让美妙默默感知。有一天早上，王福贵老师也早起，自己一人散步在沙滩上。阳光把他的影子拉得很长很长。突然，他快步走向岸边。我的目光随着他的影子移动——那是一片花的海洋，小小的花朵在阳光中鲜艳绽开。沙滩边居然也有如此娇小的花儿，真是难得，美丽无比。

也许美丽最终只能定格在那时、那里了。四五年后的一天，我带美华去平潭，去曾经的沙滩，让她感受下那里的美景。但当我们到那里的时候，海正在怒吼，沙滩也渐渐失去了往日的美妙。那天晚上，我们本想去沙滩上静坐，但风刮得让人顿然失去了安全感，即使是第二天早上，潮水退去了，但沙滩似乎也不再如原先那么宽阔了，花儿更是消失了。

十年后，平潭又迎来了大开发，那如画的沙滩，被挖掘成了道路，水泥也逐渐覆盖了许多美妙的过去，取而代之的是现代化的都市画卷。平坦的环岛柏油路、现代设施的度假宾馆，一切的一切终究是要这般逝去。但平潭留在我记忆深处的还是当初的轮渡、精心的表演、美妙的沙滩，以及我们一起度过的欢乐时光。

虽然现在不用面朝黄土背朝天地干活，但曾经的锻炼却是我一生的财富，我因它而感到踏实，感到完满。

割稻谷

1996年8月。我在家割稻谷。这可能是我最后一次下田劳动了。

我的老家在福安甘棠奎聚村。甘棠据说是个历史名镇，就"甘棠"二字，就很有文化底蕴。《诗经·召南》中就有《甘棠》一篇。"蔽芾甘棠，勿剪勿伐，召伯所茇。蔽芾甘棠，勿剪勿败，召伯所憩。蔽芾甘棠，勿剪勿拜，召伯所说。"甘棠即棠梨树。我不知，福安的甘棠与《诗经》中甘棠有何关联，但仅仅听起名字来，便觉得不俗。

奎聚村离甘棠镇约六公里，位于甘棠与下白石的沿线上。奎聚村，又名奎住村，俗名鸡屿村。村民背靠大山、临赛江而居。相传，最早村上只有卓姓、陈姓两家。村前一片汪洋，来往多靠小舟，或登山翻越。大概八百年前，姓汤的先祖跋涉山水，到了这里定居，于是有了如今的繁荣和兴旺。传说，先祖原在周宁梅山村，时家有变故，风水先生指点其中一子抱着一头公鸡逃跑，说，待公鸡鸣叫，就在鸣叫地安家定居，将来定能枝开叶散。先祖开基奎聚，族谱上有记载，村名都因"鸡鸣"而俗称"鸡屿"。

我们祖辈在奎聚村已经三四十世了。族谱上记载，我已是第三十八世了。这个村庄经祖祖辈辈的耕耘后，留给我的尽是童年的快乐，我也为自己是农民的一分子而感到踏实。我的祖辈都是靠农田耕作、山间劳动而度日、温饱的。之前，他们的日子如何度过的，我不甚了解，更没切实体会。但到我懂事起，便知劳动也是我们的义务。

一年当中，父亲大体是这样安排他的耕作的：春节后不久，父亲就会把年前整理的垃圾堆起来，然后放地瓜于垃圾堆里，渐渐长出了芽。这是种地瓜所需的第一步。到了二三月，父亲开始浸稻谷，等一两天略发芽，然后下田播种，这是种水稻的第一步。上山种地瓜、下田种稻谷，这是父亲一年两项重要的农活。当然，还有种菜、捕鱼等等其他的生计之活。

我也不知道自己什么时候参与了这些农活。但记忆中，这些农活似乎都不在话下，至少有我可以做的环节。比如地瓜，我可以帮忙刨地瓜。地瓜洗后，我和母亲把地瓜刨成丝，然后再洗，让淀粉沉淀，接着晒干，就成了地瓜米。种水稻、收割水稻，更是全家出动的活。

大概在我只有十岁的时候，那年，夏天双抢，父亲一边忙着割稻谷，一边忙着插秧苗，忙得很。父亲就叫我和弟弟也下田，把刚刚割过的稻根翻过来，这样他就可以插秧了。当时的我们没有力气，连锄头都拿不起来，更别说翻泥土、翻稻根了。那怎么办呢？父亲就教了一招，让我们用脚直接把稻根踩到水田中。我和弟弟，边踩边玩，没一会儿工夫，稻根都被踩到泥土中，父亲便直接在上面插秧了。

暑期，一般为农历六月天，因为炎热，需要放假休息，而对于面朝黄土背朝天的农民来说，却是丝毫不敢怠慢的季节。农民一边收割稻谷，一边忙着插秧，赶上第二季。但就是那样的忙碌、那样的炎热，在当时似乎都不觉得辛苦。也许那就是环境使然，也许那就是一种心态。

当时，父亲有好几亩地，夏天的"双抢"前后要半个多月。酷热，是自然的。当我站在田中割稻时，汗水直流，渐渐模糊了眼镜，不得不停下来擦擦，再接着做。每每看到这景象，父亲或母亲就会说：戴眼镜的人是做不了农活的。戴了眼镜了，就争取不要再做农活了。所以当我上了大学，父亲就叫我不要再"双抢"了。

1995 年的暑期，我刚刚接到大学录取通知书，开始与同学们疯玩了一阵，去最要好的陈晓峰家玩，随后又与钟连木、陈平等一路南下到我家。当时，父亲忙于收割稻谷，见到同学们上门，也甚是高兴。而我却提议，大家一起去收割稻谷。父亲说，怎么可以让同学们来割稻谷呢？大家难得来玩，怎么还干农活呢？我说，天气预报台风马上要来了，不割到时候烂在田里怎么办？这几个都是我要好的同学，没关系的。陈晓峰虽也成长于农村家庭，却从未割过稻谷，他对收割稻谷也甚为兴趣，就像如今一些地方搞的社会实践那样，让城里人到乡下体验一般，所以他也提议我们一起去割稻谷。钟连木、陈平与我一样，也都干过农活，割稻谷也自然熟练得很。那天，艳阳高照，他们仨与我们全家一起上阵，割了一亩多的稻谷。边割边打，边打边装袋，忙得不亦乐乎。陈晓峰，对割稻谷虽然很是生疏，汗水也与我一样，模糊了眼镜，停停擦擦，笑声不断，丝毫不觉得时光难过。由于我们的突击，家里的稻谷提前收割完毕，第二天，刮起了猛烈的台风，接着是一片汪洋。

父亲很欣慰地说，还好有大家的帮忙，要不然水稻就等着发芽、烂田里了。

1996 年的暑期回家，父亲又在忙着收割稻谷，他这次似乎铁了心不让我再割稻谷了，他觉得这不是我干的活了。但我怎么好意思呢？总不能眼睁睁地看着父母辛苦，而自己却跷腿纳凉吧。我是无论如何都做不到的。因此，我再次与父母去割稻谷。一样的炎热，一样的汗水；一样地弯腰，一样地伫立，但多了几分感恩，感恩这片土地，让我得到了锻炼，让我学会吃苦，让我坚强。这将是我一生最为重要的财富。

1996 年的暑期，是我回老家最后一次割稻谷。后来暑期我多在福州度过，三年后，便没了所谓的暑期，父亲也于 1999 年后不再种水稻了。种水稻、割水稻、收获水稻，于南方农民来说，有太多道不完的故事。现在，我虽然脱离了农民的行列，但永远属于其中的一员。因为，在这行列中，我才会真切地感觉到劳动的踏实与喜悦，才会真切地感受到劳动的磨砺与富有。

老家的一些人一些事，常常在我的思绪中萦
绕，不管走多远，我永远都是其中的一分子。

利　爷

1996 年 8 月，暑假里，母亲跟我提起了邻居利爷。

在这一年的上半年，邻居利爷和他的妻子相隔一个星期去世了。利爷姓高，可他的子女却有姓杨、姓吴的。小时候，我以为利爷也是姓杨，因为他也是从山上的杨家厝迁到山脚下来的。

杨家厝坐落在半山腰上，说杨家厝，其实是夸大其词了，因为那里只有一座房子。房子的主人姓杨，到我懂事时，已传了好几世了。时虽同居一屋檐下，但已分为六家了。六家人过着其乐融融的生活。可是过不了多久，六家中居长房的男主人暴病而死，破坏了家中平静安逸的生活。他留下一男一女，男孩已经有五六岁了，而女孩则刚学会走路。为了继续生活，为了照顾孩子，一个姓吴的男人来到了杨家厝。

这位姓吴的男人来到杨家厝后，渐渐地融入了杨家这个大集体，生活正慢慢地变好起来。可男人命苦，生下两个姓吴的儿子后，也离开了人世。

苦不堪言的女人，在苦难的生活和悲痛的命运面前，默默地承受着。

她能说什么呢？她本来想好好生活，可命运却要捉弄她。正当她悲凉交瘁之际，一个姓高的男人出现在她的面前，他就是利爷。

利爷年轻，把这个家庭搞得红红火火，他甘于寂寞，勤勤恳恳，把孩子培养成人。

女人为利爷生了一个儿子，这多多少少给利爷带来一些欣慰。利爷更加卖力地劳动，子女们对利爷也很尊重，高高兴兴、甜甜蜜蜜地喊他"阿爹，阿爹"。

二十多年前，杨家厝集体搬到山脚下。利爷省吃俭用，积攒了一些钱，在山脚下盖了一栋很不错的房子。接着他就为姓杨的大儿子、姓吴的二儿子、三儿子筹办结婚，让姓杨的女儿找到了好婆家。接下来，最让利爷焦急的就是姓高的小儿子的婚事。可不幸的事情却再一次光临他们，小儿子在一次车祸中成了残疾人，结婚的事就别想了。至于传递高家香火，那已经是没有指望了。利爷在那次儿子车祸后，受到很大的打击，他渐渐地老了。

1996年4月，利爷的妻子去世了，这位经历了三次婚姻，两次面对丈夫早早去世的女人平静地离开了利爷。老妇人的死，引来了一些不必要的麻烦。首先是灵牌上所要书写内容的争议，是写"杨府"呢，还是写"吴府""高府"？姓杨的大儿子坚决称要写"杨府"，姓吴的两个儿子却说要写"吴府"，而利爷当然是希望写"高府"了。争议的最后，是写了"杨府"，上"孝男"名单时也只写了大儿子的名字。其次是关于老妇人与谁安葬在一起的争论，大儿子说，母亲是他死去的姓杨的亲生父亲的原配，按照习俗应该与姓杨的父亲葬在一起。二儿子、三儿子在这个问题上，不敢多说什么，但利爷却希望自己死后能与他风雨同舟、相濡以沫一生的妻子安葬在一起。

然而利爷的愿望没能达成。他年轻时，来到山上，含辛茹苦地把孩子养大，本来想续高家香火，本想死后与妻子合葬，但在传统的封建风俗面前，他一切的愿望都将无法实现，他的内心感到悲凉、绝望、无奈。在妻子去世一个星期后，利爷突然倒地，家人忙把他扶起。他喃喃地说："我是高家村人，死后把我安葬在高家村的后山上。"就这样子，利爷也离开了人世。利爷想维护封建习俗，想传宗接代，而自己却恰恰被这封建习俗给葬送了。

想起利爷，真是让人感慨万千啊！但谁又能逃脱呢？

在无奈的命运面前，我们能做什么呢？也许只能以微笑面对，因为生活还是要继续。

许副教授

1996 年 9 月，我们与一位姓许的副教授相识。

原本枯燥的课，许副教授用抑扬顿挫的声调，把我们吸引了。课程的内容我忘记了，但他那满头的白发却是让人过目不忘。后来，我常常见到他。他或在操场上小跑，锻炼身体，或在长安山上散步，或与几个退休的老师在榕树下聊天，声音粗犷，笑声不断。

每每见到他时，我都不愿意上前与他打招呼，倒不是我不尊重他，只是怕打扰他的锻炼，或打断他肆无忌惮、欢快的笑声。我总觉得，许副教授能笑出声音来，的确是一件不简单的事。我应该默默地为他的笑声，为他的肆无忌惮，为他的粗野、豪放祝福。

许副教授，在事业上不能说一事无成，因为他毕竟是副教授，副教授也是高级知识分子。但在人才济济的大学，许副教授的职称就显得有些寒碜了。许副教授也出了几本书，按理说也有资格当教授，但遗憾的是直到退休，许副教授仍然是副教授，连个"退评教授"的指标也没拿到。到底是许副教授自己不争取，还是学校不让他呢？或者是他根本就没个能力？或者他根本就不屑呢？

"副教授就副教授，没什么大不了的。"许副教授很粗俗地说。

几个在场的、退休的教授点点头，"其实都一样，都一样。"他们安慰许副教授。

我暗中想，许副教授的话应该是真实的。不像有些伪君子，嘴里说不在乎名利，而心里却很在乎。但细细想来，要达到这种心口如一的境界，常常是要付出沉痛的代价的。我不知道许副教授是因为本身对教授不感兴趣，还是因为儿子、女儿的缘故。思量起其中的遭遇，真是感慨名利之缥缈，生命之可贵。

许副教授的女儿在十岁的时候，一次与许副教授去外地游玩，在一个闹市中走失，许副教授花了多年的时间和大量的金钱、精力去寻找，可二十年过去了，一直没有女儿的消息。活不见人，死不见尸，这是一种多么不堪的痛苦。

正当时间冲淡了一些悲痛的往事，许副教授把时间和精力慢慢地转移到培养儿子和教育工作上来时，但又一件令他心力交瘁的事情发生了。

一天，他的儿子说有些不舒服，许副教授就带着儿子到协和医院去看医生。这一去，儿子再也没有回来了。儿子被告之得了晚期癌症，必须马上住院。儿子一听医生的话，陡然倒地。许副教授还算镇定，回家搬来必备的生活用品，在医院里陪儿子走完了最后四个月的生命时光。满头乌黑的头发，一天天白起来。四个月后，他"轻松"地走出医院时，已是满头白发了。

女儿走失，没有下落，没有音讯，没有结果；儿子癌症，眼睁睁地看着儿子离去，却没有任何办法。许副教授在默默地承受着，他能说什么呢？他能做什么呢？除了把乌黑的头发变成苍白外，再也没什么可做了。

命运把坚强的许副教授重新拉回了教室，他依然侃侃而谈，慷慨激昂地上课。年轻的大学生好像是他的儿子和女儿，他似乎忘记了悲痛，忘记了伤口，忘记了白发。

几年后，许副教授退休了，他在校园里自由自在地走动着。黄昏里，或锻炼身体，或与其他退休的老师聊天、说笑话，声音响亮，无拘无束。顽固的、不肯落山的、温柔的太阳光斜照在校园里，秋风渐起，许副教授苍老的、凹凸不平的脸上洒满了阳光和凉意。

在一起就是缘分，这话一点不假，多年后，越
发感怀那段美妙的时光。

楼上住着女生

1996 年 9 月，我们宿舍从一楼的 104 搬到了二楼的 206，而楼上的 306 正是我们班女生的宿舍，于是有了许多美妙的故事。

师大多是男女生同住一座楼，比如中文系在 17 号楼，数学系在 16 号楼，物理系在 15 号楼。各个年级的学生都住在一起，男生女生也住一起。一般楼层高的给女生住，男生则住楼层低的。这点，惹来不知多少外校男生的羡慕。大一的时候，我去福州大学见高中的同学，他们那里则是男女分楼居住，男生一般不得轻易进入女生楼的，女生相对容易进入男生楼。当我告诉他们，我们师大都是男女生同住一栋楼时，他们真是羡慕不已。想来，这也是师大独特的管理模式，但能让别校的学生羡慕那便是顺了民意，也给我们的大学生活增添了色彩。这是应该点赞的。

一群美女住在楼上，总让人浮想联翩。晚上卧谈的时候，不知不觉间多了不少关于楼上女生的话题。也许这便是青春的故事。

有一天，大家都在安静地午休，不知道是什么情况，楼上突然响起了激烈的声响，估计是在搬动桌椅。这一动，我们一下子惊醒过来。罗新珍反应最是快速，拿起了他练习撑竿跳用的撑竿，直往天花

板上捅，算是提醒。可没想到，他这一捅，上面反应更是激烈了，拿着凳子在地板上敲打起来。撑杆撞击的声音，凳子敲打的声音，连成一片，我们睡意也全无了。就这样敲了一阵子，估计也没了干劲，又各自安静下来了。后来上学时，我们见到她们，她们就笑得十分诡异，一副得意的样子。她们宿舍的陈丽云说话很是直接：中午的声音美妙吗？敢跟我们斗。我们只有傻傻地笑着。确实，她们更为可爱，更能搞气氛。

敲打地板，后来似乎成了我们两个宿舍联系的某种暗号，只要有什么事情，就敲打下地板。甚至无聊时也敲敲，给宿舍生活增添了不少乐趣。还有一日，楼上又敲打起来，我们正寻思着她们又会使什么花样时，窗户落下了个篮子，篮子上写着字条，叫我们将东西放入篮子。这也是只有她们才能想出的妙招，篮子成了传送物品的媒介。

女生们总是浪漫的。宿舍长丁德银同学是她们心中的大哥，有什么事情都喜欢叫上他。丁德银非常老实、朴素，女生们就爱跟他在一起，似乎跟他在一起就特别安全。其实，我们也是很安全的。这是后话。丁德银的生日，我们宿舍的男生没记住，丁德银自己也没说。但就在这一天，楼上敲打了几声后，就从窗户落下了个篮子。篮子里是一束女生们制作的鲜花，上面有贺卡，我们接了后，才知道原来是祝愿，是给丁德银生日的祝福。这样的浪漫情节，也许只能在电视里才能看到，但它就发生在我们身边。她们给丁德银送祝福，搞得我们其他男生很是羡慕。

有女生住楼上，真是一种幸福，这也许是我们宿舍大二一年中最大的乐事了。女生住楼上，让我们的宿舍生活多了几分遐想，多了几分浪漫。大三后，我们住到了216。楼上316是辅导员的宿舍，我们再无撞击天花板的可能了，也再没有听到楼上敲打地板的美妙声响了。

大学宿舍生活占据了相当多的时间，因为我们有了女生相伴，自然多了几分精彩，多了几分留念。大学时光匆匆逝去，但美妙的故事、浪漫的故事却永远留于心间，楼上住着女生自然也是其中之一。

　　音乐是需要天赋的，我没有此天赋，但同样可以拥有它、追随它、享受它。

难忘的音乐之旅

　　1996 年 9 月下旬，我有机会参加了音乐系 1996 级五年专新生音乐会。那是我第一次聆听一场音乐会，一场震撼的音乐会。

　　对于音乐，我是个乐盲，更谈不上欣赏。但坐在音乐系的小礼堂里，却也心神畅快、愉悦。出台演出的都是刚从初中考上来的学生，脸上还是那般稚嫩。但就是这样一群新生，她们带着天赋、梦想与师大结缘，与我们同聚长安山。

　　也许是当初不懂音乐，对于所谓的大腕明星们的演出，我倒不是很欣赏，我甚至觉得那场面过于夸张，一个人在舞台上表演，下面就是一阵阵的吼叫。那是狂欢的青春，是流动的舞台，与欣赏或许是谈不上的。

　　音乐系的小礼堂，富有典雅的气质，与师大校部的建筑一样，都有着相当长的历史。但校部的建筑属于中式古典之美，在典雅中浸透着壮观、气派和开阔。音乐系的小礼堂则在典雅中显小巧，在小巧中展明亮。相比而言，我更喜欢音乐系小礼堂这样的建筑，也更喜欢沉浸于其中，欣赏体味美的音符。

　　由于是新生上台演出，加上名气一般，观众自然也就少了。但也正是因为如此，我甚是喜欢，并得以陶醉痴迷于清幽的音调中。我非浪漫，也非清高，只是这样一来，便可以在台下静静欣赏，可以在台下慢慢体味。

音调时而在流动中奔腾，时而在悠扬中回荡，又时而在温情中倾诉……我需要的也许就是这般享受，于寂静间闪烁光芒，于洪流间体味激昂，于倾诉间见温情。当初，也有不少演出会在福州举办，明星们一上场，下面就是一阵阵骚动，"某某，我爱你"，此起彼伏。这多少破坏了美的享受过程。爱是那么轻易表达的吗？明星们似乎也听惯了如此的暧昧，其实那都是逢场作戏罢了。但音乐系的演出，却有别样的风情，庄严而轻闲，高雅而悠扬，飞扬而沉静。

我甚是喜欢这样的体味，坐在台下，静静地、闭上了眼睛，屏住呼吸，让忙碌了一天的学习、生活停留下来，在美妙的音乐声中，让身心放松，让思绪随之飘扬。在那一瞬间，整个人的思想和血脉里都充满了流动的音符。

从钢琴大师克莱德曼的《命运》《星空》，到约翰·斯特劳斯的圆舞曲《蓝色的多瑙河》《维也纳森林故事》，到荷兰的小提琴曲，再到中国传统的二胡、琵琶。似乎整个生命都随之流动，随之畅快起来。

那是一种美的享受，是一段美妙的历程，我已经没有理由去遐想这些演奏者们美妙的容貌了，她们个个貌美如花，正值青春四溢的年龄，加上天生的艺术气质，她们甜美的微笑与音乐融为一体，她们便是音乐的化身。我像中毒般被音乐洗礼得陶醉在座位上，身体动荡不得，只有留下脑子还在音符中流转，在音乐中过滤。我想这大概是我一个乐盲对于音乐的膜拜吧。因为这场景，这流动的乐章已经注入了我的骨髓，让我久久回味，久久享受。

后来，我还因此略略享受起了音乐来，我买了些音乐的磁带，晚上睡觉的时候，放入复读机，让它在脑际中飘扬，让它在梦里回荡。或许已经不能用语言来表达我当初的感受了。音乐，也许我不能走进它，但我同样可以拥有它、追随它、享受它。

在基地班开讲座

1996 年 10 月，我在 1996 级基地班开讲座。　　　　　　　　101

　　早在一年前，当我还是 1995 级基地班学生的时候，辅导员王福贵老师就叫我在班上开了一次关于写作的讲座。说来也是惭愧，我的《写作》这门课的成绩并不好，甚至在当年期末考试中只得到了个及格的成绩。这是非常具有讽刺意义的事情，《写作》作为一门课，是靠老师上几个课就能解决的吗？老师讲他的写作理论、常识，但学生如果不实践，怎么能写出好文章呢？学生就是按照老师讲授的常识，如果没有自己的新意，那文章不是千篇一律了吗？像这样最具个性化的创作，却要靠老师来讲授，而且老师还要按照的自己的标准来出试题考试、评分，想来，这不能不说是写作教学的悲哀。当然，这是后话，后来我到本科班学习后，写作这门课的老师潘新和教授似乎就不理会这套，他也讲授写作的基本理论和常识，但考试却非常简单，主要看你当年中是否有写作练习，有写出文章，如果能发表了，他就直接给你加分，一直可以加到满分。因此我在潘老师那里，写作基本是满分的。他那种鼓励大家去练习、去实践，并且内化于自觉、内化于文章的教学方法无疑给了我们学生莫大的鼓舞。潘老师也因此得到多数学生的尊敬与赞誉。

　　当时我在 1995 级基地班开写作的讲座，完全是与大家分享高中阶段的经历。王老师希望我能带动班级文学创作的氛围，于是就叫我在班级开了场讲座。以其说是文学讲座，还不如说是写作心得介绍会。当时我们的班级在文科楼七楼，是一间固定的教室，与系总支办公室挨在一起。中文系的学生有自己固定的教室，这在当时是非常难得的，除了基地班，其他年段、班级似乎都没有。其他学生上课的教室是不断变换的，晚自习则自己去寻找教室。

　　可以说，基地班一直以来都是受到系里格外的关爱，这是中文系教学史上的光荣，也是受恩于此的学生应该铭记的。

　　当时我的介绍，主要讲两个方面，一个是写作应该源于兴趣，去体味生活，也就是多阅读。二是勤于练笔，只有不断地练笔，才能找到感觉，至今我还认为这是很有必要的。在现实中，有不少人很有才气，但就是不去耕耘，那么成效怎么体现呢？我当时的介绍也很是激动，讲到"投稿"时常常说成了"桃稿"。我的普通话带有严重的福安腔调，常常"tāo""tōu"不分。当我一遍又一遍把这两个字念错时，大家都笑了。

　　一年后，1996 级基地班开学后不久，当时基地班的写作老师潘新和教授嘱我给这个班级的同学们开场关于写作的讲座。这次讲座，我多次强调："多读多写是进入文学殿堂的不二法门。"这句话不是我首创的。那是 1994 年 5 月 15 日，我拜访福安市文化馆杨昌长先生时他给我的题词。当时杨先生见我年纪小，"多读多写"算是一种勉励，也是一种鞭策。这话很是受用。想进入文学殿堂，没有多读多写怎么能找到感觉呢？我后来常常拿这句话与热爱写作的友人共勉，当然，这次讲座也与他们共勉了。

　　这次讲座，我还是"tōu""tāo"不分，但他们不敢直接纠正了，因为我成了他们的师兄。看来，还是自己同学间比较平等，有什么就说什么，不用顾忌。在这次讲座中，我列出了些报刊的地址，希望大家写出文章后可以去投稿。这对于他们来说是有一定益处的。当然，这样的讲座或许就像写作课程上课一样，也是属于"没事找事"的情况，讲者讲讲，听者听听，过后也就罢了。不过他们似乎倒是认真，后来有几个还与我略有往来，比如林振湘同学，后来他成了我编辑《闽江》的助手之一。还有陈慎、赵旻等人也因此写出了些文章在《闽江》上发表，这也算不完全浪费了他们那次听我的讲座。

这次讲座，他们班级还给我一个相册，这相册于我太为重要了，我大学期间一些珍贵的照片因此得以保全下来，让我在闲暇之余，常常打开它去追寻岁月的印记。封二上的那行字尤其醒目："赠汤伏祥师兄，1996 级基地班全体同学。"岁月消失，但这行字，以及相册中的照片却永远伴随着我，虽然相册在时光淘洗中略显陈旧了，但青春永远定格于此。谁人没有青春呢？这便是其中最为真实的写照和记忆。

文学是崇高的事业，当为之努力。

文学是崇高的事业

　　1996 年 11 月，中国作家协会副主席、中国现代文学研究会会长张炯给我题词"文学是崇高的事业"。

　　那年，学校举办首届科技节活动。当时的师大只有一个校区，坐落于长安山下，校舍普遍破旧，尤其是学校的大门，如果不是那块赵朴初题写的牌子，一般人还看不出这是所大学，顶多就是一座破旧的工厂。但当时的师大却集聚着一大批知名专家学者，中文、政教、音乐、地理、物理、生物等系都有在全国叫得响亮的名字。中文系的孙绍振教授 20 世纪 80 年代就成了现代文学研究的旗帜性人物；政教系的陈征教授也是全国著名学者，尤其擅长《资本论》的研究；地理系的朱鹤健教授、音乐系的王耀华教授等，都是全国知名的学者……科技节，虽然冠名"科技"，但实际上是专家学者们的系列讲坛活动，不仅有本校这些大牌的专家学者参与，也邀请了不少校外著名专家学者。张炯就是其中一位受邀者。

　　张炯是地道的福安人，我见到他格外亲切。张炯这名字，我在福安念书的时候，就常听别人提起，尤其是参加福安市文学协会活动的时候，大家都会在不经意间提起他，大家都为有这么一位乡贤而自豪。当时张炯位高，居中国社科学文学研究所所长。后来，我查阅了些资料，知道张炯早年就是在福安度过的。他父亲张白山也是文学领域的领导，出任过上海文联秘书长、中国社会科学院文学研究所所长等职，著作颇丰。张炯幼年时，父亲参加抗日，母亲因身体有病，他便随她住外祖家——福安桥溪村，并就读国民小学。外祖父家有许多藏书，不但有《左传》和《昭明文选》《古文观止》《东莱博议》《三国演义》以及鲁迅、冰心、丁玲、王鲁彦等的选集，甚至还有线装书《二十四史》《世界地图集》等。这些书使他知道了中国历史上和世界上的许多事情。有些书，特别是文学作品，他读后，多如醉如痴，废寝忘食。这是他早期文学兴趣的萌芽，以至于后来走上文学的道路并成为领导者。

学校科技节开始后，陆续有各类讲座安排，中文系也邀请了不少校外学者。当我看到讲座海报写着"张炯"名字的时候，就想这场讲座不管有没被安排都要去听（学校有不少讲座不是学生自愿去参加的，常常是被安排去的，这在大多学校是普遍的现象），都要去见识下这位大家都引以为豪的乡贤。

讲座安排在文科楼教室，主持讲座的是系副主任倪宗武教授。张炯先生侃侃而谈，具体内容，已记不太清了。只记得，刘群伟老师也参加了。讲座后，我主动上前与张先生招呼，自报是福安人。他一听，便很高兴，分外亲切。倪教授在边上介绍说，这是我们1995级的学生，对文学写作也非常热爱。张先生听后更高兴了，我们边走边谈，他一点架子都没有，还问起了福安家乡的事情来。从文科楼走到体育系边上，倪老师说，去吃点点心吧。

学校里的点心以学生消费为主，自然较为普通，我们就在体育系边上的小吃店坐下，倪老师要了三小碗汤圆。这就是我们三人的点心了。想想如今气派的招待场面，当时的朴实是多么难得。我们边吃边聊，在这当中我向他提出给我题词勉励。他一口答应。倪老师拿来一张复印的白纸。张先生就掏出钢笔，写下了"文学是崇高的事业，与汤伏祥同学共勉"，然后是落款署名和时间。当我拿到题词的瞬间，真是高兴坏了。倪老师在边上也说：张老师能为你题词，很难得呀。

这份难得，就源于我们一次简单的见面，就源于我们是同乡，就源于我们对文学的共同爱好，但更难得于一个长者对晚辈的勉励和爱护，源于一个领导对学生的鞭策和平视。这份题词，我一直保留着，直到四年前，由于疏忽遗失了。四年前，我当初想将大学期间发表的文章整理出版，并将张先生的题词作为题签出版。书稿整理好后，放在办公室，适逢办公室装修，在没有告知的情况下，这份整理完整的书稿被工人们当作废品处理了。一切都晚了，这份难得的题词就这样没了。但还好，张先生对我的勉励，我始终没有忘记。

文学是崇高的事业，在而后的工作中，虽然对此没有一直去追求，但对于文字、对于文字工作的热爱，还是尽心尽力的。追求崇高的事业，这既是张先生的勉励，也是我所热衷的事业，当为之努力。

我感激那些关爱学生成长的领导者，是他们的组织、他们的智慧、他们的心怀，让我们有了更广阔的舞台，也给了我们一段美好的记忆。

图书馆书评赛

　　1996 年 12 月，我与 1993 级师兄董青松、伍明春等相聚于福州市图书馆组织的书评大赛。当然，这也得益于仓山区文联给我们提供了一个通往外界的渠道和舞台。

　　由于师大中文系是文学创作活跃分子的集中地，长期以来受到仓山区文联、作协的关注。仓山区是学区集中地，文学创作、文学活动也较为活跃。当然，师大中文系无疑处于首席的地位。有一天，已是仓山区作协理事的伍明春师兄带我来到仓山区文联。当时的区文联位于麦园路上、麦顶小学的正对面，是一座矮小、老式的房子。门口没有醒目的招牌，一楼沿街，二楼办公。也许这是当时大多文联简陋办公场所的真实写照。我们到了文联后，忘记是谁接待我们的。在伍师兄的介绍下，我也加入了仓山区作协，后来不久还升为理事。在那个时候，加入一个区级的作协，没有什么严格的程序，主要负责人说下就好了。对于我来说，加入作协，似乎让我一下找到了组织，这也让我想起当初自己在福安念书的时候为什么热衷于组织文学社一样，总觉得一个组织对于一个普通人来说太重要了。仓山区作协于我就是如此温暖。

1996 年的下半年，作协组织了一次采风活动。活动的地点是螺州，参观严复故居、严复墓。当时，我对于严复还不甚了解，只知道他是《天演论》的翻译者，后来慢慢才知道，其实严复是个复杂的人物，对近代中国产生了一定的影响，他正如近代福州的林则徐、沈葆桢、萨镇冰等人一样，以其探索近代变革而影响中国。

作协的组织，让我们有机会接触学校以外的世界。除了采风，还有组织诸如作家讲座等。但由于区级的作协没有编制，是由区文联直管的，所以，我们多半是以文联的名义开展活动。当时的文联主席叫林蓉芳。在我们这些学生面前非常谦和，没领导架子，组织活动也是耐心得很，见我们来文联串门，也是热情招待，全然不像今天某些干部高高在上，或者根本就没把学生放在眼里。

作协参与组织的另一项与我关系密切的活动便是福州市公共图书馆书评大赛。当时福州市图书馆刚刚建成，为了发动市民多读书，读好书，也是费尽了心思。于是，他们就组织了全市范围内的书评赛，想以此来活跃读书的氛围。但对于普通市民来说，怎么写书评呢？这也是个问题。当然，后来获奖名单中，也有不少真的是来图书馆看书，然后写出书评来的普通市民读者。

图书馆组织书评赛，总是要有一定的参赛文章的。市图书馆就让仓山区图书馆组织，仓山区作为文化重镇，书评大赛自然是要大力参与的，于是仓山区图书馆就请仓山区文联一同组织，这样就有了我们的参与。

首次参赛，我们没什么经验，就提交了几篇书评。这次比赛我获得了三等奖，奖金一百元。这对于我来说，也是一次锻炼，有一些收获。因为我们提交的四篇书评全部获奖，仓山区图书馆还因此被评为优秀组织奖，馆长自然也是高兴万分。后来连续四五届，我都参与了，直到参加工作的第三年。每年都提交书评文章，大多获得一等奖，奖金也提高到了五百元。这对于当初还是学生的我，或者刚参加工作、工资还很低的我，无疑是个不小的奖励，无论从荣誉上还是物质上都是如此。

图书馆书评赛现在似乎没继续举办了，即使有，现在可能也不会再参加了，但我感谢在自己成长过程中给我展示机会的人们，感激仓山区文联那间破旧的办公室，感激那些关爱学生成长的领导者，是他们的组织、他们的智慧、他们的心怀，让我们有了更广阔的舞台，给了我们成长的一段美好记忆。

主编《闽江》是我大学的得意之作，它让我有机会为同学们服务，为校友服务，我为之而自豪。

主编《闽江》

110

1997 年 2 月，大二下学期还没正式开学，系里组织了学生会干部竞选。

系学生会的主要干部一般由大三的同学构成，一届传一届，似乎成了规律。但主管学生工作的系总支副书记林振涛老师和系团委书记郑文灿老师却要打破这规律，对新一届学生会采取竞选产生。于是我们春节刚过，就被通知到校进行学生干部培训。培训了三天，然后开始了竞选活动。我竞选的职位就是系学生会学术部部长。当时这职位，1994 级的王圣志也参加了竞聘。王圣志才气纵横，但属于内才，不怎么善于表达，于是与这职位失之交臂，反倒落到了我身上，让我大二就成了系学生会里的"部门正职"。这次竞聘，王圣志与我虽是竞争关系，但不影响我们日后的交往，后来系学术部的许多活动，他都能积极参与，编辑《闽江》更是出了大力，我们也算是朋友了。当然，他宽广的胸怀和视野，最后成就了他的事业，大学毕业后，他进入了电视媒体工作，现在已经成为媒体界的佼佼者。

这次竞聘，因为胜出，我多了几分压力。学术部，就是要组织开展系里学生的学术活动，而自己还只是一个大二的学生，学术水平、能力都很有限，怎么开展呢？之前跟随1992级罗立仪师兄得到的锻炼这时候发挥了作用，因为有了一年半的副部长经历，也大体知道了学术部要做的几项活动，比如组织"闽教版"杯书评赛、编辑出版《闽江》等，但就当时来说，编辑出版《闽江》是头等大事，因为《闽江》的出版一般在当年的四五月，我接手学术部部长时已经是二月，离出版的时间非常近了。还好编辑刊物我高中时就做过，知道整个编辑出版流程。

说做就做，我马上在系里的公告栏中贴出了征稿公告，向全系同学们征集稿件。《闽江》于大多数同学来说，还是有吸引力的，因为当时要将自己的作品变成铅字，也非易事，而《闽江》就在眼前，似乎是可以努力的目标。我一边征集稿件，一边寻求重点作者，以提升刊物的整体质量，于是有了"闽江三人行"的主推作品。这三人分别是被孙绍振教授视为有如张爱玲式的文学才女苏松妹、高中阶段就开始发表作品的陈丽云，还有一个就是我自己，当然，我难免借助了自己是主编的便利。她们两人分别写了几篇散文，由我约请系里的老师点评。苏松妹的作品请颜纯钧教授点评，陈丽云的作品请王光明教授点评，我的则请孙绍振教授点评。孙、颜、王三位教授在中文系都是旗帜性的人物，他们的点评，无疑给新的一期《闽江》增色不少。

当时电脑还不普及，为了排版，在罗立仪的介绍下，将手写稿件送到福建民政学校的一个老师家里排版。4月，《闽江》终于正式出版了。过去《闽江》一期一般只印刷五百本，由系里出款印刷，除了赠阅作者、系里的老师，剩余的大多留在图书馆。我主编时，与系里商量，能不能多印刷点，除了固定的赠阅范围外，也向全国知名文学刊物赠阅。系里采纳了我的意见，当期印刷了一千本，印刷成本大约三千元。

《闽江》出版后，我就将刊物送到了省文联《福建文学》杂志社，时任副主编施晓宇先生接待了我。对《闽江》赞赏有加，一本学生的文学刊物能办成这样，的确不易。施先生当即表示，要在《福建文学》开设专门栏目，转发其中的作品。后来《福建文学》还果真如此，转发了我们好几篇文章。

这是施先生厚爱的结果，也是我们辛劳汗水付出的回报。我也因此与施先生成了友人，后来常有往来。

《闽江》出版后，还寄给了上海的《文学报》、福建省作协的《散文天地》、武汉的《写作》、《内蒙古作家报》等全国上百家报刊，算是自我推销吧。其中《内蒙古作家报》因此与我们结缘。总编辑孙书林先生收到《闽江》后，觉得甚好，当时报纸正在组织全国各大学中文系文学社巡展活动，孙总编辑对我们也格外厚爱，于是在1997年10月的报纸上推出专版，介绍《闽江》，同时转载了三篇散文、一首诗歌。我记得同期刊登的还有北京师范大学中文系，为首者是诗人沈浩波。能与北京师范大学同台亮相，甚是光荣，甚是高兴，尤其是同为文学社团负责人，能与沈浩波一起切磋，更是难得。当时沈浩波在文艺青年中，已小有名气，经常可以看到他发表的诗作，散文也写得甚好，是自己崇拜的对象，当时还有一个作者，叫迟宇宙，也是自己崇拜的对象。同样的年轻人，他们走在我的前面，自然是我应该学习的对象。但这种距离，后来越走越远了。沈浩波大学毕业后，进入了图书公司，我算是跟他同行了，但他却带领魔铁图书，创造了出版行业的一个又一个奇迹，相比之下，我自己却一事无成，窘困于案头编辑罢了。这是视野的差距，也是学识的差距。想来，都觉得惭愧。

《闽江》出版后，不仅在一些高校文学社团及学生报刊引起了反响，也受到了一些文学研究者的关注，其中宁夏社会科学院回族研究所副所长丁朝君老师给了我们莫大的鼓舞。我也不知道她是如何看到《闽江》的，她来信说，一见到《闽江》就被别具一格的封面设计所打动了，"一幅水墨丹青，白封底色，'清清白白'之意跃然纸上"，"刊物由一系开办，乃罕见，不易，努力培养文坛新秀，此举千秋功业，厚德之善为"。能得到前辈如此的厚爱、评价与肯定，真是我们之荣幸，真是《闽江》之荣幸。

主编《闽江》，算是我大学期间最为得意之作了，关于《闽江》我下面还会有许多要讲的故事，因为它伴随着我成长，让我有机会为同学们服务、为校友服务，我为之而自豪。

　　什么是老师的境界，也许这就是老师的境界，生来就是为了学生的境界。

生来就为了学生的孙教授

　　1997 年 2 月，我与孙绍振教授算有了些往来，而后这往来一直持续至今。

　　孙老师，要写他还真不容易，因为他的弟子众多，大多学生都以自己是孙老师的学生而自豪，自然，我也不例外。但大学期间，我真正聆听孙老师的课是大三了。大一上学期，他给 1995 级本科学生上《作品导读》的课，当时我在基地班学习，没有听过他的课。大三时，他又给我们开《现代散文导读》的选修课，我当时是毫不犹豫地选修了这门课。不知道说得夸张不，如果你是师大中文系的学生，假如没听过孙老师的课，那大学基本是白过了。孙老师是中文系的五大名嘴之一，上课思维活跃，口若悬河，可以说，他似乎生来就是为了给学生上课的，似乎就是为教学生而生的。

　　1997 年 2 月的一天，我带上自己平时写的几篇文章到孙老师家拜访。孙老师家位于师大对面的康山里，住 501 室。我贸然直接敲开了孙老师家门，当时的孙老师跟我并不熟悉，但我自报家门，孙老师先是一愣，估计想这学生也太大胆了，接着，就是简单的一句："好。你把文章留下。两天后来拿。"孙老师说话相当有力，话语多为短句，话不多。如果你跟他初次面谈，似乎还有点不习惯，以为他过于生硬。这便是我对孙老师的初次印象。

两天后，我再次前去。这次，他请我进家门了。他坐在沙发椅上，脚跷得高高的。我则坐在长条的沙发上。他说，文章都看了，比较勤快，但还要继续锻炼，散文要写好不容易。他给我挑选了三篇，建议发《闽江》，并写了相应的短评。

这第二次面谈，我还有点紧张，但师母见来了学生，也坐了过来，缓解了下我紧张的情绪。孙老师就给师母介绍说，这是 1995 级的汤伏祥，有点才气。在孙老师眼里，有点才气，算是一种难得的肯定。1995 级后来被孙老师肯定为有才气的学生并不多，苏松妹是一个，也确实如此，苏松妹后来一路做学问研究，在影视评论界以苏七七的笔名，不知折服了多少名家。

有了与孙老师这两次的面谈，后来我与他渐渐熟悉起来，他家我也是常常去的，特别是我主编《闽江》后。对于《闽江》，孙老师非常喜欢，他知道这是一块阵地，是可以出人才的阵地。有次，我去他家，还是坐在沙发椅上，跷着脚，然后跟我说起他的得意门生谢有顺，他说，谢有顺简直就是"奇迹"，大学期间一边在《闽江》上发表小说评论，一边也在全国性权威刊物《文学评论》发表研究先锋小说的学术论文。当然，没有几个人能达到谢有顺这样的高度，但《闽江》作为学生表达自信的话语平台，作为学生砥砺写作技巧的平台，还是有其存在的价值的。孙老师这样认为，也这样要求我把《闽江》办好，坚持办下去。

孙老师看学生，显然都是从积极面出发的。他从来不让学生补考，他认为考试只是一种形式，甚至要与这种形式做斗争。他当时就开始炮轰高考制度，并在学界引起了反响。从 20 世纪 80 年代起，以《新的美学在崛起》为代表，他就一直在与学界的腐朽做斗争，在为新生的事物做呐喊。他在教我们课的时候，有一次期末考试，他把个别学生的分数打到了 105 分。

教务处说，这成绩不行，最多 100 分，否则没办法登记分数。孙老师与教务处力争，说，这作答超出了他设想的答案，比老师答得还好，为什么不能 105 分？而且 105 分不能改，否则他将不提供所有学生的分数。教务处无奈，只好按孙老师的要求登记分数。

孙老师乐于赏识学生，鼓励学生，帮助学生，学生只要有闪光的地方，他都尽力挖掘，尽心培养。他于我，便是如此，我知道，在孙老师眼里，我大概算一个懂得办刊物的好手，可以做点具体的事，可以把刊物折腾出点影响力，但我的才气、我的文学素养，却是一般的。事实上也如此，我的才气、我的文学素养远没有达到谢有顺等《闽江》老编委们的高度。这点，我一直以来是有清醒认识的。这点，孙老师虽然没有说，还是常常鼓励我，但我却能透过与他交谈的话语、他对我一些文章的点评看出来，也算是一种实事求是的教育方式。我觉得，这是相当难得的，一个老师，给学生鼓励，给学生力量，这当然是必要的，但同时，给学生以自知之明也是一种负责任、一种关爱。

孙老师爱学生是大家公认的，他不知道帮了多少学生找到了理想的工作。只要你有找他，他都尽力而为，从不看你是什么角色。后来我参加工作后，孙老师也几度为了学生找工作的事打电话给我，由于我的能力有限，最后没促成。但我能从中感觉到他为了学生而奔波、而焦急的心情。他的心永远属于学生，因为他生来就是为了学生的。

正是因为有了这颗为了学生的心，加上超群的智慧、幽默，听他的课简直是一种享受。孙老师的课都是满座的。不仅本系的学生喜欢听他的课，就连别的系的学生也不时混进课堂"偷听"。孙老师的讲座是完全不需要安排基本观众的，每次讲座都是满满的一屋子，特别是别的系的同学，都以能听孙老师的讲座而兴奋、而自豪。

我聆听孙老师的课似乎来得迟了些，但大三的选修课让我也兴奋、自豪了一把。有一次，孙老师讲到散文的"真""假"命题，问同学们怎么看法。散文写作要求"真"，这是自然的，但我以为，散文的"真"贵在情感上，个别情节有"假"是可以接受的。于是，我就主动站起来说了。我列举了孙老师当时刚刚发表在《散文》上的一篇文章。这篇文章题目我忘记了，但大概情节记得，写孙老师的一个学生给他送了一盒牛鞭，拿回家左右尴尬，思想斗争了很久，最后悄悄下楼扔到垃圾箱，没想到，做卫生的阿姨看到了，阿姨好心以为他扔错了，捡了又上门还给他。就是这样一篇趣味横生的散文，读来，我也按捺不住笑了。我在课堂上就列举了孙老师的这篇散文，我说，孙老师收到学生一盒牛鞭后的尴尬是真的，扔了也可能是真的，但阿姨捡了又上门送还，这情节是假的。孙老师只是为了凸显这事情的尴尬，并为尴尬转向乐趣而添加的。

孙老师被我这么一说，也是乐了，大笑起来，说，分析得好。那情节确实是他添加的。

这样的课堂，这样的教学，能没有乐趣吗？于是，我就想，做老师，什么是境界？这就是境界——无与伦比的境界——生来就是为了学生的境界。

那是一段多思的季节，思绪与春雨同在，情感与春雨相行。

春雨的魅力

1997 年 4 月，《闽江》的卷首语是我的一篇散文《春雨的魅力》，我将它摘录于此，纪念当初的所思所想。

春雨的魅力

江南的春雨时常没有尽头地下着，绵绵地、长长地落着。操场边上的白玉兰树，好像绿得深沉，一叶叠一叶地生长起来，雨滴在上面织成一片轻柔的微笑，像银灰色黏湿的手臂揉着春天的世界。

我知道这个季节已经来临了，她没有生息地挂在窗台的边缘上，边缘的这边与那边徐徐落下了一层层淡绿色春雨的帷帘。

春雨沿着绿色的台阶款款地、一节一节地从悠远的地方走来，宿舍门前的水泥路刷走了沉积一个季节的灰尘，一层一层地抚摸，一层一层地剥落流逝，拍打没有一丝的声响。我们却总爱去聆听，我们宿舍的同学都不出门了，十个人聚在宿舍里歇上一阵子，剥着家长从龙岩寄来的花生。

我真喜欢这样的春雨，小鸟会大胆地站在隔着一层玻璃的窗台外看着我们，眼睛幽深，幽深得就像失恋的女孩，瞪着眼睛，没有边际地等待着，等待着在雨中递给她一把伞，或在海上风大的日子里，用宽大的肩膀围成一片海域，任她躺在退潮的沙地上，那里有空气，有阳光，有温暖。

我很想打开窗户让守在窗外的、湿淋淋的春鸟飞入我们温馨的宿舍里，与我们一起剥花生，讲那遥远的故事，谈住在我们楼上的女孩；或者为它筑个巢，让它在巢里欢跳。但怕打开了窗户，鸟儿却要飞走了，飞入缠绕着它的整个季节的春雨中。我们注视着小鸟，小心翼翼，生怕惊动它，让它在那里歇上一阵子，就像我们如此这般在宿舍里歇着，然后再出发吧。

春雨下得急紧的时候，我们也常常躺在床上，躺在春雨温柔的末端。春雨一段一段地从天上直垂下来，笼罩着整个春天的世界。我们那时就爱背着旧式的书包，看着从图书馆借来的一本一本线装的古书，那真是难以言表的美妙。

江南的春雨时常就这样想来就来，就像薄纱的帷帘一样悄悄地放下，隔住了、也忘记了阳光下的喧腾和扰嚷，好让我们都聚在宿舍里剥花生，回味冬季的余香和体会春雨的温柔、亲昵，或者隔着玻璃看窗外的小鸟与碧绿。

碧绿已经开始一阵一阵地涌上来，正像春雨固有的任性。

对于家这个话题，我一直有说不完的话，它是
如此强烈地让我思考，让我情不自禁地为它书写。

家的感觉

120

  1997 年 4 月出版的《闽江》上有我的多篇文章，除了"闽江三
人行"中有四篇集中展示外，另外我用笔名"刘文""雪风"还发表
了三篇文章。那时似乎有点私心，自己的文章也占了一些版面。想
来，真是惭愧。"闽江三人行"中首篇是《寄来的磁带》。这是当初
自己年少，总是这般梦想、这般冲动的结果。寄磁带的故事有几分真
实，过程可算是费尽了一番周折，当初邮寄磁带居然有非常严格的程
序。我购买了六盒音乐磁带后，要给远方的朋友当作生日礼物寄去。
到邮局准备寄时，被告知，磁带属于宣传文化产品，不能随意邮寄，
必须由当地文化部门开具的证明才能寄。还有这等麻烦事，但想寄送
友人的心情强烈，于是我就找到仓山区文化局，将磁带给他们审核
后，开了张证明，最后终于将磁带邮寄了出去。这便是青春的故事，
只要心里认定了，总会克服种种困难而去实现。《寄来的磁带》首发
于《闽江》，而后被《文学报》《福建文学》《内蒙古作家报》《写
作》等报刊转载。

  "闽江三人行"的第二篇是《家的感觉》，第三篇是《远去的枪
声》，第四篇是《写给父亲》。《远去的枪声》在上面《"严打"》一

文中已有涉及，《写给父亲》在上文中已做介绍。《家的感觉》这篇则是我一贯喜欢的题材习作。这篇习作，孙绍振教授也给予了肯定，称概括的笔力发挥得比较好。

这期《闽江》上，还有我用笔名"雪风"发表的诗歌《我的家》。今天重新摘录这两篇关于"家"的习作于此，算是自我勉励和感念属于我的永远的家。

家的感觉

游子常思念着家，也常常忽略家的存在与温馨。

一年里寒假回家一次，觉得母亲还是母亲，父亲还是父亲，只是村里的砖房叠了一层又一层，天变得异样晴朗起来。

母亲总是在年初时放着鞭炮，目送我上学。她的脸庞安放着可以端出来的伤感和希望，犹如鞭炮一样一串串地炸开，炸得强烈爆响。然后一串串地消失，化成烟雾，化成思念和盼望。

父亲总是先背起行李，送我到车站，叮嘱了又叮嘱，说一定要小心，到校后给他写信，暑假可否不要留在学校里打工。我常常在那个时候，什么都不敢想。

害怕父亲的眼光，好像做错了什么事情，不敢正视父亲；害怕又是一年只有思念的时光，我真的害怕，但春天到了，总要去远方，长大了，总要上征途。

寒假回家时，母亲总说我像出嫁的女儿，回娘家做客一样，常想用什么特别的东西来款待我，好像很客气，一种主人对客人特有的客气。她不愿我离开她的身旁，讲些遥远的往事，一段一段地说，没有厌倦地讲。我从来没认真体会过母亲说话的含义，她文化水平不高，讲话很朴素，很直爽。然而，母亲说我像出嫁的女儿一样，却让我感到一阵颤惊，一种难受，一种游离故土的辛酸，一种背叛家族的痛苦。

父亲还是忙着他的农活。他有时叫我一起到家背后的山上劳动，其实是让我陪伴他，在他身旁讲学校发生的事情，从老远老远一直讲到没有边际的未来，或者就跟山上的乡亲们一起聊天。我在他身旁，他自然多是讲我的事情，讲得很起劲，很自豪。父亲好像为他自己能培养出村里第一个大学生而感到高兴，那种高兴的程度，似乎让他的知识一下子丰富起来，总有说不完的新鲜事儿。我很高兴与父亲一起上山劳动、谈天，没有为什么，只是感觉里的感觉。

回到学校后，同学们聚在一起聊寒假的生活、感受。他们都说得很逼真，游山玩水，或者很无聊，成天待在家里唱着单调的卡拉 OK，有时与先前的朋友大酌了几顿几顿，我却什么都没有，真的什么都没有。只有坐在土灶前帮母亲烧烧火，听母亲讲些神话故事，或者讲她的祖母，母亲没有尽头地讲述着过去的神话，过去的可笑和过去的真实；只有多年与父亲上山一起劳动的感觉和每年带到学校的泥土气息。

这些年来，我一直在思索到底什么是家，其实它什么都是，又什么都不是，只是我们活的方式相同又不同，我们的感受、体验相近又相远，但我还是酷爱我的家给我的感觉，一种生活本来的感觉。

我的家

我的家种植在那片黄土地上
疲累时挨靠着巍重的山脉
遥古的月亮
像苦难一样苍白

嵌入岁月的阴郁

祖父在梦中呻吟

踩着泥泞回家

父亲在烽火中翻身

汗水的浇灌

稻穗编成了黄金

屋里的阳光

披着父亲微笑黝黑的脸

我的家是锁在汗水滴里的

父亲用汗滴叩门

这是父亲叩门的方式

门缝中闪亮着豆大的汗珠

在油灯中摇曳

古朴的窗口

映着满满的绿色

我的家是从黄土地上走来的

父亲深沉的构思

奔放出醉人的绿

目光引燃了金黄

烧亮了黑暗

夜晚的琴声

奏响了这片黄土地

我的家从黄土地走来

　　闽江是属于大家的，我永远感念那些与我并肩
耕耘的师长及志同道合者。

《闽江》是属于大家的

　　1997 年 4 月 10 日，我在《闽江·编后记》中说《闽江》是属于大家的，这是发自内心的感受，真的。一份学生刊物能受到诸多领导、老师、系友、同学的关切，这是我所感动的，作为组织者没有理由不把它做好，没有理由不为之感激和怀念。

《闽江》是属于大家的

　　我一直在思索着作为一个编辑的责任。我们用什么样的方式来报效时代给我们的权力与信任呢？其实什么都没有，除了可以吸引起读者共鸣的作品和一些仍可以细读的作品。我们的贡献固然很少，但却一直为之而努力着。

　　《闽江》编辑部六位编辑的辛苦也是让我一直感到很难过的一件事，他们默默无闻地组稿、送稿、改稿，一篇一篇认真地审阅、修改。可以讲没有带任何一分私心，也没有错过任何一篇我们认为是优秀的作品。我们的学识虽然极为有限，但我们是最公正、最无私的。我们的编辑甘愿花大量的时间来对我们热心的作者负责，对忠实的读

者负责。我们很庆幸，在中文系这样一个全校最大的系锻炼自己，我们同学的作品能刊登在自己的刊物《闽江》，不仅属于中文系，也属于全校。

筹划这一期的《闽江》已经很久了，大概是在上个学期，经费紧张是其中一个很主要的因素，但我系的领导以出优秀作品，提高中文系创作、学术的水平为目的，仍然给我们以最大的鼓励和支持，系总支王福贵书记、系主任齐裕焜教授曾多次给我们勉励，鼓励我们大胆办，办好有特色的《闽江》。

我系的陈晓云老师在百忙之中，帮助我们重新审阅了大部分的稿件，对作品存在的不足提出了修改意见和方向。我系三位知名学者孙绍振教授、颜纯钧教授、王光明教授爱惜文学新秀，关注我们的创作，给我们的作者以勉励，又指出了不足，给我们的刊物增添了光彩，也给我们的作者、读者提供了经验和创作方向。高少锋老师、潘新和老师、王珂老师给我们捎来了他们的希望，愿我们能办好这份刊物。李绚老师、郑文灿老师在业务上也给我们很大的帮助与指导。

我们的《闽江》是属于大家的，不仅属于中文系，也属于全校，属于全省、全国高校。这份创办于1958年的学生刊物，之所以能顽强地生存、发展下来，那就是有我们领导的支持，有我们老师的指导，有我们同学的厚爱，也有我们编辑的负责。今天我们的《闽江》终于与大家见面了，我谨向大家表示最诚挚的谢意，并愿大家都能喜欢她、关注她。

我相信，我们只要沿着我们已经开创的道路走下去，思路多些，点子多些，我们中文系学术部的工作会做得更好，《闽江》也会办得更有特色。八个课题研究组的活动也一定会很出色，因为我们的一切都属于大家。

那是一段难得的经历，难得于学校管理者为我们创造的条件，难得于我们也有进行学术研究的勇气和胆量。

组建课题小组

1997 年 4 月，我们组建了八个学生学术课题小组。这是师大学生学术科研活动新的举措。

对于大二的我来说，科研活动还是比较迷茫的。但既然担任了学术部部长，总希望能为大家做点事情。于是，我想到了组建学生学术课题小组。在这方面，我有一定的经历体验，当初在福安念高中的时候，我就比较热衷于组建组织，然后与大家一起学习、探讨、思考，甚至做些简单的研究活动。高二那年，我与同学钟连木就组建了学校的学生学习马列小组，对中国特色社会主义理论进行比较系统的学习。这在当时全省高中，乃至全国高中都还是比较少见的。高中生学习中特理论，这是非常不容易的，当然，这主要得益于政治老师雷进生的指导。雷老师，对我甚是喜爱，我在他的指导下，我对理论学习产生了浓厚的兴趣，并且一直持续到今天，这对于我的成长真是终身受益。理论学习，对于一个人的思辨能力和视野无疑都是很有益处的。雷老师就是我的引路人。在高中阶段，我两次参加省学生科研小论文征文，两次均获得一等奖。我对雷老师永远心怀感激和敬意。

因为有了这些积累，对于组建课题小组我就不会太心虚。当初课题小组分别是什么，我忘记了，但有三个小组我印象比较深，一个是"世说新语课题小组"，一个是"台湾文学课题小组"，还有一个是"当代散文课题小组"。这三个小组分别由三个同学负责。当然，这种负责是松散的，还是以各自兴趣为主。

这几个小组组建后，正逢当时学校对学生科研前所未有的重视，1996年11月，学校举办了首届科技节，而后加大了对学生参与科研活动的扶持与资助。学校从科研经费中专门拨出一定的经费，用于学生申报课题研究。这真是破天荒的事情。一般来说，学校的科研经费都用于教师们身上，与本科生无缘。但当时的学校管理者，站在高位，视野宽广，知道活跃学生科研活动的重要性，给学生以鼓舞，出台了学生科研的资助办法。管理者的视野、站位，真是令人敬佩的。我不知道，后来这项惠民、鼓舞学生的举措是否保留了下来。但我当初无疑是其中的受益者，并为之感怀。

学校鼓励本科生申报科研项目，我们组建的八个课题小组，刚好与之可以对应起来，于是就向学校科研处做了申报。其中有五个课题小组被学校采纳，每个课题组获得五百元至一千元不等的资金补助。中文系学生申报的科研项目是所有院系中最多的，入围项目也自然最多，补助也随之最多。这资金是不能直接拿出来使用的，但可以用于科研。于是，我就拿着邮寄《闽江》的费用到校科研处报销。可以想象下，一个学生也能进校科研处报销费用，那情景是何等不易，何等自豪。

科研项目被学校立项后，我们还真的做起了学问研究。之前，我阅读了不少《台港文学选刊》，上面几乎每期都有台湾著名作家陈映真的作品。陈映真由于与大陆有着特殊的情结，他的作品非常耐人寻味。作为"台港文学课题小组"的一员，我便沉心于陈映真的作品阅读，希望能打开我研究的一块天地。

当时是如何走近陈映真的，现在忘记了，但陈映真的《山路》却给我留下深刻的印象。特别是主人公蔡千惠。她于少女时代与几个青年朋友热烈地向往着革命，在"白色恐怖"下，她的恋人黄贞柏被捕，好友李国坤因二哥的出卖被枪毙。蔡千惠带着赎罪的精神，谎称是李国坤的妻子，走进了贫困的李家照顾老小。几十年的含辛茹苦，终于使李弟国木念完大学，又办了会计师事务所，过上了优裕舒适的生活。但面对黄贞柏释放出狱而感到悲凉，她在忧虑中死去。那句"突然因为您的出狱，而惊恐地回想那艰苦，却充满着生命的森林。然则惊醒的一刻，却同时感到自己已经油尽灯灭了"尤让人体味到陈映真作品的沉重感。陈映真的作品就是这般充满着忧郁意识。当时的我，似乎也怀着这样一种忧郁的意识，也就渐渐接近了他。一年后，我完成了一篇长达一万多字的论文《苦难与诗意——试论陈映真小说写作的母题意识》，算是我给课题小组提交的一点成果，更是我对陈映真作品阅读的一点认识。此文后来发表于《闽江》1998 年第 1 期，内附有颜纯钧教授对此文的点评。"世说新语课题小组"也有成果，李立明的《谁知我心焦——试论阮籍的心态》得到了好评，也发表于《闽江》1998 年第 1 期。"当代散文课题组"则有陈丽云的《现代世界与传统世界的冲撞——贾平凹的商州体散文》、陈永平的《贾平凹近期人物散文的发展》等成果。

课题小组的组建和学生科研项目的立项，无疑活跃了学生科研的开展。当然，学生要出多少成果是谈不上的，但毕竟那是一段难得的经历，难得于学校管理者为我们创造的条件，难得于我们也有进行学术研究的勇气和胆量。

兄弟相顾，当如形之与影，声之与响。

弟弟来福州

1997 年 4 月，弟弟终于来福州了。这让我非常高兴。

弟弟来福州后，与我挤睡在一张只有九十厘米宽的床上。但能在一起就是一种踏实和温暖。弟弟来后，做什么工作呢？这让我很揪心，但没关系，人来了，总会有办法的。当初我就与弟弟上街看看有无招聘的启事。

我们就去了台江，台江商业发达，沿街边走边找，果然看到了一个招聘启事。一家搬家公司正在招聘员工。当时，没有经验，就是想迅速找到一份工作。这家搬家公司位于黎明新村，弟弟就到那里上班。搬家公司，可以想象，那工作是何等辛苦，但弟弟没有怨言，真的就这样做起来了，当初他只有十九岁，成天背着冰箱、桌椅等家具上下楼。他住在公司租的一间矮小的民房中，条件是难以想象的差。但这些，弟弟都克服下来了。我知道，这真是难为他了。但当时，我无能为力。过了半个多月，一天早上，弟弟早早就跑到学校来找我，说不能去上班了。我知道，大概是出了什么情况了。原来，弟弟与同住一起的一个员工吵架了，彼此都是年轻气盛，打起来了。打架了，怎么还能住一起呢？想想，算了，搬家公司对于一个年纪还不到二十岁的青年人来说，会有什么前途呢？我毅然决定让弟弟放弃到那里打工，半个多月的工资也不要了，整理下行李直接走人。

走出那家搬家公司后，我们都松了口气，让弟弟去那里受苦，我怎么不心疼呢？不做也好。接着，我们继续寻找招聘启事。台江的农贸市场那么大，总会有需要人手帮忙的地方吧。于是，我们找了一家名为新干线的服装店。弟弟在那里帮忙看店，这倒是较为轻松的活，包吃，但没有住宿，于是弟弟就正常上下班，然后回到学校与我挤在一起。这日子大概过了半年。这段时间，我要感谢宿舍的同学对我的宽容，宿舍本来就拥挤，又多出了个人来，毕竟给大家带来了不便，但大家都非常友好地待我弟弟，视他为宿舍的一员，甚至有的还与我弟弟一同活动，尤其是林滨、丁德银等。

弟弟在福州这般零散地打工，终究不是个好的出路。当初，本想让他去位于中亭街上的福州晚报培训中心学门技术，但他年轻不懂事，不肯去。我的家教家长对我甚是关爱，他家里人在福州保温瓶厂上班。福州保温瓶厂当初还是国有企业，于是在这位家长的引荐下，弟弟到了保温瓶厂上班，算是跟技术活沾上边。保温瓶厂位于工业路，弟弟就搬到了厂里住宿，但每周有一天休息。他一放假就到我学校来，与我住一起。他的宿舍我去过多次，一个大间，里面住了二十多人，犹如当初我念高中时的宿舍，那生活的条件是可以想象的。但弟弟克服过来了。他没有怨言，一直努力做着。这是我为他时时感到欣慰的地方。

弟弟一直是个很会吃苦的人，他不喜欢念书，早早就辍学了。当我还在念高中的时候，他就去了福安一家制鞋厂上班，当时他才十六岁，算是童工了。弟弟去制鞋厂上班，一上就是两年。制鞋需要用到橡胶，味道很重，而且粉尘很多，他上班都是戴着口罩的，那上班的情景是可想而知的。但他还是坚持下来，这是让我很是敬佩的。后来我上了大学，他便随我到了福州。在福州打工，他也是相当辛苦的，不管是搬家公司，还是做店员，还是在保温瓶厂上班，都是卖力地干活，尤其是在保温瓶厂上班，整个车间就是一个大火炉，保温瓶的生产是需要经过高温处理的。弟弟就站在火炉边上，套着厚厚的手套，不间断地操作着。想当初的情景，见了都让人心疼。这或许是大多数工人的工作状态，辛苦难耐，但却默默地承受着，相比而言，我幸福多了，至少不要去面对这样酷热的环境，不要去面对这般难熬的时光。但弟弟坚持下来了，我为他自豪。

在保温瓶厂一做就是两年。在那个火炉旁，他锻炼了意志，收获了坚强。后来，我参加工作后，实在不忍心他再如此辛苦，便安排了份保安的工作给他。在做保安期间，他收获了爱情，收获了婚姻，有了美满的家庭。我深知保安工作也不是长久之计，于是又叫他回了老家，学起了开车的技术，维持了家庭生活。对于弟弟，我始终想尽可能地帮助他，但奈何自己能力有限，总是不能给予，直到 2005 年，一个偶然的机会，给他物色了一份还算满意的工作，到了宁德电业部门上班，从此他在宁德安家，如今一切都算走上正轨了。这也是我心为之宽慰的地方。

《颜氏家训》云："兄弟相顾，当如形之与影，声之与响。"手足情谊当是十分难得，我与弟弟便是如此。我高中念书，他与我同在福安；福州学习，他与我同住福州，直到各自成家立业，真是形影不离，声响同在啊。

让沸腾点燃我们的生活。

喜迎香港回归

1997 年 5 月，我们便开始迎接香港回归了。香港回归，在我们这一代大学生心中无疑是件激动人心的事。

英国对香港的殖民管理，作为鸦片战争以来近代中国的耻辱标志，在回归前的宣传中似乎达到了高潮，各种活动、各种宣传铺天盖地而来。在这种情形下，作为最具有激情的大学生们，怎能不满腔热血，怎能不心怀爱国之情呢？

5 月里，学校组织了各种团日活动，似乎都是围绕喜迎香港回归而展开，有的班级组织了环校奔跑，有的班级组织了文艺演出，有的班级组织了大型签名活动……在校园中，香港回归的话题一下子沸腾了。

沸腾的校园是青春的驻地，5 月的花海在奔腾的校园中绽放。这自然是领导、老师们所乐见的。但事实上，对于香港，我们又有多少了解呢？我们在校园中奔跑，在长安山呐喊，那只是一种姿态，只是一种情怀的表达罢了。当时，我还因此写了一篇文章《整体的膨胀》，发表在南京河海大学学生刊物《河海之声》1997 年第 3 期上。后来要寻找这篇文章也花费了一番努力，可惜最终还是没找到。

在肤浅的认识中，我也一样心怀激动，心怀情愫，那或许是与生俱来的一种民族感。不管身处何地，不管认识深浅，都为自己祖国的一点进步而激动、而欢喜。香港当时对于我来说，或许就是这样子。十几年后，当我第一次踏上香港这片土地的时候，虽然少了当初的那份激动，但还是相当满足，因为在那一瞬间似乎一下子明白了领土对于国家的意义。

香港的回归到了 6 月 30 日晚至 7 月 1 日凌晨达到了高潮，当晚，学校安排了不同场所的集中电视直播。系里在 17 号楼背后的空地上临时安放了电视，大家都拥挤在一起观看。当五星红旗在香港会议展览中心徐徐升起的那一刻，17 号楼沸腾了，全校沸腾了。这或许就是国家情怀于个人的体现吧，在那一刻，没有人不为此自豪的。

系里在 17 号楼背后空地安放电视供大家看，在我大学期间就只有两次，这两次都是发生在 1997 年。1997 年的 2 月 25 日，那是我们第一次在 17 号楼的空地上集体观看电视。这一天，是邓小平同志的追悼大会。大家对着电视，与电视直播节目同步，鞠躬、默哀，默默地向这位伟人送别。我们每人佩戴一朵小白花，寄托着对伟人的哀思。那情景让我浮想起从画报上看到的 1976 年亿万中华儿女哭别毛主席的画面，虽然我未曾经历那浩大而悲伤的场面，但就是对着电视观看参加邓小平的追悼会，也多少能体味一个伟人的逝去对于国家的悲伤、对于人民的悲伤。

当我们再次相聚 17 号楼空地集体观看电视直播时，已经是为了欢庆香港回到祖国的怀抱了。邓小平是香港顺利回归的总设计师，是"一国两制"伟大构想的贡献者。就是在这同一片空地上，半年前，是为了追思他、缅怀他，半年后，则是为了继承他、弘扬他，当然还有庆贺他，庆贺他的思想在香港得到了实现。

喜迎香港回归，是我们前后一两届学生最为重要的政治话题。大学生永远是政治话题的追捧者，不管是正面的、反面的，我们都这般热情参与。因为我们从来都把自己当作国家的主人，国家的事情便是我们自己的事情。所以，校园便是思想最为活跃的场所，任何思想的跳动都可以在这里寻到答案。香港回归如此，两年后，美国轰炸我南斯拉夫使馆同样令我们激愤。当年，我们义愤填膺，在校园中游行，在操场上呐喊，那都是激情青春的体现，都是思想活跃的表达。想来如今，我们走上社会，渐渐少了激情，思想多少也变得圆滑起来。

缅怀香港回归那段场景，我总是希望自己不再沉睡、不再圆滑，于自己、于集体、于国家，多少要有点激情的。

134

如今，我们已经没了当初那份追求，也没了阅读文学刊物的闲情雅兴，多少有点感怀那段时光。

希望依旧在

1997 年 7 月，《青年文学》刊登了我的一篇短评《希望依旧在》，评的是王祥夫先生的小说《巾帼歌谣》。

说起评论，当初，孙绍振教授就常常在我们同学中说，1990 级的谢有顺师兄是如何了得，在大学期间就开始写先锋小说的评论，而且还在顶级刊物《文学评论》发表了。这是让人无比羡慕的。谢有顺师兄也因此成了我们崇拜的对象。但像谢有顺这般才气的学生，在福建师大中文系委实不多，也不是人人都可以效仿或者学习的，那是要有天赋的，我们有的或许只是比别人多点勤奋，多些练笔罢了。

也许是在孙绍振教授的感染下，入学后，我也试着写点小评论，当然这其中不免幼稚，但毕竟努力而为了。当初学习的氛围是不错。在生活费都相当紧张的情况下，我和林滨坚持订阅刊物。林滨订阅了《科幻世界》《十月》《中篇小说选刊》，尤其是《十月》这样纯文学的刊物，林滨也是期期阅读，这打下了他扎实的文学功底。我则订阅《散文》《青年文学》《作品与争鸣》。这三份文学刊物也伴随了我多年，给了我诸多的滋养。可如今，我们已经没了当初那份追求，也没了阅读文学刊物的闲情雅兴，多少有点感怀那段时光。因为订阅了

《青年文学》，阅读了其中的文章，有了些感悟，也就试着写了短评。短评也许与文学评论还有很长的距离，但多少也是当时自己的一番感想，也是自己努力向文学评论靠近的努力，当是应该自我鼓励的。

希望依旧在

我一直在思考着作为一个作家的责任，作家用什么样的方式来报效开放的时代给大家的信任和权利呢？其实什么都没有，除了一些能引起读者共鸣的作品，或一些仍可以细读的作品之外什么都没有。

看完王祥夫先生的《巾帼歌谣》（载《青年文学》1997 年第 3 期）之后，有一种共鸣，一种沉重感，一种心灵被震撼的力量。这种共鸣、这种力量源于王祥夫先生和读者对时代、对社会、对现实的思考。他笔下的《巾帼歌谣》是一曲沉痛辛峻的精神歌谣。在这里我们很容易想起《秋菊打官司》中的秋菊和梁晓声《荒弃的东园》中的老支书。然而王先生笔下的王红琴却更具独特的艺术形象张力，更强烈地震撼着读者的魂灵。

王红琴作为一名普通的农村妇女，她大胆地提出"希望小学"不该建立在自己的村子上，而应该建在更穷困的邻村榆润村上。看起来王红琴似乎是多管闲事，但也预告着我们最普通的老百姓在关注自身命运的同时，开始关注我们的社会、时代和他人的命运。我们的农村在迈向城市化的进程中，应不仅是建筑物等物质上的城市化，更应是思想、素质、精神的城市化。王红琴的"请命"让我们看到了这种希望。她的努力虽然是曲折艰难的，甚至是失败的，但已唤起了读者不仅去同情她，而且去支持她，从情感、从内心的灵魂深处去支持她。

王祥夫先生的《巾帼歌谣》还向读者揭露了一群官员欲从"希

望工程"中捞取油水明争暗斗的黑暗一面。这对于批判近几年来国家出现的形形色色的"承包工程"的黑暗一面无疑是及时的，也是必要的。这源于作者对社会、时代命运的思考，也源于王先生作为一名作家的责任。

　　小说的结尾似乎有些苛刻，但也很大胆，更具有思考的意义。读者一般在看到"这种事我一定管到底。孙主任又说"时已经很满足了，精神也得到慰藉。然而作者却又来了与"引子"相对的"尾声"，小荣村希望小学开工了，王红琴再骑着自行车去城里。这意味着孙主任"一定要管到底"的失败，红琴的"请命"自然也没有结束。她的努力结果如何呢？这正是作品留给读者的又一个思考之处，也是让读者的心灵受到剧烈震撼之处，即社会黑暗的一面依然存在，我们的斗争更没有停止。正义的精神永远驱使我们去与黑暗做斗争，这正是我们的国家、我们的社会希望之所在。

　　家教是一段艰辛的往事，更是一段感怀生活的回忆。

家　教

　　1997 年 8 月，我开始当家教。家教一直伴随我左右，直到大学毕业参加工作后还坚持了两三年。

　　穷人的孩子早当家，这话一点都不假。穷苦对于成长是艰辛的，但却是一生难得的体验，甚至是财富。我于农民家庭出生，知道劳作的艰辛，知道父母的不易。想那炎热的夏天，为了"双抢"，父母真是汗滴禾下土。如今，我的女儿一点热就受不了，成天待在空调房里，真担心她将来不能经受一些辛苦，因为生活总有不如意的时候。

　　大一的暑假，我回家帮父亲割稻谷，错过了家教。大二暑期我不能再错过了，我应该自食其力了，完全可以通过家教来实现。那是一个炎热的下午，我约了弟弟一起，拿着一张写好"师大家教"的字样，站在了树兜路口。一到暑期，像"师大家教"字样的广告到处都是，但大多集中在仓山、台江一带，而树兜因离师大较远，所以较少人去那里"摆摊"。

　　我们站在路口，把"师大家教"撑于胸口，这样过往的行人看得更显眼些。当时，虽然也略有羞涩，毕竟是街头"卖学"。过不了多久，一位四十多岁的妇女前来咨询。她话不多，就直白说了，可以辅导作文和数学吗？小学六年级了。这应该不在话下，于是我和弟弟就跟她走了。这便是我的第一份家教。

这份家教做了好一阵子，那孩子小学毕业后，家长又把我介绍给她的亲戚，位于省检察院宿舍的一户人家。这位家长对我也较为满意，我在他家除了每次固定的费用外，还多了一份晚餐。当初，钱相当耐用，每次家教一个半小时，费用便有三十元。一周两次，就有六十元了。我大学的生活费完全可以自理了，甚至有盈余，以至于后来每学年六百元的学费都可以自己出了。这多少减轻了家里的负担。

在检察院那家教久了，有一次，我们班级组织去森林公园烧烤，他家的小孩也想去，家长对我信任有加，就把孩子在前一天晚上送到我宿舍来住，与我挤一张床，第二天与我们一同前去。那小孩长得胖嘟嘟的，非常可爱，我们班的同学也很喜欢他。他一路与我们游玩很开心，回来后，我辅导他写了篇游记，被我推荐到《海峡都市报》发表，得了五十元稿费。这让小孩开心极了，家长自然也是乐坏了。

家教丰富了我的生活，多的时候，我有两份家教，一周安排三四个晚上或周末在福州城里奔波。当时，还有一位家长，为了方便我来往，送了我一辆凤凰牌自行车。不管多远，我都骑车奔走，以至于我后来对福州的大街小巷相当熟悉。有一回，我回去的路上，刚好碰到刘友能也家教回来。当时师大门口的上三路正在改修，路况异常糟糕。我们骑着车，路灯都没有，昏暗得很，突然前面有个窨井，我刹车不住，人车倒在了窨井口，差点掉了下去。但就是这样的生活，我当时都没觉得有什么辛苦，反倒觉得自己能自立了，是很光荣和自豪的。

贫穷不是光荣，但也不可耻。在摆脱贫困的过程中，有不少师长、同学向我伸出了温暖之手，给我介绍家教，这让我十分感动。有一回，系副主任倪宗武教授来找我，问想不想做家教，感觉你家里经济不是很好。我感谢倪老师的关爱，但由于当时已经有两份家教了，怕忙不过来，也就只好作罢了。后来，还有林新年教授也给我介绍过家教，让我多一份收入。大三下学期，班长张玲在仓山有份不错的家教也介绍给了我。大学毕业后，曾垂超由于去了厦门工作，他也把自己多年的一份家教介绍给了我。

家教看似乎简单的劳务关系，你卖学，对方获得知识，一次一个了清，谈不上多少交情和师生情谊。但我以为，却非如此，只要我们用心去辅导学生，用情去交往，定能收获情谊的。张玲介绍的那份家教便是如此。那家长待人非常好，我每周六上午去他家辅导小孩，中午在他家吃饭后回来。在他家里，非常放松，辅导孩子的中途家长必定呈上水果供我们吃。当然，我也尽力辅导他孩子，以至于后来他孩子轻松地上了师大附中。我在与孩子、与家长的交往中，渐渐融入了他们的家庭，他们对我真是相当照顾，后来还把我弟弟介绍去保温瓶厂上班，对我弟弟也是诸多关照。我虽与他们在陌生中熟悉，虽与他们只是劳务关系，但却能得到如此回报，也是应该感怀的。

家教，离我远去了，但我常常怀想那段时光，那股在艰苦生活环境里自立的勇气和冲劲，感怀那些曾经给我们机会的师长、同学和家长，是大家的怜悯之心、关爱之心、信任之心，给了我前进的力量。

入学两周年是大学时光的分水岭，我们在这分
水岭上尽情地歌唱。

一路风尘一路歌

1997 年 9 月，我们入学两周年了。入学两周年，算是件大事。这在师大似乎有传统，就是入学两周年的时候都会举办一系列活动。

1997 年的中秋节那天，系总支副书记林振涛老师和辅导员郑文灿老师与各班合影纪念。我负责撰写纪念活动的系列文字。其中最为重要的是编辑出版了一个宣传小册子《未央歌》。也不知道是哪里来的激情，我就在这宣传册子中拟了个题目《一路风尘一路歌》，这似乎倒很符合当时的情况，我们风尘仆仆而来，一路高歌，多少有点诗意，多少有点豪情。近二十年过去了，我一直保存着这份宣传小册子，当是当初青春的见证。

绿色的长安山，绿色的长安学子心，在操场的这边与那边呐喊，滚动的足球是我们一柱柱紫色的青春。

我们的身边闪烁着汗水的光芒，心旁堆放着汗水的喜悦，重新步入乡音，去做一次成功的演唱者。

晨曦作词，黄昏谱曲，生活是一首意味深长的歌。我们中文系1995 级本科一百四十三名和基地班三十名同学都是歌手。

两年来，在各级领导和辅导员郑文灿老师的带领下，携着岁月的希望播种于大地的每一个角落，种植于我们风尘并肩走过的每一个时间。在季节染红了生命的时候，让我们高歌一曲《未央歌》。

……

我们的课本不再瘦弱，我们的文字不再干渴，汗水已经淋透了周身，携着钟声，背着文字，再谱写一首淡淡的轻歌。

象牙塔里落满五彩缤纷，拴着我们美丽的憧憬，让成绩成为往事，让痛苦与创伤淡远飘离。我们用青春彰显英气，接受人生辉煌的检阅。

展望今后的征途，我们倍感信心，充溢蕴藉的遐想与憧憬。我们热爱生活，热爱发生在我们身边的点点滴滴，我们早晨一起唱霞歌，热爱这一屡屡斜下的光芒。

两年是个分水岭，回首笑看走过的印迹，或深或浅，遥望我们相聚的日子，深感时光匆匆，岁月飞流。

所有的风景都已经集中在我们共同的站台里，让我们一起吟诗作画，所有的蓝图都已经描绘在我们共同的季节里，让我们一起去实现。我们需要智慧和汗水，用智慧凿成深深的渠沟，让微笑和真诚的汗水流入其中，在日光下，闪烁光芒。

这篇文中省略号部分的内容分为"思想篇""学习学术篇""文体篇"，就是介绍我们入学两周年以来所取得一些成绩。这些成绩伴随我们的成长，也见证了我们的成长，是当以此为豪的。

入学两周年的系列活动有十多项，主要有"'浪遏飞舟'游泳赛""'款款风流'手工作品展""'运筹帷幄'棋类赛""'激扬文字'征文赛""'缤纷天地'舍标创意赛""'足下生辉'足球友谊赛""'独当一面'乒乓球擂台赛""'其乐融融'共建单位联欢会"

"'迈步从头越'研究生座谈会"等。这些活动，让大家多了些乐趣，多多少少充实了生活。大学里，学生活动总是层出不穷，有的人视其为锻炼的舞台，尽心尽力去参与，去表现，去展示；有的人却躲得远远，似乎一副事不关己的心态。现在想来，那些锻炼真是太有必要了，是人成长中不可或缺的一部分，由于有了这些锻炼，大家的心态更加成熟起来，更加积极起来，这是十分难得的。入学两周年的活动也许只是相对集中而已，但也正是有了这种集中的活动，让大家多少有了主人的感觉，有了危机的感觉——我已在这里求学两年，时间不多了，当学会成熟，学会面对未来了。我想，这或许就是入学两周年纪念的意义所在吧。

143

入学两周年活动的压轴戏是一台晚会——"'青春同路人'入学两周年文艺晚会"。为了排练这台晚会，辅导员郑文灿老师亲自编导。郑老师是学校中少有的文艺分子，是策划文艺晚会的行家。学校大型的文艺晚会总能见到他的身影，要么是主持人，要么是自己编排节目。

这场晚会安排在 10 月 19 日晚上进行，晚会的场地在现在南安楼的旧址上。当时那里是一座破旧的房子，我们的《逻辑学》《现代文学》课就是在那里上的。我们在那里演出后不久，这座房子也结束了它的使命，改建成了现在的南安研究生楼。晚会所有的节目都是我们同学自编自演的，共十五个节目，分别是：《序幕〈看戏〉》（表演者：陈艳丽、刘友能等）；《女生小组唱〈美丽的梦神〉〈美丽的村庄〉》（表演者：王芳、高希玲等）；《独舞〈敦煌舞〉》（创意表演：章玉兰）；《小品〈破钱〉》（表演者：朱海华、李娟、阮江潮）；《藏舞〈草原上的雄鹰〉》（表演者：苏松晶、吴关键、殷晓云）；《经典话剧〈雷雨〉片段》〔表演者：陈旭、陈明达（特邀，外语系 1995 级学生，后任校学生会主席）〕；《幽默舞蹈〈谁是谁非〉》（创意：章玉兰，表演者：陈永平等）；《校园歌曲联唱〈我们的青春〉》（表演者：林凯、叶鹿、张昆阳等）；《钢琴配乐诗朗诵〈因为有缘〉》（朗诵者：杨芎琳、陈旭，钢琴伴奏：阮乐锋）；《现代舞〈三分钟放纵〉》（表演者：黄翠雅、陈群红）；《小品〈明月心〉》（创意：苏松妹、汤伏祥，表演者：赵舟敏、黄妍妍等）；《独唱〈好大一棵树〉》（表演者：阮乐锋）；《幽默时装表演》（表演者：吕惠珊、沈建成等）；《舞蹈〈黄河颂〉》（表演者：叶玉芳、陈雅萍等）；《尾声〈将爱实现〉》（表演者：董丽萍、余国辉等）。我之所以不厌其烦地将所有的节目和表演者列出，就是想让读者明白，当初我们是如何充满激情的，我们踏着时代的节拍，踏着青春的脚步，也能编导出一台出色的晚会。

我与艺术陌生，没有多少艺术细胞，但每次晚会的串词非我莫属。虽然这其中，也未必写得到位，但老师们对我甚是信任，以至于后来学校但凡有大型的晚会，我基本成了文字统筹。文艺节目与我无缘，但节目串词、文字统筹也锻炼了我，多少也增加了点艺术的熏陶和感染。这是我引以为自豪的。

一路风尘一路歌，两年的时光，给了我们成长。入学两周年的活动，让我们更加自信地拥抱未来。我也开始了新的学习与生活。

友谊似乎与认识时间的长短没有直接的关系。

密友王春雷

1997年9月，我们年级迎来了十多位新同学——中选生。王春雷便是其中的一位。

中选生，现在已经成了陌生的字眼了。当初，我们年级的同学可谓"成分复杂"。1995年入学的时候，有的同学来自师范学校，或者幼师，有的来自高中。高中的同学中，有一部分是学校推荐保送的，有一部分是高考考上的。师范学校或幼师上来的，都是保送的。于是有了保送生大多住公寓，高考上来的大多住17号楼的区别。到了1997年9月，我们年级又多了十几位中选生，他们是由省内师专中期选拔上来的，从大专升入本科。当时，我们年级还有十几位由莆田市教育局推荐上来学习的插班生。这么复杂的成分，构成了我们的特色，构成了我们难得的同学情谊。

对于从师范保送上来的同学，我向来怀有敬意之情。这里面除了因为我太太美华是从南平师范保送上来的外，还有许多例如我们班的团支书卓希惠，我们年级学生会主席吴关键、副主席王雪清等。他们都相当优秀，无论是在学习上，还是在为人处世上，都较我们从高中上来的同学优秀。他们在师范学校学习的时候，都是年级数一数二的人物，也因此他们才得以取得保送到福建师大学习的机会。美华当初在南平师范的时候，学习成绩向来都是年段前几名的。如此的优秀者进入师大后，也继续走在我们的前列，年段成绩前几名几乎是师范保送者包揽了，年级学生会的活动，也主要由他们主导。这或许是当时师大招生的一大特色，我们 1995 级是最后一届师范学校可推荐保送的了，随后这个招生政策就终止了，想来觉得略为可惜。但时代在变迁，谁能想到，当初集中优秀学生的师范学校却渐渐走向了终结。当初我们中考时，想进师范学校是何等艰难。当初中考录取线第一批为重点中专，师范学校就是属于重点中专，考不上重点中专的，才渐次被重点高中、普通中专、普通高中录取。我中考那年就报了山东邮电学校。当时山东邮电学校在福建只招收两三名学生，最低录取线达到了 524 分（时中考满分为 540 分），可以想象，能上师范学校者，在初中已经是一等一的学生了，至少在成绩上是如此。

师范保送者如此，中选生亦如此，他们也都是当初所在学校的佼佼者。

师大给师专学校的名额不多，他们能通过中期选拔，从专科升入本科，也是花了一番心血的。这些中选生，后来大多也是年级的佼佼者。王春雷便是如此，早早就位居处级领导岗位了。

王春雷从泉州师专中选上来，被安排在我们一班，住在我隔壁宿舍 215。我与他可谓一见如故，交往甚是密切。

王春雷定是勤奋惯了，加入年级大家庭后，依然如此。多年之后，我才知道，他当初是以泉州师专中文系唯一一名中选生资格而被推荐上来的。

可以想象，他当初在泉州师专是何等优秀。于是，到了师大后，他依旧成天抱着书，穿梭于文科楼、图书馆之间。我当时还纳闷，不都已经中选上来了吗？还需要那么刻苦吗？现在想来，他是有抱负的人，远没有满足于中选，这也注定了他日后能走得更远，事实也是如此，所以他能成为我们同学中的佼佼者。这点，我是应当向他学习的，至少应当对他心怀敬意的。

王春雷虽然依旧勤奋，但我们还有相当多的时间可以待在一起，我多不学无术，但他与我甚是志同道合，或说臭味相投吧。志同道合于人交往是最为重要的，没有一定相似或相近的兴趣和志向，两人是很难在一起的，性情也是如此，所谓的话不投机半句多，是有道理的。虽然我不如王春雷勤奋，但我们俩在性情上甚是一致，在"道"上是相通的。他刚到师大后，也酷爱写点文章，但不知如何发表。他写了文章后，会与我一起分享，让我提点意见。虽然于我来说，指导谈不上，但多少可以一起润色、推敲，这对于练习写作也是有好处的。

王春雷是我接触到的为数不多有幽默细胞的同学。我以为幽默是一个人智慧的象征，没有幽默感，对话难免流于形式和客套，那多无趣呀。王春雷天生长得就比较幽默，个头高，人也帅，但就是眼睛眯成了一条线。看人，总是微笑着。你见他如此幽默的长相，也便想笑了。我们的谈话常常没几句算为正经话，但彼此聊天却是难得的享受。大四那年，他的宿舍好几个床位空出来，我常常过去跟他住一起，然后就是彼此开心地卧谈。大学时光的卧谈或许是宿舍生活的最大乐趣，每天晚上熄灯后，大家躺在床上，然后开始闲谈，聊女生、聊老师、聊八卦，聊东聊西，那真是美妙极了。当然，恰逢幽默者，聊起来那更是开心。王春雷于我来说，就是难得的聊天对手。

王春雷不仅幽默有加，而且感情非常专一。这点，也是让我们间彼此多了份话题，《红楼梦》中的经典名句"任凭弱水三千，我只取一瓢饮"，常常成了我们之间寒暄的名句。当时，他在泉州师专时已经交往了女朋友庄同学（就是现在他的太太）。他几乎每天都要给庄同学去信一封，也几乎每天都在等庄同学的来信。这是相当难得的，虽然当初我偶有取笑他，但内心里是敬佩他，敬佩他总是能在繁华诱惑的环境中保持着一份毅力，坚守着一份真情。弱水三千，只取一瓢饮，不是一句空话，于他、于我都是如此，这也许是我们之间"同道中人"的体现吧。

王春雷虽然与我少了两年相处的时光，但友谊似乎与认识时间的长短没有直接的关系。王春雷加入年级后，我们便这般亲切。毕业后，他由于应酬比较多，常常深夜了还给我电话。电话中，我们依然不免幽默一番。他若到福州，定来我家，我去泉州，我们也定能在一起聚聚。这或许就是不灭的友谊吧。同学的情谊难得，但有些同学交往少了，难免淡了。还好，王春雷与我将近二十年过去了，还依然如此密切往来，这是难能可贵的，我们都当以珍惜、珍视。

我常常在想，大学里我之所以能做点事情，就是有无数的长者对后学的我有着种种的爱护，章武先生便是其中的一位。

勾上章武

　　1997 年 9 月，我勾上了知名作家章武。

　　对于作家章武，我是偶然的机会与之结缘的。大一那年，系里举办校友成果展，我被叫去整理相关资料，于是知道了章武先生原来也是毕业于我校中文系的。对于章武这个名字，我还是相当熟悉的，高中的语文课本中就收入有章武先生的散文《北京的色彩》。当然，偶尔还在报刊上读到过他的作品，但一直不知道原来他就是我们的系友。

　　后来，我主编《闽江》，渐渐知道了些关于《闽江》的过去，也渐渐感觉到章武先生对于《闽江》的热爱。章武、章汉两兄弟都是从《闽江》中走出来的，他们都是《闽江》的骄傲。中学念书时，我对于能印在语文课本里的名字大凡都是有一种敬重之情的，总觉得那些名字熟悉而又遥远，对于章武先生也似乎是这种感情。但后来知道了，原来章武先生就在身边，是可以触摸到的，不再遥不可及。于是，我常常会在《闽江》编辑部开会的时候提及章武、章汉两兄弟的名字，为《闽江》感到自豪，为他们感到自豪。

对于《闽江》，我想很多福建师大中文系毕业的系友应该都怀有一份特殊的感情。后来任福建师大党委书记的罗萤先生在《闽江》创刊五十周年纪念集《沙漏无言》的序言《结实的锚索》中说："《闽江》于1958年创刊，迄今已走过半个多世纪。它虽历经风雨坎坷，但仍坚挺于时代潮流之上，依然保持着青春活力和蓬勃生机，依然是各届中文学子回望和向往的精神家园。我跟系友们在一起的时候，只要一提起《闽江》，无论是年轻的还是年长的系友，他们的神采都会不禁飞扬起来。激动的为曾在《闽江》上发表过作品而激动，遗憾的为大学四年未能在《闽江》上发表过作品而遗憾。"罗萤先生的话，确实道出了中文学子的心声。正是有了这份最纯真的感情，当

章武先生知道我在编辑《闽江》时，不知有多高兴。

1997年，福建师大恰逢九十周年纪念。我想，我应该为这九十周年纪念做点什么，于是，就在新学期开学后不久，我向系里主要领导建议：向系友征集散文，出版一本系友散文集。这建议得到了领导的采纳，于是我拟出了征稿函，随即向系友们分发了出去。自然，章武先生也是征集的

福建省文学艺术界联合会

汤伏祥老师：

约稿函拜悉，遵嘱，送上4篇拙作奉上，供编书时选用。

郭风同志也是师大校友（师大的前身学校），他尚未收到约稿函，你能否补寄？通讯处与我一样。

盼多赐教
並颂

编祺

章武　敬上
97年10月9日

350002
本市西洪路凤池散联
电话 3714240（办）3701773（宅）

对象。

1997 年 10 月，我收到了章武先生的回信。当时，章武先生并不知我还是名学生，直称我为老师。当时，不仅章武先生如此，不少系友都以为我是老师，因为如此重要的系友散文集征集工作，怎么可能由一名学生来完成呢？但系里对我信任有加，我也乐意做，于是就这样被冒充为老师了。不过，这倒问题不大，因为，我们在意的仍是把事情办妥了，其他的都在其次。

章武先生在给我的回信中，附了四篇散文，其中就有他的代表作、入选全国高中语文课本的《北京的色彩》，还有三篇分别是《阳台》（获得了《人民日报》散文征文二等奖）、《武夷山人物画》（入选上海、广东初中语文课本）、《病的快乐》（入选全国中等卫生学校语文教材）。这四篇散文都是有相当水准的，是散文中的优秀代表作，但碍于每位系友只能一篇入选的规定，后来我只选了他的《北京的色彩》。这是无奈的选择。

章武先生在回信中，还向我提供了一个重要的信息："郭风同志也是师大校友（师大的前身学校），他尚未收到约稿函，能否补寄，通讯处与我一样。"这信息对我来说真是太重要了，这说明征集散文集的事情他向郭老询问过，他也希望郭老能为这本散文集增添光彩。在章武先生的提醒下，我马上给郭老寄去了约稿函，于是有了我后来与郭老的往来。

10 月的一天，系里组织召开李万钧教授主编的《中国古今戏剧史》出版座谈会。李万钧教授是戏剧研究的知名学者，也是深受学生爱戴的老师之一。他上课非常有激情，非常有气势，屈原的《离骚》全文背诵下来也不在话下。李万钧教授主编的《中国古今戏剧史》由广东高等教育出版社出版，系里很是重视，还专门邀请了些专家来开出版座谈会。在这会上，我第一次见到章武先生。

　　我到场的时候，章武先生已经在留言册上签了字。他的字清新、淡雅，但十分有力，可以说书法上也是自成一体的。他的胞弟章汉先生的书法，我欣赏的不是很多，但也有一些感悟。章汉先生的书法犹如一曲牧歌，总流溢出一股不挠的弹性，似乎狂野，又似乎绵长。当看到章武先生的签字时，我的内心一次又一次地被驰骋于福建文坛的章武、章汉两兄弟所折服，被他们的文赋及书法所陶醉。

　　就在这次座谈会上，我见到了章武先生。他个头高大，用时尚的话说，也是帅得让人醉了。但他和蔼可亲，没有一点架子，脸上总是挂满着流动的微笑。当他知道我还是一名学生时，先是有些诧异（他给我寄来的信，我在这座谈会后的第二天才收到，他在信中称我为老师，上文有介绍），接着就是一番鼓励。他继续叮嘱我说，郭风先生也是系友，系友散文集务必请郭老赐作。郭老的文章定能为散文集增色不少。我深感他对郭老的尊敬之情，对长者的尊重，以及他的谦卑之心。他还主动说，愿意为我提供更多系友的信息，比如陈瑞统、陆昭环等。当时，我就在想，这系友散文集，如此得到大家的厚爱，让平时似乎无法接近的名家、学者就这般活生生地走进我们的视野，走进同学们的视野，这对我们学生真是莫大的鼓舞。

　　我们就这样漫无边际地聊着，从系友散文集征集活动，说到《闽江》，又从《闽江》说到大学时光。交谈的时间似乎不长，但却异常美妙。他仿佛回到了长安山的青春时光，回到了欢乐的大学时光；而我，则沐浴着鼓励，沐浴着梦想。他们在那么艰苦的条件下，可以把《闽江》办得如此有影响力，到了我手上，条件好了，理应办出水平；他们当时也这般心怀梦想与激情，那般单纯与欢乐，如今，我们还有什么理由不去追随梦想呢？只要有梦想，有激情，就会有欢乐，就会有未来。章武先生如此，我也希望自己的将来如此。

　　就在座谈会的第二天，我收到了章武先生的来信。我看着看着，有些无端地笑了起来。孙绍振教授拍拍我的肩膀说："你怎么也把章武给勾上了。"我淡淡地微笑着，没做什么解释，心里却感到一股从未有过的愉畅感和满足感。

有幸组织征集系友散文集，这真是我大学里最为自豪的事情之一，我因此而认识了更多的系友，并被他们的故事所感动，被他们的热情所感动。

系友来信

1997 年 10 月开始，我陆续收到系友们从四面八方寄来的信件和散文稿。每一封信，每一篇文章都浸透着系友们对长安山的思念，都浸透着浓浓的母校情思。

10 月初，时任中国新闻社福建分社副社长的周景洛先生最先给我寄来了他的个人简历和散文《香港的母亲节》。周先生 1975 年毕业于福建师大中文系，长期从事对外新闻工作，是系里较为熟悉的知名校友。对于周先生，我们是崇拜的，或许中文系的同学或多或少都会崇拜在新闻媒体工作的系友，周先生便是其中之一。有了信件往来后，我有一次就这般慕名上门去拜访他了。当初中新社福建分社位于鼓西路上，对于我的到访，他热情招待，也全然忘记了我还只是一名在校的学生。周先生是我国对外新闻宣传的重量级人物，但就是这样一位长者，一位看似高不可攀的知名人物，在多年后一次偶然的机会中，我打通了他的电话，自报名字后，他依然一下子就记起了我，还邀我方便时到他办公室叙叙旧。这真是让我颇为感动。

周景洛先生如此，民盟福建省委宣传部部长陈宗沅先生对系友散文集征集活动也是非常热心，他自己 10 月 15 日便给我寄来了散文《谒"桂斋"》，接着他又为我提供了些系友的信息，更有的是他直接找系友要了简历和散文的，比如他自己直接约了时任福州市副市长高翔女士、福建侨报社社长兼总编辑俞兆慧先生等。11 月的一天，陈先生还来信询问稿件征集的情况，甚至要我列出一份征集的系友名单，他愿意来落实系友们是不是都收到约稿函了、大概什么时候可以寄出文章等。有了陈先生如此的热情，区区征集一本散文集哪有做不成的呢？陈先生如此热爱母校，能如此为之奔波，真是让我十分感动。这样的长者是难得的，我与他也渐渐多了交往。我多次去他办公室汇报相关情况，每次他都热情接待。甚至大学毕业那年，他还主动

帮我找工作，极力向民进福建省委会副主委郑颐寿教授做了推荐，两次领我去见郑教授。虽然后来我没进民进工作，但这份情义，现在想来，都觉得不可思议。当初我只是一名普通的学生，来自农村家庭，没有任何的权势可以依仗，但像陈宗沅先生这样的长者、这样的系友却在无私地、尽心地帮助着我、鼓励着我、指引着我。我真是

解放军报社信笺

汤伏祥同志：

你好。

《致系友的约稿函》我本月中旬从上海出差回京才收到，紧接又去哈尔滨开会，实在无暇为系友散文集写些新的文字，尽管我非常地愿意写。

现按你们的要求寄上个人简历和一篇旧作（从我的长篇报告文学《探险在中国》摘出一节），请指正。

周涛
1997.10.27 日于北京

三生有幸啊。

陈瑞统先生是泉州的文化名人，约稿函寄给他的时候，他正在成都参加第五届中国艺术节，接着又赴京参加福建戏剧展演活动，直到12月才得空处理我给他寄去的约稿函。他是名多产作家，一篇散文对他来说，那是再简单不过的。但他还是认真对待，给我寄了多篇，请我选择。于是我选了其中最能体现他怀念母校情怀的一篇《犹忆校园青草绿》，与他沟通后，他也觉得这篇甚好。他不仅自己热心参与其中，而且也将征集散文集的信息与同在泉州工作的系友戴冠青、陆昭环、陈志泽等分享，让这有纪念意义的活动得以顺利进行，让长安山的故事显得更加生动精彩。

福建师大中文系毕业的学生大多在省内工作，在外省工作的并不多。系友周涛先生（时任解放军报社军事部副主任，后任解放军原总政治部宣传部部长，少将）也是寄来信件和散文较早的一位。这位师大引以为豪的校友，在收到约稿函后，就马上行动了，确有军人的办事风范。他在信件中说，由于出差频繁，实在无暇写出新的文字，尽管他非常愿意写写长安山，但只好寄上旧作一篇了——这就是后来选入《不老的长安山》一书中的《再见，高原》一文。

在上海华东师大中文系工作的陈孝全教授为散文集提供了一篇非常有纪念意义的散文《怀胡山源先生》。陈教授在接到约稿函后，就给我寄来了七篇散文，篇篇都写母校生活，分别是《怀胡山源先生》《忆黎锦明先生》《易学专家黄寿祺》《校园梦踪》《难以忘怀的声音》《烟台上在记忆中》《青春苦乐情》。这是一组难得的母校回忆录的散文，发表在1993年3月至5月的《福建日报》副刊上。陈教授1932年生，1954年毕业于福建师大中文系，当年考入华东师大中文系念研究生，而后留校任教，是知名的现代文学研究专家，著有《朱自清传》《鲁迅散文欣赏》等。陈教授的一组文章我认真拜读，真是获益匪浅，其中《怀胡山源先生》甚是难得。胡山源先生是当时国内著名的学者、作家。五四时期的"弥洒社"就是其创办的。早在1916年，胡山源先生就以"忘忘生"和"杉圆"笔名在上海《时事新报》及《申报·自由谈》上发表短篇小说及杂文。而后，他与钱江春、唐鸣时发起组织"弥洒社"，成为新文化运动中一个有影响的流派。鲁迅先生虽然对"弥洒社"的文艺主张不甚支持，但对他的短篇小说《睡》却给予好评，认为它是"笼罩全群的佳作"，并收入《中国新文学大系·小说二集》中。胡山源先生于中华人民共和国成立初期与福建师大中文系结缘，教学写作，那真是那一时期学生的荣幸，陈孝全教授无疑就是其中的受益者。我当初毫不犹豫地挑选这篇文章，多半是因为我们后来者对胡山源先生的追忆是不够的。这样一位大家就曾生动地生活在我们母校，而后来者不知道为什么，却鲜少提及。还好陈教授的文章，让我对母校的历史增添了自豪与骄傲。

　　每个人都曾青春过，每个在福建师大中文系学习的系友，对长安山都充满了思念之情。说起母校，说起中文系，不管他身在何处，不管他官居何位，他都是母校中的一员，大家都心潮澎湃，因为母校里有大家永远割舍不掉的情思。大学时光是人生中最美妙的时光，那里有激情，有梦想，有拼搏，还有浓浓的爱……当接到一封封系友的来信时，我常常看了爱不释手，也常常为之感动。有幸组织征集这本散文集，这真是我大学里最为自豪的事情之一，我因此而认识了更多的系友，并被他们的故事所感动，被他们的热情所感动——我也当以系友为榜样，尽可能为母校做点事情，为系友、为同学尽心奉献。

汪毅夫先生不仅是位官员，也是位学者，于我来说，他更是系友，更是关心、爱护我成长的长辈。

系友汪毅夫先生

1997 年 10 月，我与汪毅夫先生相识，后来偶有往来，这当是一段难得的"高攀"往事。

因为征集系友散文集，我给还在省社科院工作的汪毅夫先生去了约稿函。他收到后，也在第一时间给我寄了他的散文《师训》，写的是他的研究生导师俞元桂教授。俞教授是中文系德高望重的长者，许多系友曾受教于他。后来征集的七十九篇系友散文中，回忆、怀念俞教授的文章有十多篇，可见俞教授在学生心目中之地位是相当高的。我到师大学习的时候，也听说他的名声、学问，但无缘见面，更无缘受教。他于 1996 年初永远离开了他的学问和学生。汪毅夫先生的《师训》写于 1997 年 6 月 18 日，文章充满了对俞教授的思念、敬意之情。后来我才知道，汪先生与俞教授有着特殊的师生关系。

和大多同时代的人一样，汪毅夫先生的青年时期也有一段下乡当知青的经历。1969 年，他背起书包到农村去，开始了他在福建省上杭县古田镇一个小山村六年的农耕生活。插队时光给他留下了深刻的感触，他后来说，知青在那段时间最大的痛苦就是失学的痛苦，最大的愿望就是求学的愿望。

1974 年年底，汪毅夫先生的父亲退休。奉行当时的"补员政策"，汪毅夫顶替父亲，成为厦门市一名邮递员。高考恢复后，他想都没想就在志愿表上一连三栏都填写"福建师范大学中文系"，为了就是圆一个曾经被撕得破碎的大学梦。汪毅夫先生后来回忆说，在插队期间，福建师范大学曾经去招工农兵学员。虽然师大的老师对他很感兴趣，但后来政审没通过。在高考结束、录取通知书寄来的几个月期间，汪毅夫先生仍然是厦门的一名邮递员。那时的他并不知道自己还会不会因为"政审"不能通过，而无法圆自己的大学梦。

1978 年大年三十，汪毅夫先生收班回来，发现边上还有一封挂号信，他一看，这个地址归他负责，就想着在过年前把信送去。于是他把挂号信领出来，将这封浙江大学的录取通知书送出去了。有趣的是，送完这封信，汪毅夫就感冒了。在家休养的他，等到了同事送来的各种慰问，也等到了那封期待已久的录取通知书。就这样，汪毅夫先生成了福建师范大学 1978 级中文系的学生。他说，自己很感念学校的教育。他正是用宝贵的学习时间，完成大量的阅读，这也为后来的学者之路奠定了基础。

大学毕业后，汪毅夫先生留校任教。可以想象，当初能留校任教的毕业生，是何等优秀。这点我是有深切体会的。当初我们 1995 级想留校者几乎不可能实现，就是人才济济的 1993 级、1994 级也只有个把的名额。但汪毅夫先生留下来了，成了一名助教。这其中，定是得到了时任系领导俞元桂教授的赏识。两年后，汪先生又考取了俞教授的硕士研究生，成为俞教授最早一批招收的研究生之一。

汪毅夫先生在那知识蛮荒的年代与师大结缘，他渴望知识，追求学问，也因此对师大及师长怀有浓浓的情意。他的散文《师训》便是最好的体现。

收到汪先生的散文后不久，师大迎来了九十周年校庆纪念大会。汪毅夫先生也应邀前来参加。参加完庆祝大会后，系里又召开了座谈会。这次座谈会上大家畅所欲言，很是融洽、热闹。自然，征集系友散文集也是其中重要的议题，大家都不约而同地说，这是一件很有意义的事情，一定要把散文集编好。在这次座谈会上，我与汪毅夫先生第一次见面。他当时已任台盟福建省委会主委了，他给了我一张名片，说可以常联系。对于散文集的征集活动，他向我推荐了宁德地震局的苏旭耀系友。他说，自己前几日见到苏同学，苏同学还不知道有这项活动，苏同学也很希望能参与其中。在汪先生的提醒下，我马上给系友苏旭耀先生寄去了约稿函，随后也收到了苏先生的散文《追日的梦》。

汪毅夫先生也与大多数系友一样，积极热心响应这次散文集征集活动，为我提供相关信息。校庆后不到两个月，也就是 1998 年 1 月，汪毅夫先生当选为福建省副省长，我们大家都为这位系友感到自豪、骄傲。也就是在这年的春节，我从老家给他挂去了电话，祝贺新春佳节，汪先生非常客气，说也向我全家拜年。大概到了 1998 年 2 月，系友散文集征集得差不多了，我再次给他去了电话，想请他为系友散文集题写书名。他告诉我说，潘心城副省长分管教育，而且书法也堪称一流，请潘副省长题写书名更好。我说，那怎么才能请到潘副省长呢？他叫我写信一封，先寄给他，然后再由他转给潘副省长，此事应当可以办妥。在汪先生的指引下，在 1998 年 3 月，我们收到了潘副省长题写的系友散文集《不老的长安山》的书名题签。潘副省长的书法确实飘然潇洒，苍劲有力。这于我，于师大中文系，乃至于整个师大都是莫大的鼓舞。但这过程也是汪先生热心助力的结果。

汪先生高居省领导之位，但却常常以一名普通的系友参与系里的活动。

1998 年 5 月 17 日，拟召开《闽江》创刊四十周年座谈会。我在这前一天给他去了电话，盼他也能参加。我清晰地记得 1981 年的《闽江》（第 1、2 期合刊）上发表有他的《鲁迅诗歌本事考二则——为纪念鲁迅百年诞辰而作》。

汪先生听我介绍拟召开的《闽江》创办四十周年纪念座谈会后，也甚是欢喜，说假如没有特殊情况，他一定参加。遗憾的是，第二天，他要参加一个重要的会议不能到场，但就在座谈会后，他还专门到师大见了参加座谈会的各位系友，其于母校之情意可见深厚，其于系友之情意可见难得。

我因为系友散文集征集活动与汪毅夫先生相识，因为《闽江》等，与汪先生渐有往来，虽然他工作十分繁忙，但总是以长者对待晚生的心情呵护着我们，乐见我们也能一同成长。大学毕业后，我到出版社工作，曾去信一封告知。后来，有一回，我去参加科普作家高士其一百周年诞辰纪念活动。他作为省领导出席会议并讲话。在会议前，我见他在贵宾室等候，于是我上前问候。他一见到我，便认了出来，还准确地叫出了我的名字，然后连忙招呼我坐在他身边，问起了我的工作情况。当时那情景真是让我十分感动。我以为，就当初师大校庆一见，怎能还记得一个普通学生那么长久呢？但他却做到了。

汪毅夫先生不仅是位官员，也是位学者，于我来说，他更是系友，更是关心、爱护我成长的长辈。我对他心怀敬意，并非他是省部级领导，而是他心怀母校，心怀师生情谊，并爱护晚辈的成长。这是为官者难得的品质，也是我们当引以为豪的。于是这么几次往来后，我每年新年前会寄张贺卡，向他祝贺新年。而汪毅夫先生不管是在省里工作，还是到了台盟中央，也都会给我寄来他的新年贺卡，直到前两三年，中央取消了贺卡拜年行为。

汪毅夫先生是师大中文系系友中的佼佼者，我有幸与他相识，并得益他的帮助与勉励，这是我当引以为自豪的。我的能力有限，于师大，于系友，于我晚辈的系友，也许都不能像汪先生那般周全，但我当向他学习，当沿着他的品行前行。

一项活动，一段成长，一种锻炼，一种启发。

"闽教版" 杯书评赛

1997 年 11 月，我组织了一年一度的"闽教版"杯书评赛。"闽教版"杯书评赛作为九十周年校庆的系列活动，也受到了学校的格外重视。

说起"闽教版"杯书评赛，其实很多系友并不陌生，这源于当时福建教育出版社社长乃中文系系友。此社长与师大中文系有强烈的感情，不仅是师大中文系毕业，还曾一度留中文系任教，后来又师从俞元桂教授，再后来还是师大中文系的兼职硕士生导师。由于有了这些情感的交集，这位社长总希望为母校做点什么——于是就有了"闽教版"杯书评赛。

"闽教版"杯书评赛就是福建教育出版社提供当年出版的优秀著作，请师大的学生阅读，并撰写书评文章，然后评审，评出等次给以奖励。出版社提供相应的图书和活动经费。这活动于当时来说，无疑是很有意义的。出版社每年提供样书、经费（每年一次活动经费为三千元），然后发动同学们来写书评，最后再评出等次，颁奖，等等，这于出版社来说，就是一次极好的宣传——事实上也如此，福建教育出版社当时在师大很有口碑，我们上课的不少教材就是由它出版的。

我与"闽教版"杯书评赛结缘很久了，1995 年 11 月，当我刚入学不久，便在师兄罗立仪的组织下，与这活动结缘了。1996年11月，我在师兄董青松的组织下，再度与这活动结缘，当时我的书评习作还获得了一等奖，作品是一本大部头的书（具体什么书，我忘记了）。1997年11月，已是系学生会学术部部长的我，开始独立策划组织这项活动了。

也不知道是哪里来的激情，总想在前几届的基础上，做出点创新——首先，我把征文的范围扩大了，从中文系扩大到全校；其次，要组织一场有分量的颁奖晚会，让活动更加精彩。这第一项，其实不难，我与学术部的几个同仁，写了征稿启事在学校四处张贴，并重点与几个常有来往的系学生干部沟通，请他们帮忙组织。活动范围的扩大，对福建教育出版社来说，也是件好事，他们的书在更大范围内扩大了影响力。至于颁奖晚会，是有一定的难度，因为我对文艺一窍不通，但要有影响力，这台晚会是必不可少的。

一切似乎都按照自己的愿望进展了，活动中，果然收到了大量其他系同学写的书评文章，书评文章的质量也是相当高。这让评委和出版社很是满意。当时评委由师大图书馆吴锦濂教授、中文系高少锋副教授等担任。当我把一篇又一篇的文章交给他们的时候，他们直称这次活动组织得好。在这次书评赛中，我的书评文章再次获得了一等奖（后来我的书评文章还发表在福建教育出版社主办的《闽教书香》上）。

颁奖晚会安排在11月进行。晚会的节目，我叫赵舟敏同学负责，由她把关。同班同学赵舟敏当时是系学生会文艺部部长，她能歌能舞，天生就是文艺青年。这场晚会安排在校学生活动中心举行，当时活动中心刚刚落成，崭新得很。主持人是已经在电视台兼职的1993级师姐。晚会演出什么节目，我忘记了，但我自己上台发言的情景还记得。我上台前，还有点紧张，不知道要在这样的场合和大家说什么，虽然也准备了发言稿，但总担心会怯场。但当我上了舞台后，反倒轻松了，因为舞台的灯光非常强烈，灯光从远处照射过来，直射着我和舞台，舞台下面一片漆黑，我感觉什么都看不见。这是我第一次面对这么强烈的灯光，也是第一次可以这样"熟视无睹"地对着别人发言。因此，我紧张的情绪一下子化解了，发言讲什么内容，我忘记了，但在舞台上的自信，在灯光下的从容，却一直鞭策着我前进。我从小比较拘谨，没什么文艺细胞，舞台对我来说，是个陌生的东西。我从来不轻易上台表演节目的，因为总觉得自己与它无缘；也很少在舞台上侃侃而谈，因为总觉得那舞台是属于表演者的，而我天生不是表演者。但这场晚会，却让我在舞台上做了发言，在几百名学生面前做了自如的发言。这于我来说，是一大进步，更是一大鞭策——我们大学的成长不就是靠这一个个的进步、一个个的鞭策完成的吗？

"闽教版"杯书评赛后来似乎没有再继续了，但我在大学期间，两次参与、两次独立策划这项活动。我收获了许多，特别是与福建教育出版社建立了友谊，产生了感情，多年后，我自己也进入出版社工作，与他们多了些往来，但当初的交往无疑锻炼了我的成长，丰富了我的视野，是我成长的加油站。同时，更为重要的是我渐渐萌生了对出版的热爱，是我出版人生的最初体验，是我出版职业的启蒙人。

谁人不爱母校呢？每个人心中都有一段对母校
无尽的爱恋，福建师大于我便是如此。

九十周年校庆

1997 年 11 月，福建师大迎来了九十周年校庆，我们有幸见证了
这一盛大而隆重的庆典，倍感自豪。

校庆，向来是一所学校重要的节日，特别是对于百年老校福建师
大来说，其纪念意义更是非同寻常。福建师大最早可以追溯到清末代
帝师陈宝琛创办的福建优级师范学堂。陈宝琛，福建闽县（今福州
市）螺洲人。刑部尚书陈若霖曾孙，十三岁成县学秀才，十八岁中
举，二十一岁登同治戊辰（1868）科进士，授翰林院庶吉士。三年
后授编修，又三年，擢翰林院侍讲，充日讲起居注官、内阁学士兼礼
部侍郎。中法战争后因参与褒举唐炯、徐延投统办军务失当事，遭部
议连降九级，从此投闲家居达二十五年之久。赋闲期间，热心家乡教
育事业，也因此有了如今的福建师大，更因此使他千古留名。因此，
我有时候常常在想，一个人，他的事业是什么，什么才是他事业的尽
头——官居高位吗？——而这总有退休、淡去的一天，在人类的历史
长河中，能留下美名的为官者并不多。但一个人，如果能借助高位的
视野，潜心于一桩事业，特别是潜心于公共事业的发展，那将可能被
后来者所铭记。陈宝琛如果只是一位帝师，这百年后，又有谁能记住

他的名字呢？他被人所纪念，被人所追忆，那是因为他在沉浮的岁月中，潜心于教育，身先士卒地推动了福建近代教育的发展，尤其以创办福建优级师范学堂而名垂青史。

我们 1995 年到师大后，第一节课便是校史教育。校史教育，对于每一个学生来说都是必要的。校史教育不是单纯地展现学校的"辉煌"，更多的是让学生明白，这所学校是有历史积淀的，它的成长也有一番的波澜壮阔，也有艰难的时刻，到了我们手上，就是去热爱，去传承。福建师大，从陈宝琛创办的福建优级师范学堂开始，历经沧桑岁月，人才辈出，有许多地方是足以让我们为之自豪、骄傲的。就单单中文系来说吧，中文系是师大创办最早的院系之一。叶圣陶、郭绍虞、施蛰存、胡山源、包树棠等国内著名学者都曾在中文系任教过。这是师大的骄傲，也是我们作为师大学子的自豪。

1997 年，我们有幸在师大逢十周年庆典的日子里，见证、拥抱师大的平凡和伟大，见证、拥抱师大的艰辛与荣耀，那是我们的幸运。9 月新学年入学后，九十周年校庆相关活动陆续开展，而 11 月的庆祝大会无疑是将校庆活动推向了高潮。

那天，校园里四处挂满了标语，处处飘扬着彩旗，文科楼、科学楼、实验中心、电教中心……处处一派生机。我们齐聚在长安山大操场，主席台上庄严热烈。我们迎着阳光，在操场上与领导们一起欢庆这难得的节日。当时省里四套班子的主要领导都参加了，校党委书记邱炳皓致辞。这位老书记，在来师大任职前已是龙岩地委副书记了，他与师大相处的时间不长，但却让我们与他一起见证、拥抱了九十周年校庆。

庆祝大会后，是校友们回各自院系活动。中文系在文科楼有系友接待处。当时系里弄了两块大木板，在上面写着"中文系发展基金榜"，这其实就是要系友们募捐，当然，一般的系友是不需要为这伤脑筋的，因为这大多只是针对个别企业家而设置的。一些系友到了接待处，开口就问：汤伏祥老师是哪位？在场的接待人员告诉他们汤伏祥是名学生，有什么需要转告的吗？由于问的系友多了，系里叫我要到接待现场，免得系友们找不到我。当我到的时候，接待老师告诉我，有厦门的彭一万、李泉佃等在找我。我知道，他们都是因为系友散文集征集的事而找我的，因为他们都是热心者，都希望为系友散文集征集活动做点事。

接着，系里又在学生活动中心举行系友座谈会。这个会上，系友们都非常开心，谈了许多感激、怀念母校的话。其中，系友散文集征集活动的话题再次被谈起，差点成了座谈会的主题，大家都觉得征集系友散文集并出版，定能给大家表达无尽的思念和情怀。这座谈会我也参加了，听到系友们的肯定，甚是开心，想来真是觉得为系里做了件有意义的事情。

九十周年校庆在岁月的流逝中落幕，我们有幸在师大见证、拥抱了它的生日盛典，见证、拥抱了它的辉煌——那是一段难得的经历，也是一种骄傲的体验。当 2007 年 11 月到来的时候，我们只能作为校友去参加它的百年盛典了——事实上，百年校庆时我外出开会而错过了——也不知道 2017 年一百一十周年校庆的时候，是不是能参加——有些东西错过了，似乎就没了——还好九十周年校庆我与之相伴过，并让我留下了深刻的印记。

百载春秋，薪火相传。师大虽数度易名，几经迁徙，但经过一代又一代人的努力，砥砺出"知明行笃，立诚致广"的校训精神，孕育了"重教、勤学、求实、创新"的优良校风。九十周年校庆让我们为它自豪，为它骄傲。我作为它的一分子，在它的庇护下成长，在它的滋润下成熟，我永远感激而怀念它，祝愿它不断蓬勃发展，九十周年我们一同见证、拥抱，一百周年我错过，一百一十周年我愿与它再次见证，再次拥抱……

> 文字统筹，这名分来之不易，它浸透了我对文字的追求，更是浸透了师长们的厚爱。

文字统筹

1997 年 11 月，九十周年校庆文艺晚会在长安山物理系前的小操场举行。我作为文字统筹，有幸参与其中，甚是自豪。

说起文字统筹这个角色，我要感谢一路陪伴我同行的美妙的文字。小时候的我，阅读书籍不多，除了课本，几乎没阅读过什么书籍，我也非常畏惧写作文，直到念高一时，突然心血来潮，喜欢上了文字，喜欢上了写作。那时候，我母亲身体不是很好，胆结石严重，从学校回老家时，常常见她疼痛得厉害，然后瘫坐在地上。见母亲那难受的样子，我的心也纠结着、疼痛着。后来，我就想把这些感受记录成文字，于是就自己默默地开始了写作。

文字是抵达心灵最好的符号，也是心灵表达最生动的符号，当然有些时候，文字在情感面前还是无能为力的，许多美妙的感觉或许不是文字所能穷尽的。也许那是个陶醉于文字的季节，我坚持每周写两篇作文，写自己的所感所悟，然后给语文老师林国清批改。林国清老师很高兴，难得有学生主动多写作文，对我更是耐心指导，给我鼓励，可以说他是我追求文字的引路人。就这样，三年下来，到我高中毕业的时候，我对文字已经有了感觉，写作起来也不再畏惧了。当然，说好，是谈不上的。

因为有了练笔，对文字有了感觉，到了大学后，也发挥了作用。除了自己练习写作，偶尔发表些习作，主编《闽江》外，学校不少大型的活动我因此而得以参与其中。当然，我更应该感谢郑文灿老师的推荐，是他将我推到学校这个大舞台的，让我在更大范围内得到了锻炼。

九十周年校庆文艺晚会是学校当时一个阶段中最为盛大的活动之一。为了这场晚会，在9月入学后不久，学校就不断开会讨论。会议主持者为时任党委副书记郑传芳教授。

郑书记每次开会，都认真听取相关汇报，然后一个个落实责任。当他知道我负责文字统筹，撰写晚会主持词和节目串词时，还特地嘱咐我，一定要拿出水平来，让晚会更加完美。当时，责任者多是教师，唯独我是学生，这么大型的文艺晚会，让一个学生负责文字统筹，能不能担当得起呢？我不知道当初郑书记是不是有过疑虑，但他没说，只是鼓励我做好。

因为有了领导的鼓励和信任，终于为这台晚会贡献了智慧。当这台晚会在福建电视台重播，在字幕上出现"文字统筹：汤伏祥"时，多少有点兴奋感，自己的名字也上电视了。但这还不是最重要的——最重要的是我因此与郑传芳书记有了往来，而且在后来的来往中给了我莫大的鼓舞和帮助，这是我终生应当感恩的。

郑书记虽然早早就位居厅级干部之列，但他从来没有架子，与我们这样普通学生的往来也是慈爱有加。在大学里，我多次进他的办公室与他交流学习上、生活上的事情，他都耐心开导我、鼓励我，让我以更加阳光的心态面对生活。当临近毕业的时候，因为我之前英语补考受过处分，可能影响毕业。这事让他很纠结，也为我费了不少心思。他多次主动为我奔波，给我帮助。那份爱护学生的心，那份总是为学生着想的情，让我非常感动。有时候，我常常在想，我何德何能得师长们如此爱护，甚至袒护呢？我是普通的一员，是农民的孩子，没有什么可以回报大家的，但他们却把真爱、真情洒向了我，让我在爱的沐浴下成长，让我感受阳光、温暖、亲切和爱意。

就是这样大学里的一般工作往来，让我也有机会成了郑传芳书记的学生，也许是高攀了，我自称是他的学生。他似乎也乐意多了一个学生。毕业后不久的一天，我约请他吃饭，他很乐意参加。当时在吕振万楼一聚，他很高兴，一直表扬我文字甚佳，鼓励我继续前行。后来，他到福建教育学院担任党委书记、院长，接着又到福建农林大学担任党委书记，再接着是省委教育工委常务副书记。他工作岗位越来越重要，但他与我却没有因此而生疏，相反，他还是一贯的亲切，一贯的慈爱。每每在我人生的重要节点上，他都给我力量，给我帮助。当他在农林大学工作时，便鼓励我去农林大学念个硕士研究生。在他的鼓励下，我顺利完成了农林大学硕士学位的学习。当他在省委教育工委工作时，给了我莫大的爱护，对我的工作，甚至家庭都给予了关照。在工作上，他继续支持我、帮助我。他是中央实施马克思主义理论研究和建设工程重点项目的首席专家，著作等身，当我策划一些出版选题时，常常想到他，他在工作相当繁忙的情况下，还应承了下来。郑传芳书记如此爱护我、帮助我、关照我，我能回报他的却少而又少，也许我唯有勤奋工作，让事业略有小成，才能报答他的殷殷期望了。

文字统筹，看似乎只是做了点文字的工作，但这名分也是来之不易的，它浸透了我对文字的追求，更是浸透了林国清、郑文灿，特别是郑传芳书记等师长的厚爱。因为有了他们对学生无私的爱，才会有文字的美丽生动展示。文字在这里顿然都失去了颜色，失去了力量，因为他们于我成长的意义，文字已经无法表达了，文字都已经化为了阳光和雨露，在我心间闪耀着、滋润着……

其实，我们每个人都生活在笼子里，绝对的自由是没有的，只能靠我们自己以怎样的心态去面对。

与自己抗争

1997 年 11 月，年级文学社的《双桅船》推出入学两周年纪念专刊。

文学青年傅修海是年级文学社社长，他是年级中最有才气者之一，文学社由他主持是最合适不过的。事实上，后来他一路前行、奔跑，走得相当远，学问也是了不得。大学毕业后，他先是分配到闽西职业大学工作，因不满足于现状，考取了广州中山大学的硕士，接着是博士。他潜心于现代文学研究和文学创作，尤其以研究瞿秋白而成果显著。四十岁不到，就是学校的直聘教授了，出版了多部论著。

因为有了傅修海这样的青年才俊在组织文学社活动，《双桅船》办得相当出色，极大带动了年级同学们的文学梦想。中文系的学生没有点文学梦想，没有点文学创作的激情和冲动，那是说不过去的，而文学社、文学刊物无疑是其中最为重要的平台，《双桅船》亦如此。

在傅修海的约请下，我也写了一篇入学两周年感悟的文章——《与自己抗争》，表达了我当时的心情。

与自己抗争

　　修海学兄叫我给文学社写篇文章，谈谈入学两年来的随想，我迟迟不敢动笔，原因就在于害怕去总结自己入学两年来的经历。梁实秋先生在《雅舍》中大意说，人开始回忆往事的时候，也开始老化了。而我还正年轻，在生命有限的时间里，总不愿去总结自己，去追忆往事，一者是为了抗老，二者是总结了依然是迷茫，不知自己努力的方向。

　　然而，既然走过了一段路程，总会有深有浅的印迹，回首相望也没什么不好。我是"95本"这个集体中迟来的一员，我深深地从内心里感激这个集体重新给我一个锻炼的机会。然而有些时候，这种感激显得有些苍白，我时常对自己这种无力的感激感到惭愧。也许这就是做人最为痛苦之处吧，想做一件事，但却不能做或没有去做。

　　两年了，自己就在这矛盾的斗争中度过。我想每一个同学都有理想，都有自己热衷于要或想做的事。但两年了，有的曾尝试过，有的只是想想而已，不能或根本没有去做。现在总结起来、回忆起来，总让人感慨万千。

　　其实，每个人要想做的事情，要想学的功课，要想张扬的个性，要想谈的恋爱是很多的。然而，哪怕是做好一项或一个方面都是相当不容易的。虽然我们的课程还不是很紧，然而课后的杂事就搞得我们不能安宁，有时，上课的时候还会有一些人检查这检查那的干扰。自己是一个老学生干部了，对这些现实有些不快意，但说起话来却也显得苍白无力，文字也变得这般干瘪瘦弱。我也时常为自己这种无奈、无能而感到纳闷和惭愧。

　　同学们聚在一起谈心，都会感叹时光的飞逝。说真的，不知不觉间，入学已有两年多了，所剩的时间又是那样支离破碎。然而已有的时间虽凸显茫然，但往后的日子应该要过得稳健些。我时常想，日子应该少一些浮躁，多一些平淡，给自己一块完整的时间，做些自己想做的事情。这样也许不会感叹于时间的飞逝或少感叹些吧。

事实已经告诉我们，绝对的自由只是一个虚幻而已。许多时候，大家都要被固有的现实所制约，所牵扯。我们所能做的事情似乎只能在某些"权威"所描述的框架里。两年多了，到现在才发现自己也是挣扎在这样一个铁笼子里罢了，幸好这铁笼子的体形很大，足够我们自己耕作劳动。

说到铁笼子，我想大家可能都有同感。但铁笼子的体形不是固定的，在每个人的心中所占据的面积是不一样的。现在铁笼子已经摆在我们面前了，我们所有的时间都被集中在笼子里，只要努力去耕耘，去劳作，还是可以看到冬天的瑞雪，春分的绿油，夏天的成长和秋时的收获。

我想我们的一切抱怨都是存在的，也是可以理解的，我们一切对人生的探索也都应该受到鼓励、受到尊重。但我们面对远逝的生活流程又能做些什么呢？除了把握住属于自己的每一分钟外，却什么也做不了。

我们生活的历程才刚刚开始，正像初恋一样，有艰涩，但也不乏甜蜜、温暖。随便闲话几句，权当纪念吧！

在海都报创办最初的日子里，留下了我们的身影，留下了我们的青春和激情，也留下了我们浓浓的感激之情和深深的友谊。

在海都报的日子

1997 年 11 月，我们与《海峡都市报》结缘。

那是一个深秋的夜晚，我们坐在文科楼 103 的教室里晚自习。也不知道是谁介绍的，一个叫林滔的记者，找到了肖国敬和我。国敬当时是系记者团团长，与林滔算是同行。国敬与我无话不谈，是相当亲密的同学，常常彼此分享快乐，一起担当工作。这样友人，大学期间有几个，算是难得，也是笔财富，当为之珍惜。

对于林滔的突然到访，我们还没什么心理准备。当时的《海峡都市报》才创办一个多月，这份给读者耳目一新的报纸，自从它诞生的第一天起，就受到新闻界的关注，受到读者的欢迎，它的横空出世，给福建的新闻界、报业都注入了活力，将近二十年过去了，在互联网不断侵蚀传统纸媒的今天，《海峡都市报》依然傲然挺立，依然是福建报业界的一面旗帜，这不能不为它而感到自豪。我们曾经因为林滔的引见而得以与它结缘，并在它的庇护下成长，当引以为豪。

在一个秋高气爽的下午，热情的林滔带我和肖国敬、陈晖等去见了时任副刊编辑谢艳荔。我们就这样漫无边际地谈着谈着，突然大家冒出了组建"《海峡都市报》校园风景线工作室"的想法。这想法一经提出，大家就来劲了，非常兴奋。说干就干，于是，我们开始奔波于学校和报社之间，主动联系福州大学、闽江大学、福建医科大学、福建中医学院等在榕高校学生加盟。报社为了支持我们，专门划出一个版面，名曰：校园风景线，刊登由我们这些人提供的文章。我作为"校园风景线工作室"的发起人之一，自然也是负责人之一。

当初，《海峡都市报》还在福建日报社主楼上班，似乎在十四层。每当到了晚上，当编辑和记者们下班后，我们这些热血沸腾的青年记者就聚集在一起谈论相关话题，然后组织采访。空荡荡的办公楼因为有了我们的身影，顿然是一片热闹。也许是激情与梦想，我们似乎总有聊不完的话题，似乎总有谈不完的故事。

在肖国敬、陈晖、林德志（福州大学）、池伟（闽江大学）、林玲（华南女院）和我几个主要发起者的带动下，工作室的人员不断扩充。人员多了，但"校园风景线"的版面就那么多（每个星期才一个版面），于是大家不免就把时间浪费在聊天、谈论话题上，最后能展现在报纸上的"成果"并不多，为此，我还有点不满，觉得是在浪费时间，甚至因此想退出。但谢艳荔、林滔还是对我们耐心指导，他们大概知道我的强项——编辑，于是他们就叫我专门负责"校园风景线"的组稿、选稿、编稿工作。和报社的许多编辑一样，一到夜晚，我就开始伏案改稿、画版，接着送样、校样，忙得不亦乐乎。一阵子下来，我把编辑的大部分工序学会了，这对我来说也是终身受益的。由于编辑的便利，加上自己爱写，我在报纸上几乎每期都能发上一篇文章，他们都笑我自写自编，成了"校园风景线"的专栏作家。这当然是得益于谢艳荔、林滔等人的信任，这点，我铭记在心。

肖国敬是我们这个团队的班长，虽然他常常推我为总负责人，但事实上，他总是在为大家服务，总是在想法子让这个团队充满激情。

"校园风景线工作室"成立后不久，他就悄悄在策划一项重大的活动——"春节老区过年去"。这在当初我想都不敢想，但肖国敬却做到了。他策划的这项活动在1998年的春节得以顺利实施，林滔与他带领了十几个同学前往老区龙岩过年，然后一路采访。我没有肖国敬的魄力，这次活动没有参加，多少有点遗憾。这次活动搞得非常成功，后来还受到报社领导的表扬。这其中凝聚着肖国敬等人的激情和智慧。

肖国敬等人善于组织活动，常常奔走于各大高校之间，采写了相当多的"话题"新闻稿。这无疑锻炼了大家，也因此让大家产生了深厚的友谊。林玲长得漂亮，而且非常大方，我们都乐意与她来往。她也常常来我们学校串门，甚至有时还与我们一起上课。当初她租住在学生街，她的住处也常常是我们串门的去处。现在想来，是不是有点青春的萌动呢？或许有吧。多年后，我问肖国敬，当初怎么没跟林玲好上呢？那么好的一个女孩子，肖国敬笑而不答，也许一切都是缘分——也许相识就好，相识了，并且留下了一段美好的回忆——那不是更好吗？

我们与《海峡都市报》结缘于秋天，收获了许多。那是一段难忘的报社记者经历，那是一段难忘的友情碰撞经历，那是一段美丽的追梦岁月。这其中，最难忘的是林滔、谢艳荔等前辈的爱护。没有他们提供这个平台，也就没有我们这个团队，更没有我们因此而放歌未来。1998年6月，林德志、池伟毕业，他们也因为与报社有过这么一段经历而顺利到了报社工作。这是林滔等前辈播种爱的种子的收获，也是我们这个团队的骄傲。

在海都报的日子，虽然只持续了一年多，后来由于林滔等人岗位的调整，我们的"校园风景线工作室"没有得以继续，但在海都报创办最初的日子里，留下了我们的身影，留下了我们的青春和激情，也留下了我们深深的感激之情和深深的友谊……

　　一个没有女人的家肯定不是一个完整的家，一个没有女人的男人，他一定也不是一个完整的男人，更不会是一个事业真正有成的人。

发　叔

　　1998 年 1 月，迎来了大三的寒假。寒假，我回到了老家，见到了我的发叔。

　　发叔是我的亲叔叔，他名发，我叫他时一般连名一起叫"发叔"，这在我们家里是很少有的现象。我们叫长辈都是很尊重的，从不叫名字。而叫发叔却是个例外。这倒不是我们不尊重他，而是从小叫习惯了。

　　发叔两岁时，我的祖母就去世了，祖父把他送给了别人抚养。小时候我不知道发叔就是父亲的亲弟弟，母亲教我叫他发叔，我就这样叫了。

　　发叔懂得一点手艺，他会做竹箩、竹筐、竹椅子。每到收割季节，发叔就特别忙，总是被人请去做竹箩、竹筐、竹篮等。发叔制作出来的竹制用具很耐用，农民们在收割时，把竹制用具装得满满的，从不担心会出现什么断裂之类的事。人们也会在私下里相互交谈，说发叔制作竹制具的技术很到位，所以大家很乐意请他做竹制具。

　　在二十多年前，发叔正当青春，他埋头在制作竹制具上，因此积攒了一些钱。但随着年龄的增长，发叔的婚事却成了问题。

发叔个子比较矮小，村里的女孩子看不上他。加上他长期被外村的人请去做工，没有太多机会接触村里的年轻姑娘。随着日子一天天地逝去，他想在本村找个如意的姑娘已经不大可能了。他只好把目光投向外村。然而一切都并非他所希望的那样，他的婚姻问题一直没有解决。

他不甘愿自己这样孤单一人，一直为此努力。他设法通过亲朋好友介绍，一些或是离异的，或是寡妇，陆陆续续来到发叔家。发叔对来者都很热情，哪怕她长得很一般，甚至有点丑。发叔以为以他的热情、真诚或许能打动女人，让女人留下。我们家以及邻里，对远道而来的这些女人也很热情客气，希望发叔能建立一个像样的家。但遗憾的是，来一个跑一个。其中还有一个女人，来了数月，深得发叔的信任后，把发叔仅存的一点积蓄给卷走了。

发叔在婚姻问题上，或者更贴切地说，在女人问题上，他真有点犯糊涂了。他自己拼死拼活地干，生活很节约、朴素，但一碰到女人，他花起钱来，就没了节制。一年里，发叔家都会来一两个女人，父亲劝他，钱不要乱花，要吸取过去女人携款逃跑的教训。但发叔就是不听，还常常用这样一句话顶父亲："你有家了，而我没有。"父亲和我们都知道发叔心里很苦。但姻缘没到，乱花钱又有什么用呢？

发叔辛辛苦苦挣来的钱，就这样一点一点地被消耗空了。一晃发叔也到了五十出头的年纪，女人们也不再光临发叔那冷冰冰的屋子了。发叔还是像以前那样，被别人请去制作竹制具，但由于农村干农活的人这几年突然少了许多，发叔的手艺也没能挣到几个钱，他的生活开始变得窘迫起来。

我一回家，发叔就跑来看我，不用说，他希望我能给他一些零花钱。我给他钱的时候，总有些感慨。其实，发叔并不是一个很差的男人，他的人生目标并不高，他的要求也不过分，他只想要个女人，只想有个像样的家，但为什么就是无法实现呢？他不断地努力，但姻缘、命运总要捉弄他、摆布他。他的精力、青春、岁月和金钱都在这不断地抗争中耗空，当他平静下来时，他已经老了。我想，如果他有一个女人，有一个完整的家庭，他的现状肯定会是另一番情景的呀！事实上就是这样，若干年后，有一个勤朴的女人来到了发叔身边，与他组建了家庭，终于他苦尽甘来，过上了真正的家庭生活。我也为他感到高兴。

　　一个女人究竟有多大的本事和魅力，一个女人对一个男人来说，她有多大的作用，或者说她有什么独特的、不可代替之处的话，从发叔身上就可以找到答案。一个没有女人的家肯定不是一个完整的家，一个没有女人的男人，他一定也不是一个完整的男人，更不会是一个事业真正有成的人。所以男人应当珍惜女人、珍惜家庭啊！

一切的自以为是都是幼稚的表现，都应该感到羞耻和惭愧。

那双眼神

　　1998 年 1 月寒假里，我去了中学的母校民中。在那里我想起了那双眼神，那双充满忧郁、恐惧和无奈的眼神。

　　那是多年前一个晴朗的中午，我和同学们在教室里做作业、闲聊。突然一个陌生的老人进来了，他朝我们摆出习惯的动作，伸出双手，向我们乞讨。

　　同学们定眼看看，是乞丐，表现出一副难为情的样子。同学们对弱者大概都是同情的，有的拿出了五角钱，接着也有的拿出了一元钱。老人脸上露出了难得的微笑，原来那副可怜兮兮的表情消失了。

　　"你快点走吧，我们是学生，都没钱，不要到我们这里来讨钱。"我将一张五元的人民币递给他，又补充了一句，"不要去其他班级了，你快点走吧。"那位老人看了看我，犹豫了一下，接过了钱。"谢谢！你真好！真好！我马上就走。"老人很快就退出了教室。

　　我跟在后面，想看看他到底走了没有。

　　老人并没有走，他正想上楼到其他班级去。

　　"我不是叫你走吗？"我大声叫道。

　　"好，好，好，我就走。"老人马上从楼梯上走了下来。他畏畏缩缩地退了几步，转过身来，正准备朝校门口走。

"你不能再到其他班级去了，要不然，我就叫保卫的老师来。跟你说过了，你怎么这么不守信用。"我很天真地责问他。

"对不起，对不起！我就走。"老人又转过身来，朝我弯腰点头，嘴里一个劲儿地说，"我就走，我就走。"就在这时，我看到老人的脸通红通红的。

"走吧，走吧。"我冷冷地说了一句。

老人很快转过身，走了。我站在走廊上，一直看着老人走向校门口。

就在走近校门口时，老人又转身了，他朝走廊看了看，我们两个人的目光碰在了一起。是畏惧、是埋怨、是惭愧、是羞耻、是悲凉，老人的眼光充满了矛盾，充满了泪花，好像在死死地盯着我。我还没缓过神来，他已经转身走出了校门。

我站在走廊上，突然想，也许我真的不应该赶他走，也许他还可以到其他班级去讨点钱，也许他的确很需要帮助……然而却被我那可怜的五元钱给扼杀了。因为像这样的机会必定很少，保卫老师是不会让他轻易进校园的。

他难得进来一回，却被一个可以做他孙子的学生赶出了校门。

老人走了，消失在人群中。然而，那双老者对一个小孩畏惧的眼神，那双充满悲凉的眼神，却一直留在我的脑海里，留在我的记忆深处。回忆起那双眼神，我心里觉得很不是滋味，不免为自己的天真、为自己的自大，感到羞耻和愧疚。

在繁杂喧闹的今天，能静静地看一些电影，那
也不是一般人都能拥有的享受。

影　评

1998 年 2 月，颜纯钧教授给我们开设"影视传播"的选修课，其中最为幸福的便是因此可以看到很多电影。

说起电影，也许很多人会认为那是过时的东西，电视那么普及了，还看什么电影呢？其实，电影自然有其存在的价值，就像如今的图书与电子产品一样，不是什么书都适合在电脑上阅读的。捧一本书慢慢品读，那滋味是互联网阅读所不能替代，也是无法体味和享受的。电影与电视虽然没有那样严格的区分，但也有类似之感。在繁杂喧闹的今天，能静静地看一些电影，那也不是一般人都能拥有的享受。

在大学时，我是比较喜欢看电影的。当时位于学校旁边的海军礼堂经常放映电影，我们常常结伴而去，邀上三五个人一同观赏。大二那年，《红樱桃》甚为出名，这部电影我也是在海军礼堂观看的。后来还写了篇电影评论发表在《福建电影》杂志上。当得知颜纯钧教授要给我们开设"影视传播"选修课的时候，大家都乐了。

因为有了颜教授的指导，我在看电影之余，也试着写点电影评论的习作，虽然这影视评论多少带有学生的腔味，但也是当初真实的感

受，特别是 1998 年 1 月，《福建艺术》就"回眸中国影坛"这个话题向颜教授组稿。颜教授想到了我，也请我写写对中国影坛的感受，于是，就有了我的《对题材的征服》一文的见刊。

对题材的征服

我一直很关注着中国电影在激烈的竞争中求得自身的突破。国产电影凸显出哪怕是仅有的一点活力，也足以使人对其将来寄予某种希望。可以这样说，1997 年的中国电影界已经隐隐约约地让人看到了这种希望。

1997 年是中国电影最活跃的一年，我们已经在膜拜于进口巨片的同时，转向了对国产影片的关注。制作了一大批富有影响力和艺术魅力的影片。从重大的革命历史题材到对民族史的思考，再到描写普通人的生活心态，都或多或少地呈现出我国电影正朝着追求艺术高雅与普及观众最佳结合而努力。

一段时间以来，我对重大历史题材的国产片感到很不满意。过去，这一类影片往往受碍于历史背景和事件的铺叙，而忽略了人物的个性生活形象。在执着于历史的同时，对个体或普通的生命却视而不见。1997 年的国产片，虽然还没能打破这种尴尬的局面，但已经开始注重于历史氛围中塑造富有个性的个体生命的倾向，使得艺术真实与历史真实相融合，呈现出较高的艺术水准。电影《大转折》记叙的是 1947 年 6 月，刘邓部队根据中央和毛泽东关于由防御转入进攻的战略决策下首次无后方作战，将革命战争引向国民党统治区域。电影分《鏖战鲁西南》和《挺进大别山》上下两集。影片虽然在中原逐鹿的大背影下展开，但屏幕却转向了对人物的形象刻画，对烟雨蒙蒙的战场厮杀场面作淡化处理。影片尊重历史事实，在刻画刘伯承与邓小平的形象上，并没有过多地带上今人的感情色彩，形象真实、饱满。

中国人向来有"天朝心态"的民族心理倾向。1997年上映的反映抗美援朝的资料片《较量》可以说是这种民族心态的又一次补偿，缅怀和重温那段历史，似乎有一种天生的自豪感。过去，这种心态造就了影片有一种宣泄的快意，在艺术上也就缺乏应有的思考和咀嚼。然而影片《较量》能较好地珍藏住这种宣泄感、自豪感，真实、客观地记录当时的历史真实和思考。一者，在较量中没有狂妄自大，也没有低估敌方的优势。二者，注重于敌我双方、优劣势的转化过程。影片给观众的感觉并不全是自豪感的快意，而是对历史的一种思考。

我们对电影的要求的确有些苛刻，忠于历史，而又不奴役于历史。《鸦片战争》的导演谢晋在这方面试图进行新的探索。虽然存在着可以商榷的地方，但我却固执地认为，影片在淡化琦善传统意义上的"卖国贼"色彩是成功的。琦善也是一个朝廷的命官，也是一个人，在奴颜卑膝的同时，他应该有一般人、一般朝廷重臣所具有的为朝廷、社稷而忧患的一面。影片打破了简单地从投降卖国的角度进行贬斥的做法，通过琦善与伯麦、义律等人交涉谈判过程，与林则徐的交往及比较，着重凸显他的奴性意识。而这种奴性意识，正是当时国人所具有的。谢晋显然是通过对琦善个人的刻画，来批判当时国人的社会心态。这较之简单地将琦善钉在历史罪人的框架上，显然有更深的历史反思意义。影片以史家的深邃眼光和理性来剖析这段屈辱史，显示出深刻的哲理，也折射出当今的时代精神。

相对于《鸦片战争》，《红河谷》所展现出来的战争场面自然是小了许多，但场面的气魄，却远远超过了《鸦片战争》。影片主要用了深绿色和雪白色这两种淡雅的色彩，使得画面辽阔而淡远。影片在壮丽风光和人文景观中展开跌宕有致的矛盾冲突，撞击着观众的灵魂和心灵，有一种民族的震撼力量。

令人对中国电影寄予希望的，并不全是重大的历史题材或对民族史思考的影片，也包括描写普通人的生活心态的作品。因为要在浓缩的时间里透射出现实生活的冲突或融合，这对于电影工作者的确有些难度。影片《离开雷锋的日子》和电视剧《北京深秋的故事》故事主体情节的发展是一样的，都以救老人而被误解，遭到污蔑和心灵的斗争为内容，演员也几乎一样。但电视剧就足足拍了二十集，电影显然不能如此。然而《离开雷锋的日子》也没有忽略乔安山的心灵斗争，恰恰比电视剧《北京深秋的故事》中的肖克己的心灵斗争来得更浓烈，更富有震撼力和艺术魅力。

福建获"五个一工程"奖的影片《男孩女孩》较同时获"五个一工程"奖的深圳郁秀的长篇小说《花季·雨季》来得更加集中，更加真实。小说用取巧的手法，迎合了读者的口味。影片就少了这种取巧，贴近了生活，凸显出丰富的个性色彩。儿童影片《我也有爸爸》虽然有鲜明的教育色彩，但并没有忽略作为父母面对儿女得了不治之症的无奈的身心斗争。

而"谋艺"于高粱地的张艺谋在 1997 年也显得更加年轻，从农村跳进了城市。《有话好好说》虽然并不比张氏先前的作品来得成熟，来得完美，但毕竟是他对城市感受、理解的一种试验和探索。张氏对城市生活的体验主要表现为一种荒诞感和反讽意味。虽然这种荒诞感和反讽意味并没有多少新意，但来自"农村"的张艺谋对中国的"现代性"的感受显然来得更加敏感，凸显出独立的个性感受。

所有这些，都令人对国产电影的发展情势感到兴奋。

兴奋之余，我们也感到一种压力，一种来自影片自身和竞争环境中的压力。1997 年的电影界除了上述所谈及的几部电影之外，很难再拿出什么影片来夸耀。即使在那几部电影中，艺术的缺陷也是很明显的：《红河谷》的表现就太直露了，《有话好好说》也只是对西方20世纪50年代以来某些作品中的荒诞感的简单重复和模仿，也没有触及中国的"现代性"的本质。只有清醒地认识这些缺陷，精益求精，中国的电影事业才能走出困境，制作出思想精深、艺术精湛、制作精致，富有中国文化特色的电影佳作。

> 一切美妙的故事或许就发生在偶然的瞬间，我
> 的爱情之旅便是如此开始了。

罗密欧与朱丽叶

1998 年 2 月 22 日，星期日，我与美华同去看电影《罗密欧与朱丽叶》，这或许是我们爱情的开始……

那是新学期开学后不久，我和胡连英等同学坐在文科楼 201 教室里看电影。大三那年，我们选修了颜纯钧教授的"影视传播"课程，其中主要的收获就是有机会看了不少国内外经典电影。颜教授是影视传播领域的专家，虽然他当初还给我们上"小说研究"的课，但他在影视研究方面堪称国内一流。对于"影视传播"教学，在他看来没有一定数量的电影观赏，那研究也就无从谈起。我记得当初我们看过的经典影片有《闻香识女人》《一个八个》等。

那天在教室里看完电影后，胡连英玩笑着说，晚上学生街有放映《罗密欧与朱丽叶》，要不要去看。我随口说好，于是就这样去了。到了学生街的镭射放映厅才知道，邓美华也来了。原来是她们四五个女生约好了去看电影的。我的出现，她们也欢迎，毕竟都是同学。进入放映厅后，我与美华坐到了一起。她们三四个则另坐在一起。

也许就是缘分，就是这样一次与美华同坐一起看电影的缘分，我突然对身边的她产生了一股冲动。当时有一下，我很想伸手去牵她一

下，但就是不敢，不过就在那一次刹那，似乎下定了决心——要去追求这个身边的女生，似乎一下子幡然大悟了，她就是自己追寻的爱情。

也许一切都是缘分的注定，让我与她有了这次同坐看电影的机缘。那时美华她略有近视，平时不戴眼镜，但看电影的时候要戴上眼镜，一副很是庄重的样子。这就是她一贯的作风，做什么事情都有板有眼、认真得很。电影的内容我已没心思去观赏了，满脑子都是想着该如何去追求她，如何来场甜美的爱情。

莎士比亚的《罗密欧与朱丽叶》是个悲剧故事，罗密欧与朱丽叶这对恋人彼此相爱，却因家族的仇恨而最后遭遇不幸，虽然后来两个家族因此才醒悟过来，但恋人已去，不免悲凉，不免惋惜。我动心于美华，与这电影故事无关，只是在那一刹那间明白了——身边如此优秀的女生正是自己追寻的爱情，即使有再大的困难，也不要放弃努力。

当时的美华非常优秀，成绩优秀自然是不用说的，她考试的成绩基本在班级一二名。但她从不满足于此，她总是背着书包来往于文科楼、图书馆与宿舍之间。她不喜好聊天，很多时候常常独来独往，她把时间都花在了学习上，她以学习为乐趣。对于这次看电影时下定的决心，我没有马上与美华说，但我已经心有所动。美华那时对我的追求很是诧异，因为之前似乎没有任何的征兆，我就这般生硬无理地追求起来。她的确没一点想法和心理准备，当初她似乎只想准备考研，以备将来可以不用再回南平师范任教。她没有心思搭理我，没有好心情来对待我。但我认定了，就会不懈努力，不懈追求。

就这么一场电影，这么一场爱情故事的电影，我就这般开始喜欢上了身边的邓美华，虽然我们同学三年了，上课的时候，也坐在前后桌，但就在黑暗的镭射放映厅中，我们有缘坐到了一起，在那一瞬间，我就这般找到了光明，找了爱的目标。这是缘分，是爱的缘分让我与她开始了我们不老的爱情故事……

欧阳健先生是我十分敬重的学者，他不仅学问堪称一流，更为重要的是他的品质永远是我们学习的榜样。我的太太师从于他，真是三生有幸。

学者欧阳健先生

1998 年 3 月，著名红学专家欧阳健先生给我们开设了一门选修课——《红楼梦》研究。

说起欧阳健，福建师大中文系很多系友并不熟悉，他是 1995 年被中文系作为人才引进的。当时欧阳老师兼任福建师大古代小说研究所副所长，是国内相当有名气的古代小说研究专家。在调任师大前，欧阳老师是江苏省社科院文学所的副所长，也是《明清小说研究》的主编。欧阳老师的经历非常丰富，在"文化大革命"期间，因为撰写日记被定为"反革命分子"而入狱。

1979 年后，他才开始走上古代小说研究的道路。1999 年 1 月 23 日的《文艺报》有一篇关于欧阳老师的文章——《古代小说与人生体验》，采写得十分到位。

欧阳老师的童年理想是当作家。从十五岁到二十五岁，他写了三百万字的日记。"文革"中，这些日记中的四五句话被抄家者歪曲，他便成了"反革命分子"，先是被拘留了四年，后又在农村监督劳动了四年。因此当评《水浒传》运动开始、《水浒传》遭到断章取义的批判时，他对施耐庵、对《水浒传》的同情就不言而喻了。于是他开始了《水浒传》研究，并从此走上了学术之路。

欧阳老师的学问从不人云亦云，总是在考证的基础上另辟新路，提出自己独到的观点。他研究古代小说，先是源于《水浒传》。1985年，欧阳老师受命主持《中国通俗小说总目提要》的编纂。在1985年至1988年三年期间，他曾遍访北至哈尔滨、南至昆明、西至兰州的全国六十多家图书馆。最后，在《中国通俗小说总目提要》收录的1164条、314万字的通俗白话小说提要中，由他撰写的条目就有395条51万字。在编纂过程中他发现，自唐代至清末，通俗白话小说总量为1164部，而晚清自1901到1911年10年中就有529部，几乎占了1200年总量的一半。正是这奇异的现象诱使他开始了对晚清小说的研究。而这一番艰苦的编纂工作使他接触到了很多古代小说的版本（包括稿本和抄本），这就为他日后研究《红楼梦》的版本创造了条件。

虽然从事的是古代小说研究，但欧阳老师不愿写有关《红楼梦》的文章。一是因为《红楼梦》太博大精深，二是因为红学界早已众说纷纭。然而1990年夏，他应邀在北京大学侯忠义、安平秋教授主编的《古代小说评介丛书》中撰述《古代小说版本漫话》后，他却不得不介入《红楼梦》版本研究了。然而稍一涉足，他却发现，《脂砚斋重评石头记》甲戌本，不仅错字、别字、缺字太多，抄本几处最关键的部位被有意撕毁，而且通篇不避康熙的讳，突然出现在清亡十六年以后一事也很值得怀疑。于是直接研读起《红楼梦》的各种版本来，并运用版本学、史料学、校勘学、辨伪学的基本规律，从版本鉴定和内容对勘入手，得出了一个始料未及的结论："脂本"是后出的伪本，脂砚斋有关作者家世生平和素材来源的批语也是完全不可靠的，只有程伟元、高鹗整理的程甲本才是《红楼梦》的真本。

欧阳老师关于《红楼梦》的版本新说一出，无疑在红学界激起了大波，并因此给他带来了许多意想不到的麻烦，但他更加坚定了对自己研究的信心。他尝试着从一个全新的角度，将作者、时代、版本、本事的考证同《红楼梦》文本的诠解有机地结合起来，展开自己的研究，并因此又形成了一个全新的关于《红楼梦》文本的见解。经过考证研究，他似乎豁然开朗，他确信：《红楼梦》与青楼文化有关。它与《板桥杂记》《影梅庵忆语》《桃花扇》等作品一样，也是在秦淮名姝所酿造的文学氛围中孕育出来的。《红楼梦》创作的意绪内驱力，并不起于家庭败落之后对"繁华旧梦"的怀念，而起于"历过梦幻"之后对"行止见识，皆出我之上"的"当日所有之女子"的追忆。这种见解，无疑为红学开辟了一条新路。也正因为如此，欧阳老师在红学界引来了"批判"。但他始终以事实说话，以考证辩驳。当然，这其中也让不少红学家们难堪了。

正直秉性的欧阳老师从不理会别人的谩骂，他只追求学术上的不断攀登。他到师大前已经出版了二十多部著作，可以说是师大中文系中出版个人著作最多的老师，以至于后来中文系申报古典文学博士点，申报材料中有一半以上的成果出自他名下。

就是这样一位著作等身的学者，由于当初入狱的经历，错过了高考，大学与他无缘，他的学历成了问题，以至于到1996年才得以评上教授。这是他个人的不幸，更是时代的悲剧。但欧阳老师从不把这些放在心上，他只关注学问，同样他也爱护学生，严格要求学生，似乎有点"迂腐"，不懂得"人情世故"。

大三下学期，当他在我们年级开设选修课时，美华和我都毫不犹豫地报了他的课。听他在课上畅谈《红楼梦》，确实观点新颖，娓娓道来，旁征博引，是难得的一种享受。我想，美华也大概是上了欧阳老师的课，才决定报考他的研究生的。

欧阳老师的课受到大家欢迎，就这么几节选修课下来，在报考研究生时，有好几个同学都报了他的研究生——这大概就是学问的力量。在这几个报考的同学当中，我发现不乏强者，甚至还有系里老师的孩子。美华因此担心会不会有影响，会不会有"内定"。有一回，我路上碰到欧阳老师，就很大胆冒昧地问他。他的回答非常肯定：在我这里，没有系里老师子女和其他学生的区别，我看重的只有做学问的功底和态度。当时他还一头雾水，怎么会有一个学生来问这个问题呢？多年后，当他知道我与美华恋爱后，他才一下子恍然醒悟过来。

欧阳老师确实这样，后来我才知道，其实在美华报考的前一年，有两个学生报考到他名下，考试成绩也达线了，但面试时，欧阳老师发现这两个学生学问功底不扎实，于是就拒绝接收，转到了其他老师名下。这在当时是难以想象的。当初研究生录取的比例很低，学生好不容易上线，一般来说，导师都会接收学生，面试只是一个形式而已。但欧阳老师还真的把面试当回事了，他觉得不行，就坚决不要，不会跟大家一起玩"潜规则"。这便是他的书生气，也是作为学者难得的秉性。当然，他也为此付出了一些"牺牲"。

后来，中文系遴选博士生导师的时候，他没被选上，理由便是他没带满一届的研究生。如果当初，他含糊地带了那两名研究生，那便是有了上博士生导师的机会。但欧阳老师对此很是不屑，因为他只关注学问本身，秉持着正直的心态来对待人和事。

美华有幸成为他的学生，那真是幸运。事实上，著作等身、在业内名气鼎盛的他只招收过美华和谢超凡（与美华同年考上）两名研究生，他前不招收，后招收也转他人。能有机会与这样的导师在一起研究学问，那真是三生有幸，也定会受益匪浅。

跟随欧阳老师三年，美华收获了很多。在学问上，美华秉持了她一贯的严谨、认真的作风，这与欧阳老师的学问素养也不谋而合，也因此深得欧阳老师的厚爱。在欧阳老师的指导下，美华三年发表了四篇论文，而且都拿到了稿费。这在当时也是相当少有的，当时不少同学，是要花所谓的版面费才得以发表论文的。与这样的学者在一起，人似乎都变得勤快、聪明起来，变得正直、纯粹起来。

　　欧阳老师深感美华适合做学问，研究生期间就一直想让美华去报考博士。当初他联系了包括南开大学副校长陈洪教授在内的多名学者，希望美华到他们名下继续学习、研究。但事与愿违，美华最后没有传承他的衣钵，他多少觉得有些遗憾。多年后，他见到我们时，还常常说起，当初怎么就没考上博士呢？说其实美华还是适合做研究、做学问的。还好，他的另一名研究生谢超凡后来考上了博士，毕业后又在高校从事教学和研究工作，算是传承他的衣钵了，也多少让他感到了欣慰。

　　欧阳老师以他的正直、学问，赢得师生的尊敬。美华有机会在他那里从学三年，是美华的荣幸，也是我的荣幸。他教授美华知识，给美华以做人的表率，也给了我一个正直的太太。

只要有梦想，一切皆有可能。

拉广告

1998 年 4 月，我为主编新的一期《闽江》及筹备《闽江》创刊四十周年纪念活动四处"拉广告"。这在当时还是相当"先进"，或者说是相当有"市场意识"的。

当时的大学还比较封闭，与社会有一定脱节。学校组织的活动，大多由学校自行完成，或许是学生的活动经费相对充足吧，似乎没听说过什么所谓的"商家赞助"。1998 年，当我再次主编《闽江》时，也不知道是什么原因，突然想尝试下"商家赞助"，因为"闽教版"杯书评赛，就是福建教育出版社赞助经费而开展的活动，为什么《闽江》不能拿出一些版面刊登商家的广告呢？这在当时似乎还有点超前意识，当我与系团委书记郑文灿老师汇报后，他也先是一愣，说，关键是有没商家愿意赞助呢？我们的刊物毕竟比较小众，读者有限。但我说，这种模式值得一试，一者锻炼下我们与社会接触的能力，二者也能为系里减轻点负担。郑文灿老师当然很支持。正如他想象的那样，在一份内部印刷的学生纯文学刊物上做广告，于商家来说宣传效果肯定是有限的，于我们来说难度是可想而知的。但说做就做，当时的我就是有这般梦想和激情。

拉广告从哪里开始呢？我们目标先锁定在学校附近的商家。但能在学校附近经营的商家却似乎对自己的经营很是在行，他们并不认为刊登在《闽江》上的广告有什么益处，如果要宣传，他们就自己站在街上吆喝，最多印点宣传单在学生街分发，事实也如此，他们在意的是效果明显，而无所谓什么"形象宣传"，也无所谓什么品位。我们四处活动了一圈，确实有点灰心了。

有一天，同宿舍的刘友能跟我说，要找些商家做形象宣传不容易，我们最好能找些单位看看。我明白他的意思，就是找些带"公"的单位做重点的攻破。这是有道理的，那找什么单位呢？当时我们是在校生，什么单位都走不进去。我们手拿卫生纸，边说边思虑着。突然，我们一下子想到了手上的卫生纸——一看，这卫生纸的厂家是福建先锋集团，地址就位于仓山高湖一带，离学校不远。

我和刘友能就这样怀揣着一腔热血，找到福建先锋集团。到了我们才知道，这是一家村办的企业，集团董事长就是村党支部书记。别小看了这家村办企业，原来有着辉煌的历史，经济实力相当雄厚，先后被评为"全国十佳亿元企业""全国百强乡镇企业"等，是一家集科研、生产、经营、服务四位一体、相互配套的大型具有层次组织结构和综合功能的经济联合体。集团名下还拥有合资、三资横向联合企业五十多家。当我们冒昧地摸上门的时候，在走廊里见到他们热心公益事业的自我宣传报道。刘友能看后，悄悄地跟我说，估计这家有戏了，随后我们敲开了董事长的房门。

董事长是位朴素的企业家，或者应该说是位农民企业家。也许是被我们的诚意所打动，他见到我们两个学生就这样上门拉广告，说要给他的企业做形象宣传。想来，当时的情景是多么可笑。但这位企业家，也许被我们的激情和单纯所打动。就说：你们需要多少钱？我说，我们编辑出版一期《闽江》需要三千元。他听后，笑笑就满口答应，并叫来他的手下说，就给他们三千元，学生办份刊物不容易。

就这样，我们得到了第一笔广告收入。这三千元随后也转到了系里的账户上。

我们回来向郑文灿老师汇报后，郑老师直夸我们不易，甚至说要从这三千元中提取部分给我们奖励，但被我婉拒了。这真是我应该做的。但郑老师还是在学生会干部会上表扬了我们，甚至提倡大家都要懂得想点子，为学生会活动的开展提供新的思路。在郑老师的鼓动下，我们年级四班的陈虹同学也拿下了位于东街口百货大楼的厨王美食的广告赞助。厨王美食给了我们五千元的广告赞助费。

编排一期《闽江》费用不到三千，有了这两笔的广告赞助，系里还积余下了五千多元。后来这笔款正好用在了《闽江》创刊四十周年纪念座谈会活动费用上。虽然当时系里学生活动经费充足，似乎也不差这点小钱，但这毕竟开启了一个新思路，是在当初大家都无广告赞助意识的情形下的首创行为，意义是不言而喻的。也正因为有了如此开端，后来系里很多的学生活动，各类广告赞助也随之铺天盖地而来。

我借助《闽江》，让《闽江》与社会接触，也让自己与社会接触，拉广告赞助，不仅为系里减轻了经济负担，而且也让自己得到了历练，只要心怀梦想，心怀激情，并让这梦想、激情化为力量，最后一切皆有可能……编辑《闽江》，为《闽江》的发展奔波让我收获许多，而这次拉广告的经历也是值得纪念和感怀的。

辛苦和快乐向来是相互的，在艰辛中体味快乐
的滋味，也是一种享受。

活在辛苦和快乐之间

　　1998 年 4 月，校青通社《角度与视点》策划了一期"特困生问题透视"专题文章，其中有我的一篇习作《活在辛苦和快乐之间》。这篇习作，基本是我大学前三年的生活写照，值得纪念。

活在辛苦和快乐之间

　　《角度与视点》向我约稿，让我谈谈勤工俭学的体会，我觉得有些犯难，一者我觉得不足为道，二者也许当时内心有的感动都已随着忙碌的生活一起流走了，回想起来觉得空荡荡的。上大学已有两年多了，回首自己走过的路，有许多感慨，或者说失去了许多东西。两年前，家庭发生了点情况，原本生活困难的家庭陷入了极度的困难。靠田间农作维持生活的父母负债累累。他们都四五十岁了，我是长子，下面还有弟弟、妹妹要学习、生活，要靠父母培养。

　　每每想到辛苦了大半辈子的父母，我总觉得很愧疚，自己能帮他们的也只有认真读书，还有偶尔的勤工俭学。两年来，我当过家教，帮公司写过广告词，帮公司办过宣传刊物；主要还靠自己的写作，以

稿费维持生活。

　　勤工俭学的生活很辛苦，我的家教地点在省政府附近，离我们学校有十多公里。每次往返于学校与家教之间都有一种莫名其妙的失落感，特别是在冬天的晚上，一个人骑着自行车走那么远的路，心里有一种凄凉的感觉，或许每个担任家教的同学都有过这样的感受吧。一年前，我还到一家公司兼职，帮公司办专刊。那时正是夏天，天气热得没有一点同情心，但这些日子我都走过来了。

　　然而，在感慨之余，也觉得充实，现在我几乎放弃了所有的双休日，周六到《海峡都市报》参加实习编辑工作，周日家教，其他时间也安排得满满的，有外出开会、写作、组织活动等。这个学期我本想辞去家教，但家长对我信任，希望我能继续教下去。家教的学生，成绩本来一般，但在我与他共同努力下，上学期期末考试成绩从班上的第二十几名提升到第五名，同时我还帮他推荐发表了篇文章。看着学生所取得的成绩，觉得自己的劳动没有白费，觉得劳动是件快乐的事。

　　在我的勤工俭学中，我的途径除了家教之外，还有一个比较不一样的地方，就是坚持文学写作，挣稿费。入学两年以来，自己先后发表了三四十篇文章，也拿了不少的稿费。它已成为我生活中不可缺少的一部分。但拿稿费也并不是件容易的事，是一项很伤脑筋和眼力的劳动。用脑多了，思考多了，现在都觉得自己老了许多。但看到那些铅字，内心就觉得有种成就感，因为自己的思想，自己的思考可以变成铅字，又有稿费，的确是对自己工作最大的肯定。

与长者在一起，聆听他的教诲，见证他的爱
心，体味他的慈祥，当是一种幸福。

拜访郭风先生

1998 年 4 月下旬的一天，我在章武先生的陪同下，来到了位于福州凤凰池省文联宿舍的郭风先生家，拜访了郭老先生。郭风老先生是享誉全国的著名作家，能有机会与他相识，便是我的荣幸。

在这之前，我与郭老已有书信往来。1997 年 10 月，当他收到我给他寄的系友散文集征稿函后，就给我寄了他的散文《霞岭村和后谷村》。这是一篇刚刚完成的散文，写的是福建师大前身之一——福建师专中文系的往事。霞岭村位于福建战时省会永安。20 世纪 40 年代初，日本在华侵略已显无力疲软之态，福建除了厦门陷入敌手外，大多地方还是相对平静，尤其是闽西北一带成为难得的"净土"。也因此，当时省内一些大、中学以及报刊社、出版社等内迁至永安、长汀、建阳、沙县、南平等地，尤其是永安，当时云集了海内外众多知名学者、专家、教授、作家等。以至于后来，永安与重庆、桂林、昆明并称"战时四大文化中心"之美誉。郭风先生早年毕业于莆田师范学校，1941 年在福建省立师范专科学校刚成立不久，便考入文史科学习。1942 年，省立师专校址从永安霞岭村搬迁至南平的后谷村。"如此，我从 1941 年 9 月至 1944 年 7 月，在这两座山村里度过三年的'学生时代'。"

当时已八十有余的郭老，对于学生时代的往事依然历历在目。他在文中怀念了那段美好的时光，虽然是在山村中学习，但"福建师专的师资阵容是颇为可观的"，"我首先念及的是，在校的学者、教授与同学在一起，在当时的生活条件下、在物资供应甚是困难的情况下，在偏僻的山村里，在油灯下进行备课以及学术研究工作，以及过着真正的粗蔬淡饭的生活。至今想来，他们的此等工作以及生活情景，就某种意义而言，具有一种微妙的，比课堂更有价值的教育作用。"文中，郭老提及了众多名家，如施蛰存、黄寿祺、包树棠、杜琨、靳以等，笔端无不流露出对师长的尊重、对学问的追求以及对知识的渴望。"……霞岭村和后谷村，均是个人生活路途中的驿站。一如个人的其他生活驿站，不论其存在奋进或悲伤，或挫折，不论其受愚弄或取得爱，——值得珍惜。"

收到郭老的散文后，我甚是欢喜，这不仅是一篇难得的校史回忆性散文，更是激励后来者学会感恩、不断前行的散文。在与郭老书信往来前，我也读过他的一些散文和童话故事。他的作品总是那般质朴清新、饶有天趣，并且充满了画面感，于抒情、于天真、于童趣，他都手到擒来，熟练驾驭。

后来我才知道，他还曾两次荣获全国儿童文学作品奖，两次荣获全国少数民族文学骏马奖，一些作品被译成俄文在前苏联地区出版。特别是1959年出版的《叶笛集》影响广泛，被冰心称赞"又发现了一个诗人的喜悦"。新时期以来，郭老的作品追求自然、本色、纯朴，具有更广阔的历史感和更深沉的哲理意蕴，体现了大家之风范。

我入学中文系不久，当我第一次见到《闽江》的时候，就看到封面上写着苍劲有力的两个字——闽江。翻开扉页，便看到"封面题字郭风"的字样。当时我就想，真是难得，一份学生的文学刊物能得到郭老题写刊名，确实不易。但后来我理解了，因为郭老没一点架子，他非常乐意为年轻人的成长奉献爱心——这大概也是儿童文学作家们的共性，他们心中总是怀有童真、童趣，总是怀着一颗爱心，总是期盼着年轻人健康成长。他们给读者以启迪，给读者以梦想、希望，给读者以勉励，这便是他们的事业追求，也是他们的人生价值。郭老先生算是老一辈作家了，但他童心未泯，他爱青年朋友，爱《闽江》的大学生读者。我不知道他是何时给《闽江》题写的刊名。《闽江》创刊时题写刊名的是时任中文系主任黄寿祺教授。1978 年的《闽江》刊名二字变换了字体，但具体是谁题写，我不知道。到 1992 年的《闽江》刊名题字又变换了，从字体上看，这次刊名应该就是郭风老先生题写的。到我参与编辑随后主编《闽江》时，我就知道郭老与《闽江》定是有感情的。于是当我组织《闽江》创刊四十周年纪念活动时，也自然想到了郭老先生。

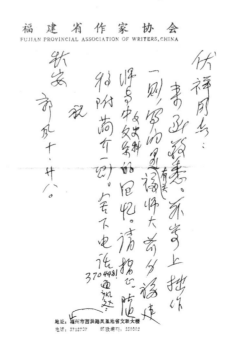

203

　　1998 年 4 月下旬的一天，我去省文联拜访章武先生，当时章武先生是省文联副主席、书记处书记、省作协主席。在这之前，我与章武先生已有较多往来，也见面过多次。我简单地汇报了关于《闽江》创刊四十周年的纪念活动后，提出是否可以请郭老给刊物题词勉励。章武先生觉得可行，就在他的带领下，我们一同拜访了郭老先生。

　　郭老先生的房子不大，相当简陋，窄小的客厅中挤满了图书、报纸、杂志，看上去还似乎有点凌乱。对于我们的来访，他非常热情。这是我第一次见到郭老。他略显清瘦，但精神甚佳，一看就知道是位慈祥的长辈。章武先生介绍了我，并说明了我来访的意图。郭老马上说："我的文章你收到了吧，简单写了，多批评。"他很是谦虚。我是一名学生，属小字辈，怎么敢批评呢？我就介绍了系友散文集的征稿情况，并对他的支持、厚爱表达了敬意，接着我又介绍了《闽江》创刊四十周年纪念活动的情况，盼他能再次题词勉励。郭老说，真是不巧，他的眼睛刚刚动了手术，医生特意嘱咐不宜戴眼镜，题词恐难完成。当时，我不免有些遗憾，但仍很感激郭老对我们刊物的肯定。我们在郭老家聊着聊着，不知不觉聊了一个多小时后才告辞。

　　这是一次难得的拜访经历。能与这样一位长者在一起，聆听他的教诲，见证他的爱心，体味他的慈祥，当是一种幸福。在回来的路上，章武先生说，今天真是难得，郭老刚刚动了手术，还与我们交谈了那么久，可见他对你的厚爱。我也觉得甚是欣慰。但让我没想到是，几天后，我却收到了郭老的题词——他没有听从医生的嘱咐，戴上了眼镜，给《闽江》创刊四十周年题词了。当我接到他题词的那一刹那，似有一股暖流从上到下，在全身流淌着，任何言语似乎也都无法表达我对他的敬意。这样一位长辈，对于一位学生的冒昧请求，在他身体原本不允许的情况下，最后还是坚持满足了我的愿望——这也许是他对晚辈青年一贯支持、关爱的体现，也许是他生命意义所在吧。

　　与郭风老先生的交往后来还有几次，比如系友散文集《不老的长安山》出版后，我特意带着样书送去他家。曾经的这些交往已经远去，郭老于 2010 年永远离开了我们。但每每想起与他交往的往事，仿佛一切都历历在目。他的慈祥，他的爱心，他对青年的勉励，他对《闽江》的勉励，我永远铭记在心。

与系友畅谈大学时光，畅谈《闽江》，不问年纪的差距，不问岁月的流转，皆因同是师大人而自豪，同为《闽江》人而骄傲。

泉州行

1998 年的五一节，我到泉州拜访了系友陈瑞统先生、戴冠青教授等人。

这次泉州之行，是王春雷同学促成的。五一节放假，春雷邀我去泉州。4 月 30 日下午，我们便出发了。这是我第一次到泉州，也是大学期间第一次离开福州到外地去。我们到泉州后，春雷没有直接回他晋江池店老家，而是去了泉州师专。当时的泉州师专位于市中心，似乎是在一条巷子里，门口略显破旧，学校也较为简陋。当天晚上，我们就夜宿学生宿舍。

春雷自然是不会急着要回晋江池店的，他的女朋友还在学校里，他定是要与她相见的。他们相见时，春雷还是一贯的腼腆，低着头，没有什么亲昵的举动——也许是我在场吧。但见他们那默契的感觉，我甚是羡慕。

此行，春雷先是安排了我与学校文学社的同学见面，并做了交流。随后，他带我去见了时任中文系主任戴冠青教授。戴教授知道我主编《闽江》后，甚是高兴。戴教授是知名作家，经常可以见到她的散文发表于报刊。我向戴教授汇报了《闽江》创刊四十周年纪念活动的筹备情况，并邀请她 5 月 17 日回母校参加座谈会。她甚是欢喜，说一定参加。她还说，到时候会约上晋江市政府办主任陈健民一起来。陈健民先生是《闽江》的老主编了。后来我查到，原来在"文革"后复办《闽江》时，陈先生就担当起了《闽江》主编的职责，可以说是《闽江》的复办者，是新时期以来《闽江》的继承者和开拓者。陈先生曾于 1979 年两次主编出版《闽江》，为《闽江》的发展留下了浓厚的一笔。戴冠青教授加入《闽江》编辑是 1980 年了，当时的主编是陈章汉先生。戴教授与我分享了她的大学时光，分享了与《闽江》的情缘。我们就这样漫无边际地交谈着，话语中，多是她温馨的往事和激情的故事，还有她对我的勉励和鞭策。

5 月 1 日那天，我联系上了陈瑞统先生，他知道我来泉州后，说一定要请我吃饭聚聚。当晚，他便安排了酒楼，约我和春雷同往。这是我第一次见到陈瑞统先生。当时的他已经五十多岁了，但看上去还相当年轻，只是头发似乎有点凌乱。见到我，他非常高兴。我们就边吃边聊，他说起了自己的大学时光，说起了《闽江》。一个晚上下来，菜似乎没吃多少，但聊得很尽兴。当我邀请他回母校参加《闽江》创刊四十周年座谈会时，他非常爽快就答应了。

这次泉州之行，主要是去拜访系友的，能与他们见面，畅谈大学时光，畅谈《闽江》，甚是欢喜，虽然我与陈瑞统先生、戴冠青教授等有年龄的差距，但我们皆因同是师大人而自豪，同为《闽江》人而骄傲。这是难得的一份情感，不为世间的世俗眼观，不为年龄的隔阂，都因我们同耕耘于长安山，奉献于《闽江》而欢喜、而感怀。与戴冠青教授、陈瑞统先生的见面便是这般的温馨、亲切，这般让我久久不能忘怀。

5 月 2 日，春雷还安排我去了泉州的东湖公园、开元寺等。当天下午，我便坐车回福州。在泉州汽车站，还发生了点小插曲。我在车站前的一个流动摊位上买了几个苹果。那商贩是位妇女，看上去也不算太精明。那天苹果是我自己挑的，称了付钱便走了。车开动不久，我想吃苹果，打开一看，苹果全是烂的。难道是自己挑了烂的苹果？难道是苹果一上车就发烂？这都是不可能的，想来想去，怎么会这样呢？突然想起，当时在付钱的时候，那个商贩说要给苹果套个袋子，就把苹果往摊位下一套，估计就在那一瞬间，给掉包换了一袋烂的。想来，越发觉得不可思议，难道当初泉州经济那么发达，都是这般坑蒙拐骗的吗？这或许只是个案，但不按平常思路出牌，不走寻常路，这或许还真是敢拼会赢的泉州人的秉性。

泉州之行，是我大学期间难得的一次外出活动，在那里交流了文学，拜访了校友，畅谈了情义，也见识了泉州的别样情怀。我们生活的乐趣、回味的往事不就是这样累积而成的吗？

除了感激，我们能做的事情似乎很少，主编
《闽江》便是如此。

《闽江》编后记

1998年5月，新的一期《闽江》出版。1998年，恰逢《闽江》创刊四十周年，我能与它结缘于长安山，有缘见证了它四十年的荣耀，倍感自豪。

主编这一期的《闽江》花了我不少心思，也沉浸着我对它的爱，沉浸着我对它的感恩。这一期的《闽江》上我发了两篇文章和一篇"编后记"。两篇文章一篇是《勾上章武》，写的是与章武先生的交往故事，还有一篇是论文《苦难与诗意——试论陈映真小说写作的母题意识》，后附有颜纯钧教授的点评。

这两篇文章我这里不多介绍了，倒是"编后记"——《一路风尘一路歌》很能反映当时我与《闽江》的情感，今天重新摘录于此，算是对那段岁月的感激和怀念。

一路风尘一路歌

这些天，我总想为《闽江》创刊四十周年写点什么，但却一直不敢动笔。害怕自己生涩的文字会破坏了对《闽江》的崇敬之感，也许许多美好的东西是无法用语言来表达的。

我到长安山学习的三年，也是与《闽江》相伴的三年。在那里，我得到的实在太多了，有新知，有温暖，有友善，更有为人的精神品格。

四十年对于一个人来说，已经进入不惑之年。而对于一份刊物来说，却才刚刚起步，特别是对于这样一份纯文学的学生刊物，要做的事情、要努力的地方还很多。

《闽江》是属于大家的，四十年来，不知多少文学青年在《闽江》这块营地中默默耕耘。现任省文化厅厅长吴凤章先生，省文联副主席、省作协主席章武先生，还有知名作家、学者黄河浪先生、季仲先生、尤廉先生、彭一万先生、郑锹先生、陈志泽先生、陆昭环先生、陈瑞统先生、陈宗沆先生、练向高先生等，都是《闽江》五六十年代的编委或作者。《闽江》对他们走上文坛是有帮助的，即使这帮助微乎其微，但也足以让他们惦念一生。

"文革"期间，《闽江》也遭到了可笑的、荒唐般的破坏。刊物失去了作者，作者也失去了刊物，《闽江》自然也失去了一次很好的发展时机。

然而，文艺的春天终究要到来。1979年，陈健民先生与陈节教授等把这份刊物复办下来，尔后又有陈章汉先生、方彦富先生、戴冠青教授、张玉钟先生、蒋庆丰先生、曾章团先生、谢有顺先生等人的参与，刊物影响力日趋扩大。我有机会在大家努力，并且取得很大成绩的基础上，为《闽江》做点事情，心情不知有多么愉快。

我系党政领导对《闽江》创刊四十周年纪念活动十分重视，还专门成立了筹委会，在系里经费相当紧张的情况下，下拨了出版《闽江》的专款。

系主任齐裕焜教授曾多次批示我们一定要把这次活动组织好，系总支林振涛副书记还直接指导我们的活动。厨王美食有限公司、福建先锋集团关心支持校园文化事业，赞助我们的活动。我想如果没有我系领导和厨王美食有限公司、先锋集团的支持与厚爱，我们的一切活动的开展都是不可能的。

出版这一期《闽江》牵动了广大系友的心。在上个星期，我到省文联向章武先生汇报活动筹备情况，拜访郭风先生并敬请郭老题词勉励。郭老眼睛刚刚动了手术，不宜戴眼镜，无法动笔题词。当时，我不免有些遗憾，但仍很感激郭老对我们刊物的肯定。数天后，我正从泉州拜访瑞统先生、冠青教授、昭环先生回来，郭老的题词已寄送来了。我捧着他的题词，觉得生命的所有意义都在这里了。

我们要感谢的实在太多了，一份学生的文学刊物能得到大家的厚爱，我们要感谢的不是上帝，而是大家。省人民政府潘心城副省长在百忙之中，为我们《闽江》编辑部组织编写的系友散文选集《不老的长安山》题写了书名。省文联许怀中主席，省文联副主席、省作协主席章武先生，省文联副主席、书记处书记季仲先生，福州市文联主席章汉先生也给我们题词勉励。郑锹先生、孙绍振教授、高少锋教授也纷

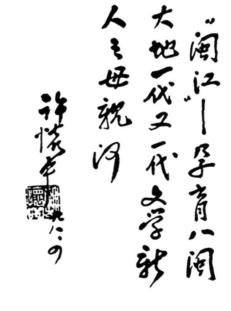

纷撰文，给我们鼓舞和鞭策。陈晓云编审帮我们审阅了大部分的稿件。颜纯钧教授、王光明教授、潘新和教授也捎来了对我们的祝愿与希望。我系团委郑文灿书记、吴铁坚老师与我们一起组织策划每一项活动。可以说，我们的一切活动都是大家努力的结果。新的一期《闽江》终于与大家见面了，在此我谨向大家表示最诚挚的谢意！从1958年到1998年，《闽江》整整走过了风雨兼程的四十年。回首过去，感慨万千，然而成绩斐然；遥望未来，艰难曲折，然而充满希望。我们《闽江》编辑部希望把这次四十周年纪念活动当作一个新的起点，不断探索，不断努力，把《闽江》办得更好些，再好些。

1998 年 5 月 2 日

于福建师范大学中文系

将近二十年过去了，每每想起那次纪念活动，每每想起那场座谈会，温馨、激动、感怀，一阵阵地向我涌来。

《闽江》创刊四十周年纪念

1998 年 5 月 17 日，星期日，《闽江》迎来创刊四十周年纪念活动的高潮——座谈会。

这天上午，我和编辑部及年级的几个同学精心布置了会场。会场选定在文科楼对面的教工之家，这样与会者一进校园便可醒目地看到。会场的标语、桌面的台布、嘉宾签到本等，都一一检查过目，不敢有丝毫的马虎。除了布置会场外，我们还在文科楼主楼、长安大道上挂起了庆祝《闽江》创刊四十周年的纪念标语，同时也挂上了给《闽江》提供赞助支持的厨王美食及福建先锋集团的庆祝标语。

下午三时，参加座谈会的系友陆续到场。参加者有：福建科技出版社编审尤廉先生，省文化厅厅长吴凤章先生，福州大学纪委书记李正午先生，《台港文学选刊》主编杨际岚先生，晋江市政府办公室主任陈健民先生，福建广播电视大学何绵山教授，福州市文联主席陈章汉先生，民盟福建省委宣传部部长陈宗沅先生，泉州市文化局副局长陈瑞统先生，海峡文艺出版社社长林正让先生，福建侨报社社长、总编辑俞兆慧先生，福建省文联副主席、书记处书记陈章武先生，生活·创造杂志社社长蒋庆丰先生，泉州师专中文系主任戴冠青教授等。其中，陈健民先生、陈瑞统先生、戴冠青教授是特意从泉州赶来的。他们到来后，都在嘉宾纪念册上签名留念。见着他们一个个的签名，我内心里真是有说不出的喜悦。这份难得的签名本，我至今还保留着，并时常拿出来翻阅。每次翻阅都是一次美妙的满足。

校党委苏玉泰书记、校长助理郑锹教授以及校友会等领导参加了座谈会。系党政领导齐裕焜教授、黄以诚书记、马重奇教授、林振涛副书记及陈祥耀教授、颜纯钧教授、潘新和教授、陈节教授、高少锋教授等也参加了座谈会。大家见面相聚，甚是难得、欢乐。

当天下午的教工之家一片热闹、欢声笑语。座谈会上大家都发表了感言，对《闽江》勉励有加。当时我也做了一个简短的发言，主要介绍最近几年《闽江》的编辑出版情况及产生的积极影响。这次会上，我们还聘请了与会的系友为《闽江》顾问。

系主任齐裕焜教授主持会议，当说到聘请《闽江》顾问时，他说，《闽江》是由学生们主编的。聘请顾问也当由主编汤伏祥向大家聘请。于是我便将一本本已经写好的顾问聘书发给了与会系友，并与他们留影纪念。多年后，当我重温那些照片的时候，当时那种喜悦的心情不由再次涌上面容。那是一种发自内心的喜悦的流露，更是一段永生难忘的感怀。

座谈会进行到下午五点半左右，接着我们就到了图书馆门前合影留念。

合影照片我一直保存着。这张宝贵的照片后来收入了《闽江》创刊五十周年纪念集《沙漏无言》中——这也让我们时常可以重见当初的盛况、重温那美妙的时光。

座谈会前，我曾电话系友汪毅夫副省长，希望他也能参加，给大家以更大鼓舞。汪先生原本是答应参加的，但临时有事，没能参加，多少有点遗憾。但汪先生心系母校，心念校友，当天晚上，他还是来了。当大家聚在吕振万楼时，他来与大家相聚了。系友们聚在一起，总有畅谈不完的话，总有倾诉不完的故事。

我有幸主编《闽江》，与《闽江》结下深深的情愫，并在它适逢十周年的日子里举行了纪念活动，让大家一起缅怀青春岁月，让大家一起激励后来者——我为之自豪，为之骄傲。座谈会也就那么短短几个小时，但留给我的却是一生的回味。我的大学时光在《闽江》中流淌，在系友们的爱护和鼓励中流淌。将近二十年过去了，每每想起那次纪念活动，每每想起那场座谈会，温馨、激动、感怀，一阵阵向我涌来……

读书无限，我们能做的，就是找到读书的缺口，让缺口变成我们的兴趣和追求。

谈读书

1998年5月，我受生物系学生干部郑怀舟的邀请，同陈晖同学一起去生物系，主讲了一场题为"读书"的讲座。也因此结识了更多的朋友。

"读书"这个词看起来似乎很简单，也很平常，当时办有不少读书类报刊，其他综合类报刊也大多设有"读书"版。《辞源》载这一词条为："鉴赏书品。清周亮工读书录张遗序：'然则得先生之意以读书，当不堕作家云雾中；得先生之意以作书，必不以神化让古人矣。'"读书当以跳出书中之云雾，作书当以胜过古人。然而事实上这并不是一件很容易的事。早在1925年，胡适先生在一篇题为《读书》的文章中就说："'读书'这个题，似乎很平常，也很容易。然而我却觉得这个题目很不好讲。"胡适先生堪称一代大师，他且有此感，何况我们常人呢。

读书难，但并不意味着我们都可以不读书。从前有人作《读书乐》，云："书中自有千钟粟，书中自有黄金屋，书中自有颜如玉。"这是读书的乐趣，也自然是读书的功用。当然这种功用还不能被我们全体所认可，但就现在而言，读书是为求上进，求未来。家长送孩子上学读书，是图将来，是为孩子谋划未来。普通人读书一是为消遣，提高生活质量，二是为自己长智识，谋立足生存。这是很明晓的事实。也许有些人会说，某某不读书一样可任处长，某某不读书一样发大财，这也是事实。读书与不读书究竟有多大的区别，这真是不好用一两句话来概括。

一个偶然的机会，我到福建的晋江去采访一个农民企业家。这个企业家四十开外，各种生意应酬已经使他的身体肿胖发福起来了。他倒是一个热情人，对我的采访很重视，在一个宽敞明亮的办公室里进行。和通常见到的一样，办公桌后面是个大书橱，书橱里整齐地摆着一本本崭新的书，其中还有原版的英语书。看来这个农民企业家不可小看，爱读书应该是可以肯定的。采访时我本想先从家庭生活谈起，而他却执意要和我谈现代中国企业。中国企业这是一个很有趣的话题，我自然也是乐意听的。他开口就是 WTO，闭口也是 WTO，WTO在他眼里是再熟悉不过的。将近一个小时的谈话，对我而言，只留下WTO 这三个字母。我真是一个很不合格的听众，更是一个失败的听众。心想农民企业家都有这种"与国际接轨"的举动和强烈的"忧患意识"，而我怎么对此听得不知所云？

我的这种"自责"被另一个采访给搞乱了。我有个朋友去北京大学采访陈章良先生，陈章良的办公室里装扮得十分大方，没有什么书橱。谈话幽默自然，半个小时后，朋友和陈章良便开车出去兜风了。朋友这么一说，也许我们会认为陈章良是个不好学、不读书的人。然而事实正相反，陈章良取得的成就与他的读书好学是分不开的，读书是他生活中必不可少的一件事。

读书者心实，不必拥有宽大、整齐的书橱，谈笑间智趣横生，怡然自在。不读书者心虚，华丽书橱、精美图书只是摆设，他只能与你大谈空话，跟随众人起哄，人云 WTO，他亦云 WTO，人唱 WOT，他

217

亦唱 WOT，而不知所以然。我想这也许就是读书与不读书之间的区别吧。

读书难，但读书有功用，我们不可不为。那么怎样才能将读书之难化为乐趣呢？依我个人之点滴经验，想与大家谈谈。胡适先生认为读书有两要素，一是要精，二是要博。我以为这是很好的读书方法，但要做到精与博并不是一件很容易的事。胡适先生进而说，读书要做到"三到"即"眼到、口到、心到"。在我理解来看，胡适先生所要论述的首先是读书的入门问题。

读书都没入门，就谈不上真正意义的读书。

那么，书海茫茫，从何下手呢？读书犹如打仗，面对敌人的城堡，如果找不到入口的地方，也就无法攻入其内，也就无法取得最后的胜利，城堡的入口就是读书的"门"。怎样才能找到这入口呢？我以为应该从兴趣着手。人的兴趣各异，例如有的人喜欢文学，而有的人喜欢哲学，还有的人喜欢医学，等等。喜欢文学、哲学或医学这是一个广义上的概念，它们都有很细致的分支。如文学可分中国文学、外国文学，而中国文学又可分古代文学、现代文学、当代文学等，现代文学要研究的内容依然很广泛，可一个社团、一个作家，也可一部作品。如此看来，如果只是一个广义上的喜欢也还很难下手。

找到兴趣后，当以从小处着手，这是许多读书人的共同经验。例如，你对现代文学兴趣，当要寻一缺口进入，如具体到周树人，或周作人，或沈从文，或老舍，等等。选定自己研究的对象后，读书才能真正进入。以沈从文为例，沈先生的作品当要通读、精读，有关沈先生的传略、评论当要通读。进入沈先生的作品后，你就会有自己的见解，有自己想要说的话。这样你也许就可以试着写些关于沈先生作品的评论。随着你进入相应的角色，对沈先生人生经历的事情也有所了解，沈先生的人生经历可以说就是现当代知识分子的缩影。面对沈先生的经历、作品，你也许有自己的思考，这里包括对现代文学运动、现代文坛恩怨、现代作家人际关系等方面的思考，同时也包括对当代文坛运动的思考和反思，等等。也就是说，在读书时，我们以沈从文为中心，作品、传略为基础，相关的资料为辐射点，如沈从文与湘西，沈从文与丁玲，沈从文与郭沫若，沈从文与萧乾，等等。这样沈从文对于你来说就相对不那么生疏，读起沈从文相关的书籍你就显得有些兴奋，读书就会变成你的乐趣。我将此读书法称为"缺口"读书法。以"缺口"为中心，不断辐射开来，最后养成个人的读书习惯，并从中获得读书的快感与乐趣。

读书是永无止境的，一个沈从文可能就把我们折磨得半死，一个沈从文可能就耗费我们毕生的精力。但我想也只有这样读书，才能有真正的收获，才能勉强算是一个读书人。

这次讲座或许不止讲这些，但这读书的方式我却一直很推崇，愿意与大家分享，因为我自己便是这般实践的。

那是一段美妙的回忆，那是上天注定的缘分。

南平夏道行

　　那是 1998 年 7 月 19 日，炎热夏天中的一天，我跟随卓希惠、叶启秀、胡连英一起去南平夏道美华家。这是我第一次去南平，第一次坐火车，更是第一次去美华家。

　　当初不知道哪里来的勇气，那次与美华一起看了电影《罗密欧与朱丽叶》后，我就有些不可救药地喜欢上了美华，也就开始了追求她的漫长历程。当时的美华全心准备考研，对于我的追求，不知道是怎样一番体会。虽然这之前，她与我有过一两次的聊天，主要是征求我报考研究生的事情，但对于我的穷追，她没有接受。我知道她当初是不想因此而分散精力，她是有梦想的人，认定的事情，就会去努力，对于她来说，考研成功就是当时她最大的梦想。

　　但对我来说，我也这般认真，认定的事情也是不会轻易放弃的。这期间，我们班级还组织过一次春游活动，到鼓山脚下的鳝溪去烧烤。当时我与美华分到一个小组烧烤。能跟她在一起，我非常高兴。当然，她反倒有些故意冷落我。爱情的力量也许就是这样，只要对方给点微笑，似乎全部都是晴天了。美华于我就是这般。

　　因为有了爱的追求，所以当她暑假留下来备考复习时，我也留在学校里。虽然我之前已经连续两年暑假留在了福州，但这次显然更是为她而留校的。美华大概也知道我的意图，她没说什么，还是继续每天复习她的功课。

她原本是住在万里三号学生公寓的，暑假期间公寓关闭了，她就搬到了校内 17 号楼住，就住在我宿舍的楼上。这样，我也更方便了解到她的行踪。她每天早起，然后就到物理系的教室去学习。我见她去了，有时也会跟随着去，也因此时常在她面前晃荡。我是不准备考研的，却不时在她面前晃荡，这多少让她反感，甚至因此影响了她的学习。似乎是在我的无理取闹下，她在暑假才刚开始几天后就回老家南平了。

美华回老家后，我甚是想念她，也不知道为什么，就是那般的想念，于是就动员了暑假留校的卓希惠、叶启秀、胡连英一起去南平，去看看美华吧。她们知道我的目的，纷纷发扬助人为乐的精神。卓希惠有美华家的电话，就用清华楼前的公用电话给美华打去，说了我们准备去看她，去她家里玩。美华自然是欢迎的。就这样我们在 19 日那天，踏上了北去的列车。

那是我第一次坐火车，加上去看美华，坐在火车上很是兴奋。当初也不知道她们三个女生怎么想的，但我似乎沉浸在梦想与爱恋中，全然不知道畏惧和羞涩，就这样大胆地来到南平。

美华提前到车站接我们，当她看到我的时候，还是很开心的，虽然她对我这样突然到来有些不知所措，不知道会不会引起家里人的误会，或者需要做些什么解释等，但她也许不去想这些了，在暑假里，能彼此一起游玩，应当是件开心的事情。

美华家位于南平夏道。夏道是个郊镇，算是南平延平区经济最为发达的乡镇。但当时的夏道，交通有些不便，她带我们去坐船。船靠了码头后，我们都兴奋地跳了下来。

在美华家的时间似乎是三天，当时天气十分炎热，白天我们五人就躲在她家里闲聊。当时她的家在我眼里可谓气派壮观，是村里为数不多的像样的房子，尤其是顶楼用红色的琉璃瓦镶嵌着，从福州到南平的火车经过夏道时，就可以非常显目地看到她的家。当时她爸爸在云南做保温工程生意，经济上还是相对宽裕的。

晚上，她带着我们去夏道河边散步。有一天刚好是知青返乡二十周年的日子，不少当年在夏道插队的知青聚集在镇政府对面的一家酒楼上唱歌。我从他们吼叫的歌声中能感悟到些什么。当初那些知识青年，带着梦想和激情到夏道扎根生活，在那里定是留下了他们不少难忘的往事，就像我们于大学一样，在那最为青春的岁月中，在那里生活，定是终生难忘的。听到他们的歌声，我当时就不免感慨起来，后来还写了两篇小文章《在那真情的地方》和《感受闽江》，分别发表在 2000 年 1 月 8 日和 2000 年 5 月 16 日的《延平报》上。

在美华家的几天里，虽然我和她没多少单独接触的机会，但两个晚上，她都为我安排了房间。当时她家只住一楼、二楼，三楼则空着，因为我的到来，她就去三楼单独整理了一个房间给我住，当她上来为我整理床铺时，我们才有单独相处的机会，有一下，我甚至想从背后抱住她，但当初没有勇气，也生怕她不高兴。但对她那浓浓的爱意却一直涌动在心头。多年后，当我跟她说起当时的情形时，她还取笑于我，说我当初怎么就那般大胆呢。

她妈妈当初才四十出头，穿着一身淡淡的花裙，是那般的年轻。当我们吃完饭的时候，平时都是她妈妈来洗碗。有一回，我主动说，我来洗碗。洗碗对我来说是小事，这活我小时候就会做了。但在她家里，在她妈妈眼皮下，做这活儿还是有点不好意思的。她妈妈在外面的客厅，我在厨房里埋头洗碗，速度很快。有一下，似乎听到她妈妈进来的脚步声，我吓了一大跳，更是迅速把碗洗完。结果进来的是美华、希惠，她们见我紧张的样子，就朝我大笑。后来我也写了篇文章

《在朋友家洗碗》，发表在南京河海大学学生刊物《江天》1998年第2期上。可惜这篇文章后来找不到了。

美华妈妈似乎也知道了我来她家的目的，在当初观念还算陈旧的年代，一个男生跑到一个女生家，虽然是一帮同学同行，但总是难免让人浮想联翩的。我不知道美华妈妈是不是感觉到了什么，但她始终没有表现出不乐意的情绪，相反热情有加。

这便是我第一次去美华老家。谁能想到，后来，这里便成了我常去的岳父母家呢？也许就是这次难忘的南平夏道行，注定了我与美华的缘分。缘分是美妙的东西，一旦来了，就这样留住了我们的情和爱。美华于我，我于她，似乎都是上天注定的。

感受闽江

　　闽江被我们感受那是很久的事了。从盘古开天以来，闽江之水在穿山越岭汩汩地奔流中，就滋润着两岸的土地，哺育着两岸的儿女，闽江成为福建的骄傲与象征。但对于我来说闽江只是一个模糊的概念，我无法真正感受到闽江从亘古以来的意义。

　　几年前，我从福安来到福建师大求学。福建师大坐落在闽江江畔，我才有机会见到真正的闽江，于是对闽江的感受也才一点一点地膨胀起来。

　　一个偶然的机会，我从仓山的仓前畔坐船沿江水而上，到刚建成不久的水口水电站参观。站在水电站的大坝上，向上游望去，阳光斜照着江面，粼光闪闪，的确有一种"带天澄迥碧，映日动浮光"的感觉。往下俯视，江水从狭缝中迸射出来，飞起几十米的浪花。在阳光的照射之下，呈现出一幅美丽壮观的风景画卷。再往下游远眺，江水缓缓而流。我突然感到害怕起来，在上游与下游江水落差五六十米巨大的水压力情况下，大坝能挺得住吗？如果一旦大坝挺不住，那水一冲下来，那我将性命难保。事实上我这种多疑是完全没有必要的，现在想起来当时的想法是多么的幼稚啊！

　　从水口水电站回来后不久，我又去了闽江中上游的南平。从南平坐船途经夏道再到樟湖，站在游轮的甲板上，放眼浩瀚平静的湖水，心里突然涌动出一股难以名状的感觉。水口水电站的大坝将中上游的江水拦截住了，过去是急流险滩的闽江中上段，如今已成为平静宏阔的延平湖，过去的古镇、村庄、楼房还有和过去的一切都被深深地淹没在茫茫的江底，成为记忆和怀念，不禁让人感慨世间万物变迁之冥迷。我仿佛看到了延平人很不愿意离开他们祖祖辈辈赖以生养的家园的情景。

　　然而希望总是在于未来，我仿佛也看到了延平人在重建家园时所怀揣着的那种豪迈和遐想。事实上水口水电站的建成使延平人民大大受益，除了经济效益以外，优美的环境使他们更是受益匪浅。"高峡出平湖，湖水连天际。""碧水夹青山，静湖绕美人。"现在延平人都为自己的家乡有这样一个恬静宜人的大湖而感到高兴与自豪。

　　也许真正从内心里去称赞闽江的人还不多，也许能真正感受到闽江的人也还是不多。但当人们在辛苦了一天之后，站在闽江江畔能感受到这是一种享受时；在口渴的时候能喝到一口闽江水时；在水田干枯、从闽江引水而入田时，我们才能真正感受到闽江的存在和意义，那闽江也就微笑了。

生命如此脆弱，人走一了百了，但留给生者的
则是无尽的悲伤与思念。

龚诗人

1998 年 8 月，我们年级的龚同学走了，永远地走了。

龚同学是位诗人，我们习惯称他为龚诗人。他是我的老乡，念高
中时，他在一中，我在县城的另一所中学，由于共同爱好诗歌，我们
很早就相识了。

上了大学，我们成了同学，他在三班，我在一班。大学里通常是
几个班级一起上课，因此我们有了更多的交往。

龚同学在课堂上的表现，很有诗人气质。他的发言带有浓厚的地
方腔，说话时而慢条斯理，时而慷慨激昂，当然有时也难免冒出一两
句大家都听不太懂的"诗歌语言"。他好像一直在微笑，而又从没有
笑过，他脸部的表情总是介于微笑与冷酷之间。

龚诗人勤于笔耕，写了许多诗。他常常不去上课，一个人躲在宿
舍里用毛笔书写他刚刚作出来的诗。他的毛笔字写得实在漂亮，很有
力度，也很符合章法。他常常在欣赏自己毛笔字的同时，发出几声轻
微的笑声，以示对自己的书法感到满意。但他并不怎么张扬，他的笑
声不大，是轻微的，是自我欣赏的。

龚诗人对自己的诗歌能否发表并没有多大的兴趣。我在学校主编

校刊，曾向他约过稿，几次催促后，他不大情愿地给了我一首诗。诗歌的内容我已经忘记了，但有一句却还记得："女人，她忘记了自己的乳房。"

龚诗人除了喜好诗歌以外，爱好体育也是大家公认的。一次学校运动会，龚诗人报了一万米长跑。运动会那天下雨，龚诗人坚持跑完一万米，雨水把龚诗人的全身都淋透了，他成了一个完完全全的"湿人"。大家一个劲儿喊："湿人加油，诗人加油，湿人加油，诗人加油……"

就是这样一位热爱生活，勤于思考的诗人却患了神经衰竭的毛病。他晚上睡不着觉，白天上课精神恍惚，以致无法坚持上学，最终只好休学一年，回家慢慢疗养。

龚诗人休学刚回家的那几天，还有同学议论，没过多久大家就淡忘了。一年后，龚诗人又出现了，他被编到下个年级的队伍中去了。由于我们不在同一个年级学习，交流的机会就少了许多。但我们年级的同学对他还是很友好的，有些年级活动也邀请他参加。而此时的他似乎变得更加忧郁起来了，他的父亲从老家赶来，陪他一起上学、一起睡觉、一起生活。

好不容易，龚诗人的心情一天天好起来，他的生活开始逐渐恢复正常，他的脸上开始出现了微笑。一个学期结束了，龚诗人终于熬过去了，背着行李回家了。

一天深夜，我已入睡，辅导员老师突然找到我，说明天清早要去龚家，让我带路，从老师那里方得知龚诗人已经跳楼自杀了。本是一个睡意浓浓的夜晚，结果没了一丝睡意，我真不敢想象那可怕的一幕，一个对生命绝望的人站在十几层的高楼上，纵身一跃……真是可怕极了。我甚至想，在落地前的几秒里，他是否有过犹豫，是否感到害怕。

　　龚诗人走了，他自己得到了解脱，而留给父母亲的却是无尽的痛苦和悲伤。我和老师去他家，看到了他留给家人的毛笔字，看到他的毛笔字，我感到异样的难受，一手如此漂亮的字，为什么就这样成了绝笔？事后，报纸趁此炒作了一番，说他是因为怕英语四级过不了而自杀的，有人因此而大骂可恶的英语四级；有人说他是因为失恋而自杀的。斯人已逝，无法申辩。我为他感到悲凉——他其实大可不必这样，不知他在九泉之下，是否已经后悔。

228

不像如今，个人上视频、上电视已经司空见惯，但在 20 世纪 90 年代，能在电视中露露脸，还是相当兴奋的事情。

上电视节目

　　1998 年 8 月至 10 月，我在福建电视台公共频道做嘉宾节目。

　　1998 年 1 月 1 日，福建电视台公共频道正式开播，办公地点位于五一广场附近的先施大厦的二十二层。公共频道刚开办时，确实是白手起家，怎么做节目，做什么节目，都很考验人。8 月的一天，颜纯钧教授向他们推荐了我，说我可以为这新生的频道做点事情。颜纯钧教授是国内著名的影视研究专家，他的推荐自然让公共频道较为重视。

　　记得第一次到公共频道办公室时，我也是懵懵懂懂的，不知道自己能做些什么。当时有个电影叫《拯救大兵瑞恩》正在热播。公共频道就策划了一期跟这电影有关的访谈节目，让我做嘉宾。他们让我先把电影看完，然后以访谈对话的形式录制节目。这次访谈效果还不错。于是他们只要有类似的访谈节目，自然都想到了我，甚至有些节目在录制前就叫我到他们办公室一起商讨。这也锻炼了我对电视节目的感觉。

　　当时公共频道才创办不久，经费相当紧张，但每次录制完节目，会给我些报酬，一次大约五十元。虽然这报酬不是很多，但上了电视，又出了名，还能拿到报酬，真是一举两得的美差事。从这年的 8 月到 10 月，我便自觉或不自觉地常去他们的办公室，总希望能上更多的节目。

　　他们工作很细心，不会因为我是学生而低看了我。在录制节目的时候，都会在我的座位上放上"汤伏祥"的牌子。于是当我在电视上侃侃而谈的时候，也不免自豪起来，这不是有机会让更多的人认识我吗？在这两三个月中，我几乎每周参加一个访谈节目，也就是每周几乎上一回电视。我虽然上了电视节目，却从没看过自己在电视上的表现，因为当初在学校要看一次电视是何等困难，而且自己参与的节目，知道自己讲了些什么，也没什么好看的。但 9 月的一天，我父亲突然打来电话说，他在电视上看到我了，很是高兴。原来，是镇上的一个熟人在电视上看到了我，就马上跑去告诉我父亲，并拉我父亲一起看。我父亲自然是兴奋的，儿子都上电视了，能不兴奋吗？多年后，当我出版了《袁来如此——袁世凯与晚清三十年》一书后，广西的《贺州日报》给我刊登了一整版的采访和相关的评论文章，我们村里有个人在贺州做生意，无意间看到了这期报纸，也是异常的兴奋，大老远打电话告诉我母亲，说我全国都出名了，出书了。我母亲也很高兴，打电话告诉我，为我而自豪。想想当初，我还在念大学，便能上电视了，父母亲是何等高兴，于是，父亲就想方设法把电话打到了学校。当初我们 17 号楼的电话是总机转 745，"气死我"很好记。门卫接了电话后，就会用广播喊叫，然后我急匆匆下楼，接了电话，很是兴奋。接完电话给门卫五角钱便可以了。大学四年间，父亲就那一次给我打过电话，他实在是为我自豪，为我骄傲，虽然他不知道我当初在电视上都讲了什么，反正能上电视，就是一件很了不起的事情。以至于后来，我毕业的时候，当他知道我可以进入电视台工作时，也特别高兴，甚至动员我放弃出版社，选择去电视台工作。

　　与公共频道接触多了，自然有了感情，但遗憾的是，我把他们的名字忘记了——这是很不应该的，当初他们都是我成长的引路人，用现在时髦的话说是"导师"了，但我却将他们的名字忘记了。只记得当初频道的主任叫李式耀，也是福安人，格外亲切。每次他见我来，都会与我寒暄几句，但节目的具体录制他不管。大概在 10 月的一个晚上，公共频道一起聚餐，地点位于农大边上，他们也叫我同去。能得到他们的接纳，自然是高兴的。当聚餐结束时已经十一点多了。从农大怎么回师大呢？路程很远，他们说，你去打车吧，发票明天带到办公室来报销。当晚打车花了三十六元，第二天，我还真把这打车票带到了他们的办公室，找他们报销了。想来当初的生活是何等的窘迫状，而他们又是何等的关爱我、体谅我。

　　这两三个月与电视台的交往，锻炼了我，为我后来应聘电视台的工作积累了些许认知和经验。几个月后，我还真的差点就到电视台工作了。当然，上上电视节目、做做嘉宾就算了，但真正让我做电视节目，我似乎没有这天分，因为我对社会的反应比较迟钝，我是跟不上社会节拍的人，而做电视节目，没有第一时间反映社会动态，必然失去观众，必然没有成效。

　　上电视节目，当初是那般的兴奋，不像如今，个人上视频、上电视已经司空见惯，但在 20 世纪 90 年代，能在电视屏幕上露露脸，那是多么令人兴奋的事情。这主要是颜纯钧教授的抬爱，还有那些渐渐被我遗忘的"导师们"的不嫌弃。因为有了这些师长们的关爱，让我对这段时光更加自豪，更加骄傲，也更值得纪念。

那个雨夜，我与她相伴，开始了我们的爱情起跑。

爱的起跑线

那是 1998 年 9 月 6 日的夜晚，星期日，我们大四新学年的第一天。那晚，下起了蒙蒙小雨。雨慢慢地下着，我的思绪也随着雨滴惆怅起来。但这晚，显然是开心的夜晚，因为，这晚，我终于又可以见到朝思暮想的美华了。

暑假中，为了见美华，已经去了南平一趟，然后就是不断地给她写信，也不知道她当初是如何的想法，而我似乎管不了这些了，只是一味地倾诉，一味地写信，像是要倾尽自己所有的爱，让爱来得猛烈些。暑假的时光是那般地难熬，仿佛时间都停止了流动。

终于等到暑假结束，美华来上学了。她的到来，真是时候，否则日子真是太漫长了，我怕熬不住了。9 月 6 日就这样恰到好处地到来了，在我思念最为强烈的时候，终于结束了思念的煎熬。那晚，我们终于相聚到了文科楼。

晚点名中，我不时地观察她、默默地悬想她，也不知道怎么啦，就这样，整个心思都化为了音符，总想围绕她而歌唱。那种强烈的追求感，是难以表达的，她仿佛便是我的整个世界。晚点名后，她还是同先前一样，背起书包走了。头也不回一下，就离开了教室，离开了文科楼。她撑起了伞，漫步于雨中。我紧跟而出，默默地跟随着，生怕惊动了她。

从文科楼往前几步，便是通过学生街的边门。她在雨中慢慢地走着，似乎充满了忧郁。这样的雨，这样被一个男生猛烈追求着，而她自己还没做好准备，能不忧郁、烦恼吗？暑假里，她已经逃避了一次，现在开学了，她是应该面对了。她就这样走着，突然在边门的拐角处停了下来，迟疑了几秒钟，然后走向了大操场边。她撑着伞，就这样静静地面对着操场发呆。

也许是我的无理，让她心烦了。她静静地站立在雨中，雨水轻轻地敲打着。我在她身后已经站立了很久，她都没有察觉到。

终于鼓起了勇气，我上前走近了她。我站到了她的伞下。她还是没有说话，我一手接过了她手中的伞。她还是脸朝操场，一切都还是那般安静。也许这个时候说什么话都是多余的。我们俩就这样共撑一把伞，在雨中静静地站立着，时间仿佛都停止了。两颗心在雨中挣扎着，不知该如何面对彼此。

在雨中站立了好长一阵子，我一手撑伞，一手悄悄地放在了她的腰间，一副搂住她的样子。那姿势是那样轻柔，是那样自然。她没有反对，就默许了我这样轻轻地搂着。在那一刹那间，我的心似乎都要跳出来了。我非常满足，非常幸福，因为我知道她的心虽然还在摇摆，但已经摇摆到了我这边……

我们就这样静静地站立着。雨渐渐停了，她先打破了沉默。她说，她要回去了。我说，那我送你吧。她说不用。我知道不能勉强，因为今晚我已经拥有了她，与她在雨中发呆，在雨中轻搂了她，还有什么不满足的呢？她从我手中接过雨伞，然后朝边门走了，头也没回一下，就这样走了。

她走了，我在原地静静地站着，目送她走出了边门，突然才恍过神来，内心一阵狂喜，然后飞奔回到了 17 号楼。那种喜悦、那种兴奋、那种幸福难以言表。一切似乎都来得太突然、太美妙了。虽然只有那瞬间的默默无语、那瞬间的轻搂，但心似乎一下子明白了，一下子贴在了一起。

9 月 6 日，这个夜晚或许注定了我们爱情的开始，漫长的旅程因为有了她，便有了一切。一切的一切似乎都在那个夜晚开启了……多年后，当我与美华回味大学恋爱时光时，我们都把这美妙的夜晚定为爱的起跑线。起跑了，那就让我们去迎接朝阳，迎接雨露，迎接爱的曙光吧……

当爱已经起跑了，就让我们去追爱吧。

追爱的日子

1998年9月，当爱的旅途开始起跑，我便没有丝毫的犹豫，勇敢去追逐。爱的缘分到了，怎能不去追逐呢?

我与美华相识于1995年，但她真正开始走近我的视线，真正装入我的心间，那是1998年2月的那次与她看电影《罗密欧与朱丽叶》，而到了这年的9月，经过我一个学期的追逐，特别是暑假里，又去了她老家一次，我对她的爱意越发浓烈起来，认定她就是我想要的女孩，不管前面道路如何艰难，我都要去追求。

9月6日夜晚的那次自然而温情的拥搂，让我的心一下子飞了起来，在接下来的日子里，我便更加猛烈地追逐起来。那是来自荷尔蒙的作用，更是一颗青春的心终于有了为爱的跳动。

而显然，美华还没做好接纳我的心理准备，当初的她一心只想考研究生，她的目标就是考上研究生。对于我的猛烈追求，她彷徨、烦恼，甚至拒绝。当初考取研究生的比例很低，一个年段能考上研究生的同学也就三四个。她不想因为我，因为恋爱而与研究生学习无缘。所以，对她来说，逃避或许是最好的选择。她为了躲避我，不断选择不同的地点晚自修。而我几乎能寻便学校的每个场所并且找到她。她时而在文科楼，时而在图书馆，时而在物理系，时而在化学系……寻找她，见见她，便是我的主要生活。我在学校里四处游荡，从文科楼一楼寻到六楼，或者穿梭于图书馆不同的阅览厅，为的就是能远远地看她一眼，然后默默地等待，等待她晚自修结束，最后再默默地跟随其后，目送她回 3 号公寓。

她总是那样忧郁，对于我如此猛烈的爱意，她能回馈些什么呢？她只能背着书包，穿梭于学校与 3 号公寓之间。我知道她考研主要担心英语，所以我就去学校门口的报刊亭订了《21 世纪》英文报，每个星期我就把这份报纸递到她面前，然后走开。我与她交流的话并不多，但彼此都能感受到，她能感受到我强烈的爱，我能感受到她的忧郁和烦恼。但我就是克制不住自己，依然穷追不舍。多年后，我与她聊天，当初我是那般强烈地追求她，为什么她总是那般冷淡，甚至拒绝呢？她没有作答，但我明白，因为当初，她的学习、生活似乎都被我的爱包围了。她在我浓烈的爱的包围中，还能做什么呢？当然，这是多年后，我才渐渐有了些感悟，有时候，过于包围一个女孩，未必是好事，但我当初就是那样强烈，那样执着，我的世界除了她似乎一无所有，我的生活除了她似乎没有了乐趣和滋味。

她因为被我的爱包围着，时常不开心。有一回，我寻得她很久，一直没找到，原来她独自站在大操场的边上发呆。我走近她，她见我来了，没有说什么话就走了。我见她渐渐远去，我知道这时候跟随她，跟她说话，必将是增添她的烦恼。但我的脚步还是不自觉地跟了上去，见她出了校门，然后走到学生街对面的华榕超市，在那里买了一包奶粉，然后又从学生街回到了 3 号公寓。我像个令人讨厌的狗仔，跟随其后，观察她的一举一动，但却不敢靠近她，生怕她生气。这便是当初如此追爱的我。想来，如今夫妻久了，偶尔几下，我也对她不耐烦了，真是不应该，想想当初自己是如何将一颗心交给她的，既然当初能将心完全托付，既然当初能如此强烈追爱，如今怎能懈怠呢?

追爱的日子，虽然没有多少欢乐的时光，因为我们很少像恋爱中的男女那样亲密，她有的只是忧郁和沉默。而对于我来说，既然已经认定了她，就应当去追逐，去示爱。因为，她也是一位感情丰富的女生，我相信，爱情已经在我们血液中沸腾了，只是她的忧郁，她的顾忌，让猛烈的爱来得慢些。

教育实习开始时，我曾建议她找辅导员说说，因为她要准备考研，所以希望能留在福州。但她似乎有意离开福州，以摆脱我的纠缠。后来分队名单公布后，她又担心了，她被安排去闽清一中。她只好找了辅导员，边说边哭。去闽清一中，有什么好哭的呢? 或许只是那一段时间以来，我对她的追求，让她左右为难了。一个女孩有男生追求，但女孩还没做好准备的情况下，内心或许是纠结的、烦恼的。她不是一个随便的女孩，她的内心一直是忧郁的。

237

她委屈地哭泣着。郑文灿老师给她做了调整，到福州十六中教育实习。

这让我很是高兴，因为这样便可以天天见到她了。如果当初她去了闽清一中，那对我来说，将会是什么滋味呢，我又是该如何熬过这段时光呢? 还好，她留下来了，而且福州十六中与师大附中紧靠在一起，我要见她一点都不困难。她与刘永娟同学搭班。刘同学也知道我意，便从中帮我，告诉我她们的时间安排，于是，师大附中的工作一结束，我便跑到她学校，想与她同出入。美华见我如此，有时候自己独自离开了，偶尔一两次，也愿意坐我的自行车回来。她坐在我自行车后面，什么话都没说，因为一切话语在当时都是多余的。她就这样忧郁着，这样默默无语着，让我慢慢走近她的内心世界。

她不是一个健谈的人，话不多，但对于恋爱中的男女，话不多，很多时候，我就无法明白她的心意，所以她为什么高兴，为什么不高兴，我只能自己去猜测。这或许也是对我的一种考验吧。在 9 月的一个星期六下午，我在电视台做节目，突然很是想她。怎么办呢？我猜想她一定在文科楼 104 教室自修，而且定是坐在第一排最右边的那个位子。我想试试自己猜得对不对，于是就拨了师大总机号码，然后转文科楼值班室。值班室的阿姨接了电话有点莫名其妙。我耐心跟她讲，请她务必帮我到文科楼 104 教室，叫第一排最右边的那个女生接下电话。阿姨大概被我的恳请所感染，也真的同意去叫了。一会儿，接上电话了。我只说了"是我"二字。电话的那头没有回答，没有声响。那一刻，我明白了，真的是她，太高兴了。我在电话这头，也沉默了，就这样，时间仿佛凝固了，一切都没了声响。爱已经连线了，还需要什么话语呢？一切话语都是多余的。我们就这样默默地握着电话机，让爱在电话线两端流淌。过了许久，她终于开口了："有事吗？""没事。"我答。"那我挂了！"她轻轻地挂了电话。我在电话这头呆呆地继续握着电话，坐在椅子上，脑子一片空白，仿佛一切又凝固了，然后渐渐露出了微笑，心中一阵狂喜。我为自己在茫茫的时空深处，居然能一下子找到她而高兴，更为自己能与她通上电话，能听到她的声音而高兴。我不知道当她接到我的电话时是怎样一番感受，但那种默契，那种爱的默契，每每想起都让我们倍感甜蜜。

追爱的日子虽然没有多少话语，也没有多少欢乐的时光，但心已有爱，便有了一切。美华于我，我于她都是如此。

教育实习远去了，我与讲台大体无缘了，但那
段时光，那段追逐梦想的时光，那段从紧张中获得
力量，从勤勉中求得自信的时光注定是我成长的
注脚。

教育实习

1998 年 10 月，我们开始了教育实习。

说起教育实习，每个人都有一段难忘的经历。不少同学在教育实
习中锻炼了自我，毕业后走上讲台，当然，还有些同学，就那段实习
后，与讲台无缘了，但大家都在教育实习中留下了难忘的记忆。我自
然也不例外。

9 月开学后不久，辅导员郑文灿老师就开始谋划大家的教育实习
了。为了让大家增加点实习的感觉，还请来了师大附中的陈欣老师给
大家做了一场报告。很凑巧的是，后来我在师大附中实习所带的班级
就是陈欣老师的班级。这多少给我的教育实习增添了几分自信。

教育实习，系里非常重视，联系了十几所中学。福建师大可谓是
福建教育的摇篮，校友遍布全省，尤其是教育系统。只需一个电话，
大多就能确定一所实习的学校。当时，我们确定实习的学校有师大附
中、福州十六中、福州九中、惠安一中、闽清一中、同安一中、连江
一中等。我被安排在师大附中。

说起毕业实习队伍的安排，郑文灿老师早早就跟我说了："这次教育实习，你要留在福州，最好是在附中，因为要办份《教育实习简报》，到时候你来编辑，随时播报实习动态。"这活，我自然是乐意的。我还建议叫颜伟斌同学一同参与。就这样，当大家都还没确定教育实习去向时，我已经确定留在福州，安排在师大附中队了。

当时师大附中实习有两队，一队是初中队，一队是高中队。我在高中队，带队老师为林富明教授。林老师长期从事语文教材教法教学和研究，与教育实习工作算是非常对口的。在他的带领下，我们在师大附中度过了一段难忘而有成果的时光。

我们师大附中高中队由罗丽珍、叶启秀、林群、陈翰颖、叶玉芳、郑晓玲、阮乐锋、庄月芳、金晶、郑爱萍、郭禾和我组成。我是这队伍中唯一的男生，我与庄月芳搭档，跟高二（6）班，为实习班主任兼语文实习教师。

为了让实习多份从容、自信，国庆节期间，我们就放弃了休息，埋头备课，然后找教室试讲。当时的电教中心常常是我们出入的场所。庄月芳与我搭档，我便与她"成双成对"出入。叶启秀是当时年级的优秀分子，她总是希望自己做得更好，所以也常常加入我们的试讲练习中。当一切还在忐忑不安中，当一切似乎都还没有足够把握的情况下，该来的终究还是来了，我们就这样硬着头皮站到了讲台上，站到了学生面前。事实上，一切都是那样的自然——紧张、颤抖，然后慢慢恢复平静，慢慢进入角色。最后我们真的以为自己成了一名教师，一名可以胜任的教师。

师大附中的学生水平很高，视野也开阔，与他们交往，那是一种享受，也是一种压力。自己没有两下子，是不敢站在讲台上的。国庆节后，我们便进驻班级，督促他们早读，督促他们做操，给他们上课，督促他们晚自修。自己俨然成了一名教师。

许多事情就是这样，当大四刚来临的时候，我们还没做好要当一名教师的准备，因为我们自己还是学生，还想在学校里潇洒走一回，但教育实习却来了，这期间不免诚惶诚恐，甚至迷茫。但当一切注定要来的时候，我们积极应对，我们自己试讲，自己琢磨，自己钻研。当我们踏进实习所在学校、班级时，俨然成了一名教师。我们热爱着自己的班级，用激情去书写梦想，用勤奋去追逐岁月，不敢丝毫怠慢，不敢丝毫松懈。没有鞭子，也没有谁在督促我们，但每个人心中都知道，老师是神圣的，我们的言行是老师的言行，我们的学识是老师的学识。

是老师就应该做得更好，就应该有老师的样子。所以，这是一段难得的洗礼，只要经历过这段洗礼，就懂得一个老师的神圣。我在这其中受益颇多。虽然后来我并没有继续留在三尺讲台上，但那段实习的日子，真是毕生难忘。

我的学识有欠缺，但上课还算生动，归纳文章语义等也算到位，学生自然也是较为喜欢的。当时，教育实习的每个队都要选出一名实习教师上场公开课，这也算是对实习成果的一次汇报。陈欣老师觉得我上课不错，建议这场公开课由我来上。但这公开课却也是香饽饽，不少实习的同学都想露一手，展示下自己的才华，谁不想自己得到别人的赞许呢？在这种情况下，我也有自知之明，因为确实有别的同学更需要去展示，也更适合去展示。陈欣老师的美意我领了，我与他相识于教育实习，他是我们的师兄，是我们的指导老师，是师徒关系，但他却给了我朋友般的热情，给了我温暖和鼓舞。教育实习结束后不久，当师大附中高一年段一名老师临时有事、需要请半年假期而没老师上课时，陈欣老师再一次向学校举荐了我，让我去师大附中代课一个学期。虽然后来，这一差事系里安排给了一个研究生，但我真的感激陈欣老师的举荐，感激他的无私和鼓励。他的视野决定了他的高度，多年后，他离开了师大附中，到了省教育厅工作。我们还继续着往来，继续着教育实习的情意，继续着师徒的情意。

教育实习，是在我们聚集了三年多时光后的一次分离。一个年级一百四十三位同学，被分成十几支队伍，然后分赴八闽大地。有的同学是第一次离开福州，有的同学是第一次去到异地；有的情侣被分开，有的远离梦中情人……多少故事便在此间发生。我因为编辑《教育实习简报》，在当时通信极其不发达的情况下，每队队长都要给我寄邮局快件，第一时间报道所在教育实习队的情况。我也因此第一时间知道这十几支队伍的情况。后来，还有同学自己给我寄来了信件，说在要简报上刊登他向某队某同学的问候。我知道，马上要毕业了，有的同学暗恋对方多年了，在教育实习中分开，这思念越发强烈，能借简报一角，让心绪得以表达，这真是快意。于是我就把这远方浓浓的爱意问候刊登在简报上，然后寄往各实习队。如此的爱意表达，谁人不知呢？看后，彼此定是温馨一笑的。我也为自己如此善解风情感到满意。

教育实习远去了，我与讲台大体无缘了，但那段时光，那段追逐梦想的时光，那段从紧张中获得力量，从勤勉中求得自信的时光注定是我成长的注脚。我在那段时光的洗礼中渐渐成熟，渐渐靠近社会，更为可贵的是，我在这段时光中，得到了无私的帮助，得到了鼓励和鞭策，这些都是我今生的财富。在这段时光中，有彷徨，有恐惧，但更有温暖、有爱意……

海峡两岸一家亲，母校便是严氏家族思念的
地方。

严氏三代的海峡情结

1998 年 10 月，台湾海峡交流基金会董事长辜振甫先生和夫人严
倬云女士来祖国大陆参观访问，受到祖国大陆的热烈欢迎。当时还在
福建师大学习的我，对于辜先生的到访很是自豪，因为我从校史中知
道了严倬云女士与师大有着特殊的关系。

也许我比较热衷于这些，对于师大的历史很是兴趣，总能从校史
中寻得力量，寻得满足。在百年的历史长河中，福建师大作为地方知
名学府，不知成就了多少人的事业，成就了多少人的梦想，也因历史
曾经的弯路，留下了遗憾。对于辜先生和严女士的大陆之行，当时我
就写了篇《严氏三代的海峡情结》，发表在 10 月 26 日的《福州日
报》，算是对他们大陆之行的欢迎与关注。

严氏三代的海峡情结

历史必定阻挡不住两岸统一的潮流，历史必定割不断两岸血浓于
水的情结。祖国大陆和台湾本是一家人，只是由于历史的原因，让骨
肉同胞分离两地，产生了浓浓的思念。前来参观访问的辜振甫先生和

家人、亲戚就是离开大陆的同胞，他们与祖国大陆有着特殊的血缘关系和情结。

辜振甫先生虽生于台湾，长于台北，但与祖国大陆却有着千丝万缕的亲情。辜先生的祖籍地是福建省永春县。1993年8月，辜振甫先生在给永春辜氏宗亲联谊会的一封信中，表达了自己热切的返梓寻根之心："振甫远籍东陲，受乡里的殊荣称道，殊感汗颜，寻根之心人皆有之，能逢适当机缘，再下买桌之举。"而辜先生的夫人严倬云女士就是我国近代著名思想家、翻译家、教育家严复的孙女。今天，他们到访祖国大陆，不禁让人联想起严复、严叔夏、辜振甫、严倬云、叶明勋、严停云这严氏三代浓浓的海峡情结。

严倬云女士的先祖严复于清咸丰四年（1854）生于福建侯官（今福州市），光绪三年（1876），严复以中国第一批官派留学的身份，赴英国抱士穆德大学院、格林尼茨海军大学留学并赴法国考察。两年后学成提前回国，历任福州船政学堂教习、天津水师学堂总教习（教务长）、会办（副校长）、总办（校长）。1902年，严复参与创办复旦大学的前身复旦公学，并任监督（校长）。1912年，严复任京师大学堂校长，后来更名为北京大学，成了北京大学的首任校长。1998年5月，在北京大学百年校庆时，福建北大校友会将一尊严复先生的铜塑像赠送给北大以示纪念。

严复共生有九个儿女，二儿子早年夭折，唯余四男四女。严复的三儿子严叔夏，也就是辜振甫先生的岳父，是我国著名的教育家和社会活动家。曾先后入北京大学、清华大学和唐山工业专门学校学习。1929年，严叔夏到福建学院任教授，抗战时期，他又辗转于福建师大前身的福建协和大学、福建学院、福建省立师专。1947年参加了中国民主同盟的地下活动。中华人民共和国成立后，严叔夏任福建协和大学校务委员会主任（校长），1951年，福建师大前身的各校合并后，严叔夏任校务委员会副主任（副校长），1952年调任民盟福州市委主委，同年又调任福州市副市长。

严叔夏的夫人林慕兰是台湾望族"板桥林"富豪家族林尔康的女儿。严叔夏与林慕兰结婚的十多年里，夫妻恩爱有加。抗战胜利后，夫人林慕兰因长兄林熊征之丧，携身边子女到台湾定居，由于历史的原因，严叔夏先生饱尝了夫妻、子女的离别之苦。到了晚年，严叔夏先生孑然一身，倍加思念隔海相望的亲人，翘首企盼祖国早日统一。1962年，严叔夏先生带着遗憾，病逝于福州。他把毕生的精力都献给了教育事业，桃李满园，是一位深受师生爱戴的一代宗师。

辜振甫先生的夫人严倬云女士是严叔夏的长女。毕业于上海圣约翰大学的严倬云女士从事教育工作，任台湾新甫工专董事长、台湾金陵女中常务理事等职。她还是一个贤妻良母，是辜振甫先生得力的"贤内助"。辜振甫先生1990年10月被聘为台湾"国家统一委员会"委员，同年11月出任"海峡交流基金会"董事长。1993年4月，在新加坡举行的"汪辜会谈"，是四十多年来两岸首次高层会晤。1998年，辜振甫先生来祖国大陆参观访问，受到江泽民主席等中央领导的接见，达成了一些共识，对于两岸关系的发展起到了很好的作用。

严叔夏的次女严停云是台湾著名作家，著有《智慧的灯》《生命的乐章》等二十余部作品，任台湾文艺协会、文艺基金会的领导职务。1992年，严停云回福州祭扫严复墓园，同严氏乡亲聚会，尤感亲切和欢乐。而严停云的丈夫则是台湾新闻界的知名人士叶明勋。叶明勋是福建省浦城县人，1940年毕业于福建师大教育专业，后留校担任代训导长，抗战胜利后奉赴台湾筹设中央社台北分社，并任社长。1951年后，历任台湾中华日报社社长、自立晚报社社长等职，在台湾新闻界久负盛名。

从严复到严叔夏，再到辜振甫、严倬云、叶明勋、严停云，他们所处的年代恰好同中国历史发展的三个重要转折时期——清王朝灭亡时期、中华人民共和国建立时期及改革开放祖国和平统一时期密切联系在一起。也正是由于历史的变迁转折，从而更加深了他们之间浓浓的亲情关系，也浸透了他们醇厚的海峡情结。

也正是因为福建师大与台湾有着特殊的关系，与严氏家族有着特殊的关系，福建师大还设有"严复研究中心"，活跃着一批学者，研究严氏文化及两岸亲缘。从1998年后，严倬云女士多次访问福建师大，追寻先祖、先父遗训。这自然受到了师大的欢迎，师大甚至因此而自豪，有机会为两岸统一大业贡献力量。2014年，在原副校长汪征鲁教授等人的主持下，《严复全集》出版了，受到了包括严倬云等严氏两岸后人的高度赞誉，这无疑为两岸文化交流、思想交流注入了新的力量。

长安山不老，岁月不老，母校不老。

不老的长安山

1998 年 10 月，凝聚着系友们对母校浓浓的情与爱，凝聚着系友们无尽感怀长安山青春岁月的系友散文选集《不老的长安山》由福建教育出版社出版发行。关于《不老的长安山》这本散文集，我已在前文中有过不少的描述。

我非常感怀那段时光，非常感恩那份情义，非常珍视那段与系友们结识的情分。它让我的大学时光更加丰富、灿烂，更加生动、开阔。我能说的只有感恩再感恩。

《不老的长安山》中收有我一篇散文《在沙滩上狂野》，另外有我写的《长安山不老——编后记》。今天我将重新摘录于此，就是要感恩那段时光……

在沙滩狂野

两年的国庆节都是在沙滩上度过的，去年的国庆节在长乐下沙，今年在琅岐岛。我对号称"中国夏威夷"的琅岐岛有一种神秘感。但就沙滩而言，老实说，长乐下沙的沙滩比琅岐岛的沙滩要好得多。下沙的沙滩像一块没有边际的海绵一样，柔软而有些弹性。

1996 年，我们到下沙时，天已快黑了，海风与黝黑的天空一起一层一层地笼盖了海面。我们就在沙滩的岸上搭起了帐篷看海，遥望海的奔腾，聆听海的呼啸。那个晚上，我们像疯子一样，陶醉得没有一丝睡意。第二天早上，天还没有破晓，戏称"自由人"的我们，就在退潮的沙滩上狂野，等待着看日出。至今我还时不时地惦念起那种无知的好动，那种原始的野性。

1997 年的国庆节，在琅岐岛登上观海台，远望海的辽阔。琅岐岛的海平静间有些浓浑，但我却固执地认为那海只不过是江罢了。在琅岐岛的沙滩上，我们显然少了过去的那种野性，那种好动和血性。许多同学携着自己的同伴坐在沙滩突起的岩石上，沐浴几天以来没有出现的阳光，或者坐在沙滩上聊着没有情节的故事，故事一段又一段地，无边无际地飘来飘去。海风一片一片地吹拂着，白皙的脸庞染上一层层淡淡的光圈，醉醺醺的，有几分天生的可爱。

时间像坐在爷爷的膝盖上聆听故事一样，不知不觉间一节一节地远去，恍然间自己长大了。1996 年，我们庆幸于 1996 级新生的到来，声称自己已经不是新生了。1997 年，我们又得意于 1994 级同学去实习，顿然间在系楼成了老资格，老大哥老大姐。一年的时间，好像穿越了一个时代，跨越了一个又一个的世纪。不经意间，已经从孩童地带步入了成人地带。

我一直在想，1998 年的国庆节我们还去看海吗？在沙滩上狂野地追逐，还是平静地沐浴阳光，凭海临风呢？或许我们什么地方都不去了，躺在床上呆呆地凝视淡淡的日光灯。

我们在一起欢度国庆的机会只剩下最后一次了。我很希望明年的国庆节再一起去看海，去狂野，去追逐。在最后相聚的短暂的日子里，幼稚间会迸发出童真，狂野里会膨胀出诚挚，粗放中有纯朴，鲁莽中有真情。我想还是多留一份幼稚、狂野、粗放和鲁莽作为终身的纪念吧!

长安山不老——编后记

在学校九十周年校庆前夕，我突然萌生了编辑一本中文系历届系友散文选集的念头，福建师大中文系是全国为数不多的"国家文科基地"，1998年又获得两个博士点，培养了一大批优秀的人才。尤其以《闽江》为阵地，培养了许多优秀的作家，有的已成为我省文艺界的领导或骨干力量。编辑这样一本系友散文选集，意义是不言而喻的，一者是对我们办学水平的又一次检阅，进一步展现系友的风采，二者也给今后在校学习的同学以更大的鼓舞与鞭策。我的这个想法很快得到系领导的支持，在系里经费相当紧张的情况下，特拨出专款用于这本散文选集的出版。系主任齐裕焜教授欣然拨冗为散文选集作序。福建商业学校校长、我系党总支原书记王福贵老师曾多次嘱咐我们一定要编好这本散文选集。系党政领导十分关心散文选集的出版，系党总支林振涛副书记、团委郑文灿书记等领导、老师更是亲自参与了散文选集的筹备出版工作。我想，如果没有他们的大力支持与帮助，我们的一切活动都是不可能开展的。

从中国新闻社福建分社副社长周景洛先生惠寄的第一篇散文大作起，历时半年多，陆陆续续收到系友七十九篇散文，许多系友互相转告，将我们的祝愿转达给大家。民盟福建省委宣传部部长、《福建乡土》副主编陈淙沅先生对我们的活动十分关心，曾多次打电话或写信给我，为散文选集的出版提出了许多宝贵的意见，他还给厦门、泉州、龙岩等地的系友打电话，积极组织系友参与。汪毅夫副省长、章武先生、彭一万先生、尤廉先生、郑锹先生、温祖荫先生、陈志泽先生、颜纯钧先生、陈瑞统先生等系友，都给我们以诚挚的支持与帮助。河南大学中文系张启焕先生和泉州华侨大学的郑法令先生还特意写信，捎来了他们对母校的祝愿，希望我们能编好这本散文选集。

福建省人民政府副省长潘心城在百忙之中，给我们的散文选集题写了书名，这既是对我们工作的充分肯定，也是给我们以更大的鞭策与鼓舞。福建教育出版社领导也很关心散文选集的出版，在出版经费、出版时间方面都给我们以最大的照顾。本书的责任编辑任凤生先生更是为本书的出版做了大量、具体、细致的工作；福建省政协常委、福建省作家协会副主席、我系孙绍振教授应邀担任主编，这都给本书增添了光彩。《闽江》编辑部的林滨、林振湘、陈建生等同学直接参与了选集的整理工作。

《不老的长安山》能够顺利出版，是领导、广大系友和出版社领导、编辑关心的成果，是《闽江》编辑部集体劳动的成果。没有大家的参与，我们的一切梦想都是可笑的、虚无的。现在梦想终于实现了，在此我谨向大家表示最衷心的感谢。

1998 年是《闽江》创刊四十周年，四十年来，以《闽江》为阵地，培养了许多优秀的人才。收入这本散文选集的许多系友以前都曾是《闽江》的作者、编委或主编。他们当中相当一部分人现在走上了重要的领导岗位，为我省的各项事业特别是文化教育事业作出了很大的贡献。为母校，也为《闽江》争得荣誉与光彩。

我想，编写这本《不老的长安山》意义已超出了选集本身。今天，她的出版，我与大家一样高兴。遗憾的是，由于我们工作的匆忙，难免会疏漏一部分优秀的系友作品。但我想，我们的心愿是一致的，我们的心愿只有一个，那就是祝愿我们亲爱的长安山永远不老。

1998 年 9 月 14 日于福建师范大学中文系

　　辩论赛或许只是一种游戏、一项活动，但更是一种激情。

"寻呼" 杯校园辩论赛

252

　　1998 年 11 月，在校青年通讯社成立十周年的日子里，我组织了"寻呼"杯校园辩论赛，这大概算是我为青通社做的唯一一件有点意义的事情了。

　　说起青通社，我心怀愧疚。我是 1998 年 6 月初正式接任校青通社常务副社长一职的。按照学校惯例，大三下学期后，学生们一般不再担任系、校的学生干部了，因为马上要进入大四的毕业实习以及毕业论文的写作，还有耗精力的就业等。但当我把系学术部部长、《闽江》主编的职位交给 1996 级的张嘉泉后，1993 级已经毕业留校团委工作的陈训明再次看中了我，叫我到校青通社主持工作。陈训明是我心目中的优秀师兄，也是对我关爱有加的师兄。在我还是大一的时候，他就叫我加盟他的校社团联合会，协助他开展工作。当时福建师大有书评协会、戏剧协会、家电协会等学生社团三十多个，他是社团联合会理事长，每年都会组织历时一两个月之多的社团展示活动。

　　陈训明于大三时当选为校学生会主席，接着毕业后留校。留校后，他在校团委工作，兼任校青通社社长。校团委当时只有三四个人，工作十分繁重，兼任的工作想必是做不好的，于是他想寻得力助手。在这种情况下，他再次想到了我。原本属于"超龄服役"的我在他的推荐下接任了校青通社的活。

想来也是惭愧的，当时，我心思已在美华身上，总是想着如何追求美华了，所以对于学生干部的活，没有多少放在心上，但既然接任了，总不能让陈训明师兄太难看吧。于是就想了点子，算是应付吧。

6月接任常务副社长后，接着马上就放假了，青通社的工作算是暂告了一段时间。9月开学后，我是不敢怠慢了，与陈训明多次汇报后，总想弄出点节目，让大家做做。例行的记者采访，编辑《长安青年》《信息与动态》等，这是常规的活，自然可以顺利运转。时恰逢青通社成立十周年。搞些纪念活动，也是我热衷的，于是就安排中文系1997级的张凝负责纪念活动。青通社的纪念活动虽然没有像《闽江》成立四十周年纪念活动那么声势浩大，但在校园中，也算打出了名气，甚至还得到了几个商家的赞助，大家做起来，也是其乐融融、干劲十足的样子。而纪念活动中最有分量的当属校园辩论赛了。

校园辩论赛是当时校园中最有影响力的活动之一，这大概与国际大专辩论赛有关。国际大专辩论赛始于1993年，每两年一届。我们还在念高中的时候，就从电视上目睹了复旦大学蒋昌建的风采。在大学期间，国际大专辩论赛继续红火，不少学校也相应组织了校园辩论活动。在这种背景下，青通社担当起了组织校园辩论赛的职责。

从11月起，我们联合各院系团委、学生会，请学校公共管理部教授出辩题，采取抽签组合组别的形式，每个院系轮番上场，循环淘汰。虽然辩论于我不是强项，但能场场聆听他们的激烈交锋，也是一种难得的享受。

当时有家寻呼机公司对我们的活动非常看重，在活动一开始时就给冠名了。我也因此得到了一部寻呼机。也不知这算不算以权谋私了。寻呼机在当时可算是新鲜的玩意了。我把它佩戴在腰间，那是相当神气。有人呼我时，寻呼机上便显示出内容。但谁能想到，后来电子产品的更替换代令人目不暇接，寻呼机也没能使用多久就被淘汰了。

校园辩论赛活动持续了将近一个月。当时是我最为忙碌的时候，一方面在师大附中实习，一方面要腾出时间和精力追求美华，但校园辩论赛我还是坚持下来了。辩论赛的主场是在校图书馆边上的"专家论坛"。当我坐上两方阵营中间的"主席"位，宣布开始时，多少有点紧张，因为这样的活动，我只是从电视上看到过，但自己身临其境，而且还要把控全场辩论时，有点担心把握不准，闹出笑话。但还好，一切精彩都在顺利中落幕，一切激烈都在友善中落幕。当全部辩论赛结束时，我非常臭美地在主席位上留了影，后来还把那张照片放在了年级毕业纪念册《天行健》中。想来，我大概是要记录那场场的精彩罢了。辩论赛或许只是一种游戏、一项活动，但当辩论的话题逐步在那些思维敏捷者中展开后，辩论的意义似乎远不止这些了，它似乎让人相信，那是一种激情，那是一个为追求真理而激辩的时代影子！

只要我们去热爱生活，那一切困难都将是我们成长的调味剂。

一次震撼心灵的交谈

1998 年 10 月的一个星期五晚上，我到历史系去拜访一位同学，在那里结交了一位新的、特殊的朋友吴同学。

吴同学对我很是信任，与我第一次聊天，便聊起了他近二十年的生活。我默默地听着，甚至因此不敢大声呼吸，生怕打算了他的思绪。

吴同学来自福建南靖县金山镇的一个小山村。在他出生才 6 个月的时候，莫名其妙地生了一场大病。在当时，由于家庭经济困难，加上医疗技术落后，他患上了骨髓炎，结果使他的左脚失去了成长的机会。我见到他时，他的左脚比右脚短了二十多厘米，两脚极为不平衡，走起路来一高一低，很是不便。然而他还是走过来了，而且走了将近二十年，将来还要继续走下去。那一深一浅的足迹宛如一道独特的风景线，一步一步地迈向未来。

单脚失去了成长，这对于吴同学来说，定当是件痛苦的事。在上小学的时候，他的父母亲或哥哥送他上学、接他放学，他自然可以少些走动。那是父母亲疼爱他，怕他痛苦。但随着时间的成长，他知道将来必将要自己勇敢去面对，去面对这个生理缺陷。上了初中后，他便萌生了骑自行车的想法，在他的强烈要求下，在上初二那年的春节，家里给他买了辆自行车，他要自己学会骑车。大年初二，许多同龄人都还在无拘无束地玩耍时，他却艰难骑上了自行车。由于两只脚不平衡，长短不一、着力不一，可以想象，那骑车不知道跌倒了多少次。

"我当时真的想放弃了，不想学了。"回忆起往事时他还说，"我的身上不知磨破了多少处，鲜血直流。但想想父母，他们还有很多农活要做，我总不能一辈子靠他们接送吧。"他再次给自己鼓足了勇气，也请来父母的帮忙。就这样，一次又一次，他在跌倒后终于爬了起来，在受伤中抚摸伤口——他学会了骑自行车。"这是我学会的第一项技能。我也终于学会了与正常人一样的技能。"对于这项技能，在正常人看来，是微不足道的，但对于一个残疾少年来说，其中的喜悦是难以言表的。

吴同学虽然残疾了，但他一样勇敢追求着正常人的一切，生理的缺陷并不能阻止他去攀登高峰。当然，有时候，我们用简单的"勇敢""艰辛"等字眼是无法真正表达他的精神世界和生活的。因为对于我们来说，是难以真正体味其中的勇气和生活的艰辛的。生活有时候很无助、无奈，他的身心要承受怎样的折磨、煎熬，甚至冷语，他又是怎么去面对，去攀登，去追逐，那是我所不能完全体味的，但这其中的滋味却足以震撼我的心灵。

吴同学显然还在继续他的思绪，继续诉说当初他的种种境遇。他告诉我说，最让他感到无助和痛苦的便是高考填报志愿时，由于生理缺陷，许多专业他不能报考了。他勇敢地去追求平常人的生活，但制度的设置却让他与健康人隔离，是保护弱者还是歧视弱者呢？他看到那些限制的条件，真的很是悲凉，甚至号啕大哭。说到动情处，他的眼角模糊了，我的眼角也模糊了，泪水就这样一直在我们的眼眶中闪烁着。我继续静静地倾听着，不敢安慰他，因为我是无权安慰的，他内心的强大早就不需要我这样不痛不痒的安慰了，我能做的就是继续聆听，让他强大的力量再次感染我、震撼我。

"不过，现在我选择了图书馆专业，这专业很适合我，我也很爱这个专业，爱这所学校。"他继续诉说着，"师大学习氛围很浓厚，在这样的校园中能学到很多东西，我为自己的选择而高兴。"他终于露出了微笑。我也微笑了起来。因为，生活必定要继续前进，再多的抱怨都无济于事，我们能做的便只有微笑面对。他都能如此，我还有什么不能去面对的呢？吴同学到了师大后，学习上自然是勤奋的，他能一路走来，就足以证明他的勤奋。一个人勤奋了，他的生活也就有了乐趣，有了情趣。他虽然行动不便，但却坚持体育锻炼，他羽毛球打得很好，是校羽毛球队会员，他还会打篮球……他课余之际练习书法，写了一手漂亮的毛笔字，他还是历史系学生会干部……一切的一切，都让我对他刮目相看。

"生活中，困难是难免了，想想还有许多人也是从困难中挺过来的，我们所经历的也就不算什么了。"在结束交谈的时候，他继续与我分享说，"只要我们去热爱生活，那一切困难都将是我们成长的调味剂……"他的话虽然有几分苦涩，有几分辛酸，但对于我来说，却真的是一次难得的心灵震撼，一次难得的心灵洗礼。想想，自己大学期间偶尔也受了一点挫折，但那又算什么呢？相比他来说，我当是幸运的，我因此倍加珍惜。

大学毕业后，虽然我与他没有了往来，但对于他的印象越发深刻起来，他那瘦小的形象一直闪耀在我的心间，每当碰到些挫折，就会自觉或不自觉地想起他，想起他说的"一切困难都将是我们成长的调味剂"，内心似乎一下豁然开朗了……

那个美妙的夜晚注定在我们爱的旅途中留下美妙的记忆。

亲吻爱情

那是 1998 年 11 月 21 日晚,我亲吻了爱情,亲吻了美华。

11 月 20 日,我们的教育实习顺利结束了。十几支队伍重新回到了长安山,郑文灿老师总算松了口气,当初,这么多学生在外地实习,要是有个三长两短如何是好,但总算结束了,经历一个半月的实习总算安全结束了。21 日,郑老师在学校第三食堂给我们全年级的同学加餐——是该好好聚聚了。

那一晚,我与陈晖、张宁建、杨国民等坐在一起,聚会中,大家甚是融洽,大家都为教育实习而庆贺,都为成长的收获而祝福。晚餐进行到很晚,这大概是年级第一次集体聚餐,估计也是最后一次聚餐了。想来,大学时光已经接近尾声了,我们能在一起欢笑的时光不多了,这聚餐既是庆贺,但也多少带有离别的滋味。所以,大家都很嗨,尽情地干杯,尽情地诉说……当时的我已经心有所爱,见到如此场面,虽然没有像他们那样狂放,但也算尽情尽兴。

实习聚餐在难舍中结束,大家都各怀心思地离开了。而我此时最关注的莫不是美华的动向了。她背起了那个一直伴随她多年的书包走了,她与叶启秀、卓希惠同行,我则约了陈晖一路尾随。她们仨来到了大操场边上的体育系的舞厅。我们也跟随进了舞厅。

当时在学校跳舞是很普遍的，尤其是跳交际舞。体育系的训练馆白天当训练场地用，晚上则变成了舞厅，新建的校学生活动中心也大概如此。但我很是愚笨，不会跳舞，所以在校期间基本没进舞厅。但美华进去了，我当然也是要进去的。

她在舞厅中见到了我，先是有点惊讶，我怎么又跟随她到这里了呢？教育实习对她来说，很有压力。这点，她显然没我那么自信，但好在都结束了，今晚是一定要好好放松的。她见我时，惊讶中露出了微笑，少了先前一贯的严肃、忧郁。她说："要不要也来跳一曲？""我不会跳。"我回答。

"我可以教你。"她伸手拉上了我。在她的示范下，我轻轻地与她拥在一起，而且是如此近距离地拥在一起。她认真地教着我，让我跟着她的步骤跳起来。我学了几下，似乎也掌握了基本步骤。她继续认真地教着，陶醉于舞姿和音乐中，而我则轻轻地搂着她，享受与她在一起的时光。

一曲又一曲，我们就这样跳着、搂着。到了十点多了，她显然知道我大概没什么心思在学习舞蹈上，于是就撇下其他同学出了舞厅。我们漫无目的地走着，穿过操场，绕过学生街，来到了万里学生公寓，在路边的一棵树下停了下来。

我们面对面站着，两双眼睛交融在了一起，我勇敢地拥抱着她，向她的嘴唇亲吻了上去。她先是躲闪了一下，而我则继续亲吻上去，她那温暖的、厚实的嘴唇终于迎了上来。我们就这样拥抱着、亲吻着。爱的情愫，在嘴唇中传递，在舌尖中交流、碰撞。我们时而舒缓亲昵，时而奔腾涌动，时间仿佛停止了，就定格在那晚，就定格在彼此的心间。

我们就那样一直站在树下亲吻着、温存着。远处的灯光照耀着我们，见证着我们的爱。她穿着吊带的格子长裙，上身搭着白色的毛衣，在灯光下越发显得美丽动人。她的嘴唇在亲吻中越发显得性感妩媚。

我们很满足于这样的亲吻，那美妙的时光在我们心间穿梭，那含情脉脉的爱意在我们舌尖融化。我们静静地亲吻着、拥抱着，没有话语，没有其他过多的动作，我们只想享受这种感觉，这种亲密而美妙的感觉。我们已经完全沉浸其中，沉浸在爱的时光中，当我们缓过神来时已经是午夜十二点多了。

我们有点不舍，但还是快步回去。当她到 3 号公寓时，公寓的大门已经关了，敲了老半天才开门进去。见她进去后，我则哼起了小调，飞速回到 17 号楼。一路上忘记了寒冷，忘记了一切，有的只是那甜蜜的亲吻，那无法用言语表达的兴奋和满足。

1998 年的 11 月 21 日，那个夜晚，那个美妙的夜晚，我们相拥，我们亲吻，它是我们爱的旅途的驿站，当是值得永远怀念和温存的。多年后，当美华的新衣换了一身又一身，但当初她那身打扮的格子吊带裙和白毛衣我们却一直保存着，直到今天，因为这身打扮便是我们当初美妙的爱情的见证。

有些人，你或许经常见面，但你只是应酬罢了。而有些人，你可能几年都没见上面，甚至电话也很少，但你会常常想起他、挂念他，见面了，就像见了亲人一样，心里暖暖的。

与陈晓峰为伍，甚幸

1998 年 12 月，陈晓峰来福州实习，住在我宿舍里。

晓峰是我高中最为要好的同学，没有之一。我们俩的交往是性情所致，是心性所成。他在同学中称不上出众，成绩也不算好，绝非出类拔萃，但却是心地善良，却是心胸宽广，却是大气磅礴，却是激情四射。与他在一起，每每都有思想的碰撞，青春的升华。我与他高中同窗三年，无话不谈，从国家政治，到个人学习生活，我们在碰撞中展开思想的翅膀，展开思维的时空，任意驰骋，天马行空。记得当年，我们课后经常散步于福安的富春溪畔，激昂论道，纵横千里。其情其景至今依然历历在目。

高三那年，他没能考上理想的大学，选择复读一年。在高四的时间里，他依然给我不断来信，我们彼此交流思想，论道生活，相互勉励。第二年，他考取了河海大学工商管理专业。这个专业原本不是他的所愿，他无心"管理"。但到了学校后，他依然用饱满的热情去迎接学习生活——这是他一贯的思想和行动，生活总是充满着阳光，需要的便是我们去热情迎接，去微笑拥抱。

在大学期间，我们书信往来不断，似乎总有说不完的话题，交流不完的思想。我们畅谈思想，交流学习，体味生活。在大学期间，他主编河海大学学生刊物《河海之声》和《天江》，我则在师大主编《闽江》。学生刊物成了我们交流思想的阵地，我约请他给《闽江》上即将发表的文章写点评，他则叫我给《河海之声》《天江》写稿。我们就这样，彼此都把刊物办得有声有色。

1998 年 12 月，他回到福州，本想在福州谋得一份工作。他父母对他更是如此希望。对此，我也甚为欢喜，因为这样，我们又可以在福州长相聚。有这样的朋友在身边，那定是倍感欣慰的。他来后，我就找了当时《东南经贸时报》（《东南快报》前身）副总编曾章团先生，请他帮忙提供个实习的机会。曾先生是我的师兄，因为我主编《闽江》，与他略有往来。曾先生很是热情，就向《海峡消费报》副总编方金春作了推荐，于是晓峰就到《海峡消费报》实习了。

实习期间，我让晓峰住到我宿舍来，这样我们便有了更密切的交流。床铺太狭小了，晚上我便到隔壁的 215 宿舍去住。当时 215 宿舍人相对少，有空床铺。但想来，也是我宿舍的同学宽容我、信任我，允许我安排一个对于他们来说是个陌生人进来住，我要感谢舍友们对我的宽容和容忍。晓峰住久了，也与我宿舍的同学们打成了一片，大家都彼此熟悉了。多年后，当林滨在央视上看到晓峰为故宫艺术盛典颁奖做点评时，还很兴奋地告诉我说，他看到了陈晓峰，很是高兴。

就是这样，我们都为同学所取得的成就而高兴。对于晓峰，我尤其如此，因为他的成就才是我心目中真正的成就，是一心付出不求回报而得来的成就，在今天这样浮躁的社会尤为难得。当年实习后，因为种种原因，他最终没能进入海峡消费报社工作。于是他重新回到了南京，考取了南京大学中文系作家班，重新做起了作家梦。他在南京大学作家班一学又是三年。这期间，我借出差的机会去看过他一次。他带我到他的宿舍，并在他宿舍里住下，仿如当年我引他到我宿舍住那样。我们在宿舍里，漫无边际、无拘无束地聊着，还是当年的梦想，还是当年的激情。但此时的他，显然多了些文艺家的气质，而我则渐渐靠近了世俗。

在南京大学期间，他一边学习，一边忙于各种人生尝试和体验，先后进行过流行歌曲创作、摇滚音乐创作和演唱、电影剧本创作和编导、小说创作、诗歌创作和编辑（他曾一度在江苏省作协主办的《扬子江》任诗歌编辑）。南京大学毕业后，他更是天马行空起来，曾一度开过餐馆，从事广告文案策划、报刊编辑等工作，接着又从南京到上海，再到深圳，他一路奔波，一路歌唱，一路前行。后来，他只身来到北京，住进了北漂艺术的集中地——宋庄。他在那里安了家，扎下了根。他要开启美妙的艺术人生。2005 年，我又借出差机会去北京看他。从北京市区一路转车到了宋庄，路上折腾了两三个小时终于见到了他。他对于我的到来很是高兴，我们就在他住的简易的红砖房子里，重新畅谈了久违的梦想，重新谋划了人生。他的思想在驰骋，他的情绪在高扬，他的行动在奔腾。他以自己的经历，给我开阔了视野，给我开启了智慧。他还是那般激情，还是那般快乐，因为他心怀梦想，因为他充溢着激情，因为他与艺术融为了一体。虽然当时的他很是穷困潦倒，甚至生活费有时候还需要父母的补助。但他很满足、很开心，因为他找到了梦想，并且不遗余力地去实践。

在他面前，我便是一个俗人。我习惯性地去拥抱平静的生活，习惯性地回到了工作和家庭，虽然多少也受到他的熏陶和鼓舞，进行了些努力，比如在困境中，常常寻求文字的洗礼，渴望心灵也能与美妙的文字相沟通、相交流，但我终究不能像他那样抛开一切，去追求文艺，去追求梦想，对于他我只能心怀敬意。由于他生活的不断颠簸和工作的不断变动，我时常联系不上他，渐渐地，我们少了些直接的交流、往来。但我的心灵却始终与他在一起。有些人，你或许经常见面，但你只是应酬罢了。而有些人，你可能几年都没见上面，甚至电话也很少，但你会常常想起他、挂念他，见面了，就像见了亲人一样，心里暖暖的。晓峰于我便是如此。

晓峰，我是过一段时间一定要设法联系他的。因为我需要从他那里寻得生活的启迪，寻得追求的力量，寻得梦想的激情。2014 年的一天，我再次来到北京与他见面。见了面才知道，他之前消失了好一阵子，原来是去一个叫白庙的村庄进行了为期三四个月的公益活动——艺术家改造村庄活动。他带领艺术家们，将自己的积蓄全部拿出来，让这个北京偏远的村庄充满了艺术气息。他们自己动手，自己粉刷墙壁，自己整理卫生，自己美化环境，把艺术和爱洒向了整个村庄，而他们自己则每天靠简单的一碗白菜过活。他们充满激情，他们从不抱怨社会，他们以自己的行动，让社会，让村庄充满了爱。这在当下是如此的难得，我后来才知道，其实早在白庙村行动之前，在安徽，他也加入了"结社与雅集"的行动，扎根于乡村，用自己卑微的身躯、微薄的力量撑起了一片高雅的天空，一片爱的天空。我与他见面时，他已经没了积蓄，可以说身无分文，他在北京没有购房，除了一颗赤诚的心，其他的一切，他都没有。但就是这颗赤诚的心、这颗流淌着爱的血液的心，让我对他肃然起敬。在他面前，我顿然觉得自己是如此世俗、如此不堪、如此渺小。

能有这样一位同学，真是我的荣幸，虽然我离他的境界、思想还很遥远，但每每与他交流，与他畅谈，都是一种难得的享受。在他的熏陶和感染下，我多少也学会了率真和坦然，学会了追求与付出。金钱在艺术面前顿然失去了颜色，金钱在大爱面前也是苍白无力的。我能做的便是跟随其后，不断向他靠近，靠近他伟大的心灵，并让自己也变得有意义有价值起来。

大学之大，并非在于学问有多高深，并非在于有多少重点学科，而是在于有多少心怀学生的教授们。

毕业生推荐表

1998 年 12 月，我领到了毕业生推荐意见表。这推荐表对于我来说太重要了，我的人生轨迹因此而改变，而这其中当要感谢师长们的厚爱，尤其要感谢系副主任郭丹教授的厚爱。

教育实习结束后，大学的时光眼看一天天流逝了，即将结束的脚步随之而至，大家似乎都无心于学习，都在为将来的工作而纠结着。有些同学是保送生，知道自己将来的命运大抵就是回生源学校任教，倒是少了些梦想；但对于当年高考考入师大的同学来说，总希望能进入统配的名额（当时统配的比例大约是年级的 10%），这样就有选择的余地，就可以跨地区双向选择了。毕业分配是最伤同学感情的事，谁不想因此多份选择，多条道路呢？庆幸的是，我避开了其中的纷争，那是潘新和教授对我特别垂爱，他向福建人民出版社推荐了我，让我得以提前为工作的事情谋划。记得当时，我第一次到位于东水路 76 号的福建人民出版社，与时任文教室主编林彬见面，林彬为了慎重起见，还叫上了文教室副主任卢长奇一同面谈。我与林彬见面后，首先就向她坦承说，我的英语比较差，在大学期间还因此补考，受过处分。林彬见我如此坦承，于是便向社里作了进一步推荐。

按照人事要求，当初福建人民出版社需要我提供一份大学毕业生推荐意见表。我回到学校一问，原来，这表格只有非师范生才有，师范生当时还是统一分配或双向选择，没有所谓的自己找工作这一说。而且师范生毕业要离开教育系统是非常困难的，甚至几乎是不可能的，要离开者不仅要取得省教育厅的许可，还要缴纳一笔可观的师范生培养费。这可怎么办呢？我与潘新和教授商量如何是好。潘教授建议我找系里说说，看能不能按照我当初入学时的情况，继续按照非师范生生源处理，而且直接建议我去找热心的系副主任郭丹教授。

我之前与郭丹教授并没有多少往来，我没上过他的课。但他是系副主任，也多少知道我的一些情况。一天，我抱着试试看的心态，找到了郭丹教授，向他陈述了自己的想法，并希望能得到他的支持。他当场就表示说会尽他所能为我提供一个好的工作机会。

就这样，他向系里建议，我们三个从基地班调整到教育本科班的同学继续按照非师范生生源待遇处理。因为郭丹教授的努力，我迅速拿到了毕业生推荐意见表。只有有了这张表格，我才得以后来有机会参加全省人才交流会，也才得以有机会进入自己所喜爱的出版社工作。试想，如果当初没有郭丹教授的帮忙，没有郭丹教授无私的促成，要继续留在师范生中分配，那如今的局面又会如何呢？真的难以想象。好在，我成才的节点上，总会有像郭丹教授这样的贵人相助。他们心怀学生，总是希望给学生最好的，当学生有好的出路时，总是尽力促成。多年后，我与郭丹教授来往密切，我始终自称是他的学生，因为我为有这样一位老师而自豪。

郭丹教授是古典文学的专家、学者，著作等身，但他却以平等甚至谦卑的姿态与我们交往，他常常说，在学校是师生关系，走上社会了，便是朋友关系。因为他的儒雅，他的大度，并处处为学生着想而赢得了众多师生的敬重。师者传道授业，知识固然重要，那是开启智慧的必要基础，但师者能给学生留下印迹的，更多的是他的胸怀和博爱。郭丹教授，虽然没有直接授业于我，但却是我人生路口的引路人，在我处于最迷茫、最困顿的人生路口时，他解开了结子，让我朝着光明大道前行，对于这样的师长，我当一辈子铭记于心，一辈子感恩于心。

郭丹教授之所以能如此无私爱护学生，那是他个人的情操所致，也是师大这片温情校园的熏染。潘新和教授、郭丹教授，等等，他们对我的爱护，或许可以说只是对一个学生的爱护，因为他们总希望学生们学有所成，总希望学生们展翅高飞。大学之大，并非在于学问有多高深，并非在于有多少重点学科，而是在于有多少心怀学生的教授们。福建师大虽然称不上顶尖的高等学府，但却有着一大批心怀学生、爱护学生的教授们，我为母校有这样一批师长而自豪，为母校这片沃土上浓浓的师生情谊而庆幸。

　　　　我感怀那段时光，感谢那些位高权重的人，他们与我未曾交往，也非亲非故，却施予橄榄枝，给我无私的帮助。

找工作

　　1999 年 1 月，福建省人才双向交流大会在省体育中心举行。我参与其中。

　　虽然在这之前，福建人民出版社与我有过接触，我也非常想能到出版社工作，但能不能顺利进入，还没确定。因为福建人民出版社要招聘员工，也要经过严格的考试、面试程序，如果成绩不理想呢？事实上，我就差点与之失之交臂。所以对于全省的人才双向交流大会我很重视，因为也许在这其中还能谋得更好的去处呢？谁人不想多些选择呢？我也不例外。

　　在人才双向交流大会之前，我和许多同学一样，东奔西跑，无心于教室里听课。所幸，当时的课程大多数是选修课，考试很简单，不是闭卷考，只要交一篇作业就行了。老师也知道我们无心念书，无心考试，算是宽待我们了。

　　1 月 8 日，省人才双向交流大会如期举行。那天有四万多人参加，有五百多个单位来现场接收求职材料，因此整个会场非常拥挤。在这种场合下，你想要引起某个单位的注意，或某个领导能对你有所印象是不可能的。那场景现在想来都觉得不可思议，那样拥挤，大家却都只是为了谋取一份工作，谋求一个去处，但这又是何等艰难呀。

在这种情况下，很多大学毕业生就认为求职材料要做好，散发给用人单位，以便在用人单位挑选面试或初试名单时能引人注目，脱颖而出。做好求职材料固然是重要的，但是我当时却不以为然，一者我花不起这成本，二者我觉得太花哨。我始终认为，假如这个单位愿意聘用我，是希望我能为单位做工作，希望我能较快地适应单位的工作并发挥施展我的能力，所以表面的东西如何我不太在意。当然，这是我当初给自己的安慰罢了，是不是一切都如我所想呢？后来参加工作后，才觉得有些天真了。但好在当时，我遇见的多是真诚的人，这是我的幸运。

面对几百家用人单位，我是绝对不可能制作出几百份的求职材料，我是有选择地进行，这选择其实就是要给自己一个位子，也就是要明确自己将要从事什么职业，至少要知道什么类型的工作适合我，有利于我能力的发挥。因为自己有了定位，所以找工作还是很有针对性的，也很有信心的。我觉得自己可以胜任新闻写作、报刊编辑这样的工作，因此在制作求职材料时，主要陈述的就是这方面的成绩收获和心得体会，其他方面几乎不写或尽量少写。

我的求职材料很一般，也不精美，但感觉还是有点分量的。我有选择地复印了一些有代表性的文章和主要的获奖证件，也没有写什么自荐书，没有介绍学校情况的文字，简洁但足以表明我的实力。所以我的求职材料很快就引起用人单位的重视。在双向交流会上，我有选择地给几个单位投递了求职材料，其中包括福建电视台、福建人民出版社、福州晚报社、福州师专、福建电大、南平造纸厂等。我觉得自己的兴趣在这些单位，其中南平造纸厂纯粹是担心美华没考上研究生，要回南平，那我就跟着去南平工作了——当初的想法就是这般天真。人才双向交流会后一个月左右，我陆续接到考试、面试或实习的通知——我离工作不远了。

2月，新学期开学后不久，记得当时去福建电视台笔试、面试时，我和学校里的几个硕士研究生一起去，到了位于古田路口的福建电视台门口一看，其中已经投递了自荐材料的一位硕士研究生，在初试的名单上没找到名字，我们几个人都很纳闷，硕士研究生怎么会连参加初试资格都没有呢，是不是电视台的工作人员写漏了？那位硕士研究生去找工作人员，工作人员告诉他，在此之前已经过一些筛选，作为硕士研究生的他居然成了最早被淘汰的对象。而在当时，硕士研究生还是属于相当稀缺的人才。

福建电视台初试那天有两百多人，集中了当时一部分相当优秀的大学生，其中包括了诸如像北京广播电影电视学院等一些专门院校的毕业生。然而我很轻松地过了初试这一关。待到复试时只剩下三十人左右。这两项测试专业性都比较强，这与我大学里学的专业有很大不一样，但由于我事先给自己一个较明确的定位，在这方面有比较多的接触和了解，发挥得较好，连面试的考官都感到奇怪："你是福建师大的吗？福建师大有开设新闻传播学的课程吗？你怎么会发表那么多的文章呢？"我那没有水分的、几十篇文章的目录和部分复印件，"三好学生""优秀学生干部""优秀学生奖学金获得者"等证件让他们惊喜不已。"你的学习成绩这么好，还参加了那么多的社会实践活动。你是怎样处理好学习和社会实践活动、文学创作的呢？"考官对我的成绩给予了充分的肯定，为我所取得成绩感到不容易。在他们的惊讶、赞许中，我又过了这一关，据说成绩排在最前列。福建电视台就将准备录用我的决定通知了学校和我本人，电视台里的其他人还告诉我说，电视台准备将我安排在台里的主打栏目"记者行动"组。这个栏目组是当时整个电视台最"吃香"的，有点像中央台的"焦点访谈"。

3月的一天，电视台发政审函到学校，请学校出具证明，并让我到电视台面谈，准备签约。那是一个天气明朗的上午，我到了电视台，经办人员却不在。于是我就想，何不再去出版社问问看？我从位于古田路口的电视台走到东水路76号的福建人民出版社，在办公室见了林国锋主任。他一见到我就说，社里已经决定招聘你了，可以签约了。我犹豫了下，是去电视台，还是去出版社呢？最后还是决定加入到出版的行列，当场就签约了。试想，如果当初，电视台的经办人员在，我在电视台里先签了，那估计真的是去了电视台，那现在会是怎样一番生活呢？许多事情也许都是命中注定的，不过我很庆幸自己的选择，我为自己能成为一名出版人而自豪。

那一年的3月里，除了福建人民出版社、福建电视台向我伸出温暖的友谊之手外，福建电大、福州师专、福州晚报社也陆续向我伸出了橄榄枝。而我不能分身，只能选择最适合自己的工作岗位。但我感激他们对我的赏识，或者说不嫌弃。记得当初，福建电大人事处的一位老师主动约我谈话。我说，我在大学里英语不好，还受过处分。那个我至今都不知道他姓名的老师却给我安慰说：这些都不重要，我们要的是你的真才实学。想来，如今大学生找工作，即使是再优秀者，也觉得心中没底，总需要尽可能地拜托他人帮忙打点，真是有些心酸。我感怀那段时光，感谢那些位高权重的人，他们与我未曾交往，也非亲非故，却施予橄榄枝，给我无私的帮助。

谁人能忘家乡情，谁人能忘亲人情呢？

家乡·亲人

272　　　　1999 年 2 月，迎来了寒假。这是我大学最后一次寒假了，也是学生生涯的最后一次寒假了。或许是因为这个原因吧，对于家乡，我开始惆怅起来，开始怀念起来，怀念家乡的过去，怀念家乡的亲人，怀念起我的祖辈，我的堂哥……

家乡的老宅

　　离开家乡已经很多年了。离开家乡的时间久了，就难免有一种背井离乡的感觉，就难免有一种与生俱来的思念。童年的许多往事常常在我脑海里晃动，家乡的一些事物也并没有随着岁月的流逝而淡去，相反，随着时间的冲刷，反倒变得清晰、鲜活起来。家乡的老宅就是属于这样一种事物，它是一块乐园，伴我度过了最美妙的童年时光。而在过去，我对它并没有多少留恋，也没有太多的印象，但现在回过头去寻找它，追忆它，怀想它，就觉得它是我童年的全部，是我成长的缩影。

　　家乡的老宅坐落在村口，建造至今有两百多年的历史了。老宅为木制瓦房，东南朝向，大门口前有一条小溪，溪水常年涓涓流淌。走进大门，两旁各有一块空地，后来宅里的主人们，将这两块空地利用起来，一块用来养猪、盖厕所，另一块也用来养猪、盖厕所。两块空地的里面是老宅的前厅，前厅有六七米高，宽敞明亮，早晨，阳光洒满了大半个前厅。前厅的两旁是房子的主卧室，一般为主人的长儿、长孙居用，但家乡老宅的情况比较特殊，并没有严格按照此习俗居用。前厅的正中央摆放着宗牌，常年供奉着香火。宗牌的左旁是神牌，右旁是祖牌，分别写着"神恩"和"祖德"两字。

前厅是操办各种活动的最主要的场所，是老宅所有居住人的公共场所。从前厅到后厅，有两扇门，按照风俗，一般情况下，只能走左边的那扇门，右边的那扇门常年紧闭着，只是在有老人过世时，才开启那扇门，让棺木从那扇门经过。老宅的后厅所承担的功能很多，其中最主要的用途是为老人去世时安放用的。一般来说，老人在家中过世了，穿好寿衣，就安放到后厅，当天或次天收殓。收殓后再安放几天，男者为六天，女者为七天。我在老宅居住的时间并不长，但前后经历了四位老人的过世，目睹了生者如何为死者操办丧事，目睹了农村习俗的种种。

我在这样的习俗中长大，自然也染上其中的一些习性。比如，小时候，我就比较喜欢玩弄香火一类的东西。春节期间，香火最为旺盛，几乎每家每户都要点香点火，以求菩萨保佑平安、发财，我家也不例外。其中点红蜡烛也是春节期间每家每户的必修课。红蜡烛点完之后，总会留下一些蜡油。小时候的我，几乎是挨家挨户地收集蜡油。等到开春后，就在老宅的大门前搭起一个小灶，把蜡油重新烧热，融化后再倒灌到事先准备好了的竹筒里，然后再让竹筒冷却，最后取出凝固成型的蜡烛。说起竹筒的制作，也是很有讲究的。竹筒内应该事先清洗干净，并将竹筒破开。蜡油往里面倒灌前，要先把竹筒用铁丝包扎好，等到蜡油凝固成蜡烛后，再把铁丝松开，完整的蜡烛就出现在你面前了。那时，这活儿，一年要做好几回，做成的蜡烛足足可以够家里用上一年。表姐夫也像个孩子，有时会来帮我一起干活。我往竹筒里倒灌蜡油的时候，表姐夫就固定好蜡烛中间的那根线，以便能让点火的那根线一直保持在蜡烛的中间。表姐夫比我大将近三十岁，但他与我干活时，却俨然像个孩子，童趣横生。可遗憾的是，表姐夫在几年前离开了我们，年仅五十出头。我回想起与他干活的情形，回想起他充满幽默的话语，孩子般的动作，不免心中隐隐作痛。

表姐夫留给我的印象并不是很深，因为自从我上了中学后，就再也没有见到他了。我和他有许多共同的爱好，捕捉麻雀就是我们的共同爱好之一。

在我小时候，麻雀到处可见，不像今天麻雀变得稀少了。我和表姐夫常在老宅的二楼捕捉麻雀。老宅的二楼，有一个偌大的窗口，每每傍晚时分，成群结队的麻雀就聚集在窗口。我们用谷物作诱饵，把谷物洒在地板上，用一块竹子编制成平时用来盛谷子的竹盖盖在上面，并用一条十厘米左右的树枝把竹盖托起。在树枝的下端，系上一条长长的线，人躲藏在远处，手里握着这条线，等麻雀进入竹盖底下吃谷物时，就把手上的线一拉，竹盖倒下来，盖住了麻雀。我捕捉到麻雀后，通常用鸟笼把麻雀养起来。可麻雀不领我的情，不吃我为它准备的谷物，常常是没过几天就活活饿死了。后来，我捕捉麻雀后，就把麻雀放了，然后再捕捉，然后再放，如此循环，把我忙得不亦乐乎。可惜这些乐趣自从我离开老宅后，就再也没机会体验了。表姐夫去世了，麻雀也少见了，加上我已成家立业，不可能再有孩提时的心态和所为了。虽然老宅还在，而一切都变了，变得我只能通过回忆来怀想其中的乐趣了。

老宅大门前的左边有一棵梨树，为左房前厅居住者所有。左房前厅居住者并非我门家的至亲，那他为什么会居住到我们这座老宅来呢？我曾问过叔祖父。叔祖父回答说：估计是祖上没钱，把房子的四分之一割卖给了他人。也正是这样，房子的主人们常常各自为政，虽住同一屋檐下，但彼此之间却没有骨肉的情意，没有一家人本应有的温情与默契。不过，对于我们孩子来说，并没有过多地去领会家长们的心思，有的只是相互的玩耍，相互的快乐。每年春节过后不久，春色爬满了枝头，门前左面的梨树就竞相斗艳，一片雪白。那时，村中的房子都集中在山脚下，老宅是村口唯一的房子。梨树旁边没有其他房子遮挡，阳光尽情地、无遮无挡地洒满整棵树。在阳光底下，梨花耀眼斗艳，闪闪发光，美丽极了。梨树边有一条小路，小路通往前面的一块菜地。春天里，梨花雪白，蔬菜郁郁葱葱；夏天里，梨树长得异常茂盛，菜地里的蔬菜种了一茬又一茬；秋天，梨树结满了果实，树下是我们背着大人们摘采梨子的神秘状，菜地里依然郁郁葱葱；冬天，梨树被冰霜打得光秃秃的，菜地里一年四季都是一片绿色。我从小就在这梨树下、菜地里玩耍长大。看似普通的是一棵梨树，一片菜地，留给我的却是许多美好的回忆。我也是常爬梨树偷摘梨子的孩子之一。梨树下，我和女孩子们一起玩过过家家。菜地里，我种过辣椒，并且有很好的收成。我在菜地里挖小灶，在灶上烤地瓜，吃得津津有味……可惜现在，梨树早已砍了，门前的菜地也被用来盖房子了。过去，站在老宅的门前，一眼望去，是一片无遮无挡的田野，而如今再也不可能了，在你的视线里，有的只是新盖的房子。

也许许多事情终究是要逝去的，比如老宅作为村口的一道风景线，就要被其他新盖的钢筋混凝土房子所取代，因为钢筋混凝土房子代表了农民生活水平的提高。在农村，你想知道农民是否富裕，房子是主要的依据，能盖新房子的家庭，经济条件自然不错，反之也成立。老宅里原先有四大户人家居住，四大户中，又有几户小家庭，左前厅、右前厅的两户人家，儿子比较多，儿子长大后纷纷结婚，结婚后纷纷另立家庭，先后单独立户的就达十家，所以老宅总是一副拥挤状。后来，大家的家庭生活渐渐有好转，又纷纷到他处盖新房子，搬出了老宅。我家是第三个搬出老宅的，接下来，又有四五户人家搬了出去，到如今，老宅只剩下三户人家居住了。一座偌大的房子，由于大家纷纷搬迁而出，反倒变得冷清下来。每当我重新到老宅走走时，总觉得它缺少了些什么，我也不知道到底是什么，后来母亲说："一个那么大的房子才几户人家住，空荡得很。"我才恍然大悟，原来是老宅少了过去拥挤的味道，空间多了，人少了，老宅却失去了过去的生机与活力。

前不久，母亲打电话来说，老宅准备拆毁，并说有人愿意出高价将我们家的那份额买走，以便他统一重新建盖，母亲问我愿意不愿意卖掉。我陷入了沉思，我想，浓缩着我童年记忆的老宅，可以作为我成长的相册，永远地保留。但它可能终究是要逝去的，新的总是要代替旧的，也许就是这道理吧。

家乡的老宅，我家乡的老宅。它过去是一道风景线，现在还是一道风景线，将来即使拆毁了，但在我的心中，它依然是一道风景线——一道永远抹杀不去的风景线。

又见渔船

一个偶然的机会，我沿着堤岸步行来到刚建成的闽东福海船舶工业公司，不经意间突然看到一艘破旧不堪的小渔船停泊在泥滩上——真是许久没见到渔船了。小渔船的主体部分是用椿木做成的，船的正中间是一个用竹子和芦草做成的拱形的船篷，用来遮挡风雨、太阳和露水。在船篷下面是几块木板，木板整齐地拼在一起，这便是床了。

船头和船尾放着一些生活设施和生活用品，诸如煤油炉、米酒、盐巴等。船上有一位老船家，他有七十多岁了。我的到来给他带来了说话的机会，他大概是有些天没跟人说话了，看到我，一个劲儿地说个不停。他问我是谁家的孩子，我报上父亲的名字后，他好像显得特别兴奋，说这一带的人他大多都认识。接着就不停地说时间过得真快，说好像我父母亲才刚刚结婚，怎么现在孩子都参加工作了。我问他怎么一个人在这里生活。他说人老了，对这片海域却更加有感情了，他在这一带随处停泊，戏称自己是自由人。孩子在城里工作，几次叫他去住，他总是割舍不下这片与自己相伴了七十多年的海域和泥滩。一艘小渔船单独停靠在泥滩上，老船家却并不感到孤寂，他说现在好了，可以随时上岸到村里玩，或者买东西，偶尔还去临近的几个村庄走走，看看自己认识的老朋友。

几年前，政府出资，在我老家临近的几个村庄建了一些房子，这些房子外观统一，设计大方、美观，专门为那些长年累月在江面、海面生活的疍民兴建的。

过去，渔船在我的家乡是到处可见的。在闽东沿海海域一带，曾经流动着一群特殊的水上居民，他们终年以船为家，并不登陆居住，是所谓的"老死异编民"，他们就是疍民。疍民怎样来到闽东，这一直是个谜。有一说法是"祖公开朝做曲蹄"，意思就和盘古开天辟地差不多。近年来，经过一些学者的努力，对闽东疍民的来源问题有了较可靠的推断。闽东疍民只是闽越"疍民系列的水居民众"的一部分，早在新石器时代，闽东一带就有栖息水滨、靠捕捞水产为食的闽越族土著先民，他们构成闽东疍民最初的来源。以后，陆上屡屡发生战乱，有些人为了逃命，或者为了避难，就投奔江海水面，加入疍民的行列之中，随着江海水道，四处浮泛。

浮家泛海，四处飘离，随处停泊，风吹日晒，闽东疍民祖祖辈辈过着苦难不堪的生活，加上当地的汉人又时不时地欺负、蔑视，乃至侮辱他们，疍民谋生之艰辛、生存境遇之恶劣是我们所难以想象的。光绪年间，汪文炳在一首"劝世诗"中有云："渔人江上船为家，篷窗蜷曲藏如蜗。船头牵网船尾宿，终年辛苦嗟生涯。一叶横江风浪恶，每将性命换鱼虾……不知谋生渔独苦，风波历尽荒江湍。问渠何事冒危险，甘冒危险畏饥寒。最是三冬历霜雪，爬沙手足龟纹裂。举网棱棱冰有声，鱼虾常常指头血！"汪文炳是浙江省富阳县的县令，他这首"劝世诗"写的是富阳县"九姓渔户"的生活辛酸之苦。同是渔民，命运都是一样的。闽东疍民也是过着"一家活计一渔船""牵板船篙为饭碗"的艰辛生活。

在家乡，岸上的人称疍民为"九十七"，而自称"一百〇三"。岸上人家以能穿鞋着袜、晚上洗脚、上街闲逛诸事而感到得意，疍民与岸上人相比，就少了这三种待遇，所以称"九十七"者，而岸上者有此三种优越之处，故以"一百〇三"自谓。这种歧视性的说法、做法，无外乎是陆居者为了维护自己的优越感而强加于疍民的，使得疍民在岸上人家面前总是抬不起头，过着灰色的生活。他们忍受着内心世界的无助与伤痛，一代一代地在闽东繁衍、拼搏、抗争。然而好在这种歧视性的说法、做法现在已经渐渐淡去了。

又见渔船，我心情有些兴奋，渔船，久违的渔船。也许这是最后一个停泊在泥滩上的家，也许在不远的将来，它将在这里消失。老船家指着对岸一排排整齐的房子会意地笑了，自己没有房子，但同伴们有了新居同样是高兴的。房子在岸上连成一串，连成一道美丽的风景线。

爷爷的烟斗

爷爷的烟斗是用竹子做的。烟斗的主体部分是圆柱体状，里面装着水。烟斗的底部有点往里凹，烟斗的面上有三个孔，依次排列着：第一个是放烟孔，孔上围成一个槽，用来放水烟；第二个是进出水孔，吸烟时先往孔里灌水；第三个是吸孔，孔上固定装有一根约十八厘米长的"竹吸管"，"竹吸管"有一定的弯度，稍稍往外倾斜。

小时候我就知道，爷爷有两大嗜好——吸烟和喝酒。爷爷吸烟时很庄重，一口一口地吸，一口一口地吐出烟雾，一个人坐在家门前的洗衣石条上，双手捧着烟斗，慢慢地吸，有些时候还会听到烟斗里的水发出"咕咕"的声音。爷爷吸烟大多是在吃完午饭后和傍晚时分，而且通常要吸上一小包的水烟。

对爷爷的烟斗，我一直很好奇，常常会在爷爷不在家的时候拿来玩。可爷爷总是笑笑说："因为这个烟斗是专门供我使用的，别人都不能吸。"后来有一回，爷爷生了一场大病，医生告诉他不能吸烟，不能喝酒。

爷爷果真把喝酒这个嗜好改掉了，从此滴酒不沾，但吸烟爷爷一直没有中断。爷爷对烟斗是相当爱护的，他总会时不时地洗烟斗，晒烟斗。爷爷吸完水烟，他必定是把烟斗放在高高的木箱上，生怕我会去拿来玩，把它弄脏。

20世纪80年代初，在镇上还可以买到水烟。父亲、母亲有到镇上时，必定会给爷爷带几包水烟回来，但后来水烟渐渐少了，镇上也买不到了，市场上只有卷烟买。爷爷没了水烟吸很是不习惯，他把卷烟掰开，取出烟粉，轻轻地捏成一小团，放在烟斗上吸。我问爷爷为什么好端端的卷烟不吸，要这样吸，爷爷说这样吸起来很香。

爷爷一年一年地老了，但爷爷吸烟的样子一点也没变，他还是用烟斗吸烟，直到去世的前三天。那是 1990 年农历十二月二十五日的傍晚，爷爷把自己房间打扫了一番，我们都以为爷爷要准备过年了，把房间打扫得那么干净。爷爷做完卫生，来到门前的洗衣石条上吸烟。他还是像先前一样，捧着烟斗，庄重地吸着，不过这次爷爷吸了很长时间。吸完烟，爷爷若无其事地上床睡觉。

我们万万没想到，爷爷那天晚上就不能起床吃饭了，到了二十八日凌晨一时，三天来没有吸一根烟、没有吃任何东西的爷爷静静地离开了我们。

爷爷入殓的时候，父亲把爷爷的烟斗放在了他的身旁。爷爷走了，烟斗也跟着走了。多年后的清明节，我和父亲、伯父一起去扫墓。我突然说起爷爷的烟斗，父亲很认真地说："你爷爷用这烟斗用了四十多年了。他的生活很苦，你奶奶三十多岁就去世了。那个时候我只有八岁，你伯父九岁，你叔叔只有一岁。你爷爷苦闷时，没有人与他说话，他的苦都化成了一缕缕的青烟。"我默默想，但愿爷爷到了另一个世界后，能与奶奶相见，也不再辛苦，不再寂寞了。

怀念我的祖辈们

我的爷爷奶寿公，去世已经二十多年了，在不经意间常常想起。那是 1990 年农历十二月廿八日凌晨，爷爷悄然离我们而去。就在这前两天，爷爷看上去还很正常。马上要过年了，爷爷把房间里的卫生做了一番，整理出些废纸烧了。谁也没想到这是在作最后的告别，他卧床不起了。我去他房间，他直直地躺着，我给了他两角钱，并把钱放在他上衣的口袋里，说给他买烟抽。当时的我正在镇上的中学上初一，大多时候可以从我父亲给的每个星期五元的生活费中留下几角给爷爷买烟抽。当时爷爷抽的鹭江牌香烟一包只卖一角钱。我这最后的可怜的两角钱没任何用处，爷爷没用上它就走了。爷爷走的时候，口袋里只有我给的这两角钱。想到这里，我的眼睛模糊了——爷爷什么都没留下，留给我们的是无尽的追思。

爷爷之所以这么急促地离我们而去，他是有苦衷的。爷爷一生行善、念佛，到晚年却失去了他心爱的长孙。这对他是个莫大的打击。那年的夏天，我的堂哥在中考前夕，去游泳溺水而亡。爷爷听到噩耗，眼泪都哭干了，此后半年的时间里，原本坚强的他似乎一直没走出这阴影。村里有些人带着惋惜地议论说，奶寿一生念佛，孙子怎么就这样了呢，真是老天不公呀。他明白村里人的好意，但他的苦更是只能往肚子里吞，人变得有点精神恍惚。当时的我，虽然才十三岁，但我知道，爷爷他受不了了，总有一天会崩溃的。半年后，他在看似健康的情况下，抛开我们走了。我想如果不是堂哥的事情，或许他可以长寿些。

爷爷走了，他是他们四兄弟姐妹中最早走的一个。我的曾祖生两男两女，我爷爷最大，中间两个女儿，叔公坛勤公最小。他们这辈人都是苦命人，为命运摆布，为时代摆布。在我爷爷十四岁，叔公才四岁的时候，我的曾祖母就去世了。我叔公后来跟我说，他对母亲几乎没什么印象，只记得母亲去世时躺在家里后厅的情景。这四个苦命的人，早早没了母亲，这家就靠曾祖父和他们一起维护着。还好曾祖父和他们都勤劳，靠着老实苦干，日子渐渐好起来，甚至还购置了些薄田，也没什么奢求，基本能填饱肚子。叔公还上了学，成了当时村里识字最多的年轻人。我至今还保存有叔公当年上学时的民国课本。那一辈人，没什么远大的理想，他们就想这样安安稳稳地过日子，靠自己的勤劳，靠自己的肩膀，靠自己的汗水，过农村最普通的日子。可谁想到，三年困难时期，饿肚子，我奶奶成了那个时代的牺牲者。在我伯父才九岁，我爸爸还不到八岁，我叔叔才一岁多的时候，奶奶因为饥饿，加上疾病，仅三十岁出头就去世了。我爷爷和奶奶本来生有四个男孩，我爸爸之后的一个，长到一岁多就夭折了。我奶奶去世时，最小的叔叔才一岁多，实在没法养活，就送给村里的另一户人家了。

爷爷幼时丧母，中年丧妻，苦命呀。但他不想受命运的摆布，所以当我伯父、父亲独立后，他倒比较豁达，无所牵挂，一心念佛，做做村里的公益事，不求任何回报，今天这里种树，明天修修山路。大家对他也敬重有加，他去世时，很多人来为他送行，都说他当土地公去了，以后还会保佑大家的。我的叔公同样也是个苦命的人，时代对他是很不公平的。叔公有点文化，也算得上当地的知识分子了，偶尔还舞文弄墨，很受大家的尊敬。中华人民共和国成立时，他也就二十多岁，正值青春年华。可谁想到，在后来的岁月中，他被无情地关押，曾一度被叫到县城里洗沙子，就这样原本一表人才的他，错过了结婚的最佳年龄，最后终身未娶。我父亲过嗣给他，算是有了子嗣。他跟我们一家住一起，非常融洽，算是对他晚年的一个安慰。他四岁就没了母亲，自己也终身未娶，有才气，却得不到施展，还因此被批斗、关押。等到"文革"后，已经五十出头的他，镇上叫他去工作，他婉言拒绝了。他怕了，他不想被折腾了。他就是个农民，一切都淡去后，他依旧靠自己的勤劳过着晚年安稳的生活。他上山砍柴，一挑一百多斤，能卖七八元；他下地种田，每年都有余粮出售；他给村里人写契约、写对联，偶尔人家给他包红包……他不求富贵显达，只求安稳生活。他爱我们兄弟姐妹，教我们识字、写字，给我们讲故事。2006 年农历三月初一，他也离我们远去了。对他，我心怀愧疚，在他腿摔伤两个月的时间里，我没能回家看望他一次。我本以为问题不大，他吃饭睡觉都正常，就行动不便，"五一"节可以回家再见。但他走得也是那么突然，最后见面时，我号啕大哭。当年爷爷去世的时候，我还小，人生变故、生命脆弱无常还体会不深，叔公去世时，我非常悲伤。我们兄弟一直把他当亲爷爷一样，希望他健康，能和我们一起分享幸福，他苦了一辈子了，好不容易等我们孙辈有了点出息，可以享受一下的时候他却走了。他没有任何享受，我懂事起，他几乎困在家中，甚至镇上都没去过几次。我参加工作后，在福州有了家，几次叫他来走走，但最后都没走成，很是遗憾。

我的祖辈们，他们都是老实本分的人，想平平安安、勤勤恳恳劳动，过日子，但常常不能如愿。我的两个姑婆，也没有过几天舒心的日子。大姑婆嫁隔壁村，生四男两女，丈夫早年去世，她拉扯着六个孩子长大。一生勤俭持家，为了省钱，回娘家从来都是走路的，从不搭车。到了分家时，子女们争家产，把她仅有的一点积蓄抢掠而去，而且相互埋怨，几乎到断绝母子情意的地步。她以泪洗面，每每回娘家都要述说一番。也是命运的不公，让她幼年丧母，中年丧偶，晚年子女不孝。十几年前，她在长年卧床后走了。二姑婆也没有走出命运摆布的泥潭。她的婚姻也不尽如人意。她的第一任丈夫在她只有三十多岁的时候就去世了，当时生有一子，正值饥荒年代，如果不再嫁，孩子和她怎么生活呢？她只好再嫁给了村里的另一个男人，再给这男的生了一男一女，这家算是维持下来了。不幸的是，她的第二任丈夫在她五十多岁的时候也去世了。从五十多岁到八十六岁，她再次过着这寂寞艰辛的生活。她的第二任丈夫信仰天主教，而她自己则信奉佛教，到了晚年，她只好回到大儿子的身边。她的二儿子因为信仰不同，对母亲也是置之不理，到死了都没来看母亲一眼。我伯父、父亲作为娘家的代表发话了，他才勉强来看下母亲的遗容，真是悲哀、不幸呀！

从爷爷到叔公，到姑婆，他们都是普通的老百姓，没有什么远大的抱负，也从不好吃懒做，他们勤俭持家，他们勤劳耕耘，他们老实

283

本分，脚踏实地做人，他们只想过着中国几亿农民都过着的普通生活。但他们却要经历那么多磨难，那么多不幸。好在他们还能坚强地面对，勇敢忍耐地活着，他们相信日子总会好起来的。他们这一辈是不幸的，是命运在捉弄他们，还是时代的悲歌呢？我不想去深究其中，只希望他们都安息，希望今后我们的普通百姓们不再有这般苦难、不幸的生活。

怀念堂哥伏智

我的堂哥伏智离开我们已经二十多年了，每每我们几个兄弟聚在一起，总会自觉或不自觉地谈起堂哥伏智来。我们总在悬想着：如果堂哥还活着的话，那他应该早就成家立业了，他应该是很有作为的。可惜他离我们去了，永远地去了。悬想堂哥后，我们几个兄弟就叹息说：如果堂哥还活着，那该多好啊！那是 1990 年的 6 月 26 日，炎热夏季里一天，堂哥来到位于学校附近的福安富春溪游泳，溪水看似平静，可恶魔就躲在下面，堂哥落到旋涡中，几经挣扎后，就被活生生地吞噬了。当我获悉这个噩耗时，已经是 6 月 27 日的清早了。那时我在福安六中念书，刚吃完饭，从甘棠镇政府的食堂走出来，坐在政府大门前的石柱上，吃配饭剩下的半节油条。就在这时，一位我村里的人挑着满箩筐的香火迎面走了过来。他告诉我说，我伯父的大儿子昨天去游泳，淹死了。我一听到这话，剩下的半节油条落地，眼泪"唰唰"直落。我直奔汽车站，一辆三轮摩托车正载着我父亲和几个邻居到达车站。我看见父亲，就迎头上前，抱着父亲大哭起来，父亲抱着我也哭了起来。许多年过去了，我每每想起这个情形，想起父亲的眼泪，想起父亲那撕裂人心的哭声，真切地觉得父亲完全可称得上是最好的叔叔了，可惜伏智哥再也不能细细体会了。

堂哥的死，打破了我家和伯父家原本的和睦与互助。原先，伯父家房间比较紧张，伏智哥放假回家，就住到我家来。伏智哥是个有文化的人，对我父亲母亲很尊重，我父亲母亲待他也如同自己的孩子，特别好。可后来他死了，维系我们两家之间的感情似乎丢了。

伏智哥的死不仅丢失了我们两家的感情，而且结束了我那美好的童年生活。

在宁静的夜晚，我常常想起伏智哥，想起留在我心中一直无法抹去的种种童趣，我的心情不免有些悲凉起来。

我以前也很喜欢游泳，伏智哥放假回家时，就带我到我们村背后的水渠里游泳。水渠里的水，是从水库里流出来的，冰凉得很，夏天到那里去洗个澡，浑身都觉得舒服。有时，几个人，光着屁股，在水渠上追逐，在水里游嬉，着实快乐极了。可自从伏智哥因为游泳而淹死后，我再也没有去游过泳了。直到上大学后，体育课安排游泳，我才重新游起泳来。我不知道，在过去的那段相当长的时间里，没有去游泳，是因为畏惧死亡，还是为了悼念死者呢？还是对游泳有了一种不解的仇恨呢？或者三者兼有吧！伏智哥走了，他带走了我多少美好的回忆，徒增了多少悲凉的记忆。一个生命的结束竟是如此的简单，竟是如此的匆忙。二十几年过去了，我常常在不经意间想起他来。我仿佛觉得他并没有走远，而是伴随在我的身旁。

我学自行车是他教会的。那时我还小，大约是在念小学四年级吧。在20世纪80年代的乡下，有一辆自行车的家庭并不多，而我家那时已经拥有了一辆自行车。一天，伏智哥要到他外婆家去，就到我家来拿自行车。我就紧跟其后，就在我们村与他外婆村往返的路上，在他的帮助下，我学会了骑自行车。此后，自行车一直伴随着我的学习、生活、工作。在工作中、在外出办事中，不管刮风下雨，只要在福州城区，我大多时候使用自行车，我仿佛觉得伏智哥就伴随在我的左右。

伏智哥温和的性格，善于讲道理的性格似乎也传给了我。每次回老家，我总会到伯父家坐坐，与他说说话，耐心地听一听他的唠叨，就像过去伏智哥在我们两家担当起的角色那样。两家人和睦相处，这是我的希望，也是伏智哥的希望呀！有几回伯父就说，我太像伏智哥了，再大的矛盾，也会被我的嘴皮给扫干净的。"大事化小，小事化无。"这是我们善良的祖辈们在处理矛盾时遵循的思想，也是我们这个时代的人应该遵循的思想啊！每每想到自己在两家之间担当的角色，对照起过去的伏智哥，觉得自己好像就是当年的伏智哥呀！

我亲爱的伏智哥走了，我永远失去了一位兄长。现在的年轻人，大多是独生子女，也许不明白，也无法体会到兄弟间的那种深深的情意，那种永远无法用其他的情感代替的情意。它给我们的是一种默契，一种交融，一种与生俱来的血缘的伟大力量。

指甲的生长就像爱情的生长一样，刻意避开，但终究还是在生长着。

生长与死亡的指甲

1999 年 4 月 6 日，清明节后的第二天，我与美华两人第一次同游鼓山。那满山的映山红争奇斗艳，真是一派春的景象。我们步行上了鼓山，然后沿着去往鼓岭的方向一路前行。路上一片寂静，我们边走边聊。也不知道是走到了哪里，我们便停了下来，四周没有一丝动静，我们就站在一片树林下，拥抱亲吻了起来。就那样缠绵着，周围的世界仿佛都消失了。我们没有多余的动作，却让爱情来得那样温情脉脉。拥抱亲吻后，美华又恢复了她一贯的忧郁，她似乎还没准备好如何面对我们的爱情，她一声不语地走了，我还没缓过神来，她已经健步朝着鼓山方向走了。我见她如此，束手无策，差点滚下了山。但忧郁已经涌上她的心头，她还是继续自顾自地走了。我站在原地，呆呆地，不知如何是好，就拼命地抠着指甲，指甲抠出了血，但却全然忘记了疼痛，仿佛要让指甲破碎了才罢休。

那天，我们欢声而上鼓山，没想到，她最后还是忧郁地逃跑了，对于爱情，美华似乎一直不够自信，她总是不知如何热情地去拥抱它，也许是她太在意了，她从不轻易表达自己的爱意。但爱的情愫已经在我们的血液中流淌了，已经在我们的心灵中交融了，还有什么我们不能一起面对的呢?

当天夜里,我几乎彻夜难眠,我在不断叩响爱情的大门,希望能寻得一些回声,于是就有了这篇《生产与死亡的指甲》。指甲的生长虽然很脏,但却保护着我们的手指。爱情的到来同样需要我们的呵护。爱情和指甲一样伴随着我们的身体,伴随着我们的生活。这篇文章不是对死亡的思考,也不是对指甲的纯粹描述,而是我和我的太太爱情的一段见证。后来,我将此文发表在年级文学刊物《双桅船》1999 年毕业纪念专刊上。

死亡与生长的指甲

在许久之前的一个温和中午,我坐在走廊上剪指甲,从大拇指,到食指、中指、无名指,再到小指,不厌其烦地修剪着,一遍又一遍,好像存心要把指甲剪尽,让它从此永远不再生长。

其实它还是顽强地一天一天地,不知不觉地生长起来。有那么一天晚上,我无端端地向朋友伸出了双手,指甲又长得老长老长。朋友伸出指甲修剪得相当整齐的双手,在我眼前晃动,希望我能赞赏他几句。我知道他的确很不喜欢我那修长的指甲。

那天晚上,我没有马上把我那指甲剪掉,就姑息了一整夜,想来留住指甲还有便于挖鼻孔,也就作罢了。第二天,我在报社里上班时,突然又莫名其妙地想起指甲的事。先从留指甲的种种坏处想,诸如留指甲很不卫生、很肮脏;留指甲让人感到衰老,感到死亡;留指甲让人想到魔鬼,感到恐怖。最后我便用力将指甲撕裂,一块一块的,直到鲜血无辜地,无缘无故地流了出来,隐隐作痛。而我却突然得意起来,又一次天真地想,以后或许就不会再长指甲了。也就不会有肮脏,不会有衰老,不会有恐怖,不会有龌龊了。

我的确太天真了，一个平静的下午，我突然想上山，从山上往下跳，然后跌入充满荆棘的丛中，将手指插入岩石中，让手指，让罪恶的手指彻底伤裂，直至畸形，再也无法生长出指甲。我果然做梦般地往下跳，而手指却插入泥土中，抓出一把落叶和泥土，脸被割破了一块，头上也多了一个疙瘩，而手指却好端端的，指甲也就一如既往、顽固地生长着。我无可奈何，只好一天天地修剪，生怕指甲长出来，或许这最终也是无济于事的。

　　我在想，也许有一天，我那肮脏、令人讨厌的指甲不再生成了，我的双手也就死亡了，或许那时我的双手由于意外事故而离开了我的躯体，或者是我的躯体，包括双手都已经完全死亡了。而那时再想伸出双手向朋友炫耀或祝愿却已经不再可能了。

　　的确不大可能了，因为我的躯体和双手终究要死亡、腐烂的。

1999 年 4 月 6 日深夜

对于母亲，我很少去孝顺，这是我最为不应该的。但现在还来得及，我要去弥补这一切。

母亲的耳朵背了

那是 1999 年 4 月的一天，我与往常一样，给家里打电话。家里装上电话没多久。春节前，为了找工作，家里没电话，与父母沟通十分不便。没多久，爸爸花了三千多元，咬咬牙，给家里装了部电话。当初的钱很耐用，三千多元，几乎是半年的积蓄了，但父母为了我们，还是狠了狠心。当初，弟弟也在福州工作，我也即将留在福州工作，家里装部电话，是很有必要的。只是想起当初昂贵的电信费用，真是感慨今天科技的进步。

4 月里，我连续几天给家里打了好几个电话，父亲外出干活去了，不在家里。听到母亲的声音，很是高兴，正想低声细语与她说话时，母亲却一个劲儿地在电话那一头说我声音太小，她听不清楚。我放开声音大声与她说话，母亲还是说她听不清楚，不明白我在说什么。接着她就在电话那头嘀咕，说："也许是这电话出了问题，以前都会听得很清楚。"我在电话这一头有些着急了，本来有些事要和父亲商量一下，没想到母亲就是听不清楚，弄得我在电话的这头使劲地叫喊，最后我只好气愤地将电话挂了。几次打电话没把事情说清楚，打电话倒是花了不少钱。

一天晚上，我又往家里打电话了，我想晚上父亲应该是在家的。然而接电话的还是母亲，我就朝母亲大声直直地说："叫爸爸接电话。"母亲知道是我打来的电话，就在电话那头问我最近怎么样，天气热了，要注意不要中暑了。我没有和母亲搭理什么话，又朝她喊叫："叫爸爸接电话，我有事情要和爸爸讲。跟你讲，你也听不见。"过了一会儿，父亲来接电话了，我和父亲谈了好几分钟。父亲突然说："你妈妈最近生了一场大病，人瘦了许多，耳朵好像有点聋了。不过你不要担心，应该没什么事。"

　　"哦！"父亲的话好像是一道闪电，一下子把我给击中了。从公用电话处回来，我一个人坐在宿舍里发呆。思考着自己什么时候变成这个样子的呢？几次打电话，母亲都听不清楚，母亲的耳朵变背了，但我居然没有意识到，我居然没有关心地问一句，没有问母亲怎么耳朵会变背的。没有问候母亲，没有关心母亲，对母亲听不清楚我的话不是理解，而是生气、埋怨，甚至很不礼貌地不搭理母亲。父亲叫我不要为母亲生病的事担心，而我根本就没有为母亲担心，甚至根本没有注意到母亲是否耳聋，是否生病，我真为我自己感到惭愧。

　　母亲一直很疼我，一直在担心我。以前我念中学的时候，母亲有机会跑到县城来看我。上了大学后，没有出过远门的母亲又赶到省城来看我，每一次来的时候，因为她晕车厉害都吐得脸色苍白。但她就这样一次又一次地要看看自己的孩子，不管自己要承受多少的艰辛和痛苦。然而我一次一次地忽略了母亲赶到学校时脸色的苍白，忽略了母亲看到我时灿烂的笑容下所蕴藏的情感。也许上了大学，我就开始把母亲给渐渐淡忘了。

　　我怎么会变成这样子呢？我实在写不下去了，跑到公用电话亭去，重新给家里挂个电话。我一句一句地跟母亲讲，母亲隐隐约约可以听到我说话的意思，我叫她去医院检查一下，叫她要注意休息，而

291

母亲在电话里说："人老了，耳朵不灵了。我身体没什么要紧，现在也很好，你不要担心。"她还一直嘱咐我要注意身体。我面对母亲的真切、深沉、无私，不知说什么好。母亲渐渐老了，耳朵也开始有些背了，甚至聋了，而我渐渐长大了，我仿佛看到母亲的身子和背影弯成一座小桥，驮我从此岸走向彼岸，从幼稚走向成熟……我在想现在应该是自己好好珍视这份伟大母爱的时候了。

后来母亲的耳朵渐渐好了，不背了。但当初我那般忽略她，确实是很不应该的。母亲给我生命，给了我成长的一切，在我成长的岁月里，我写过父亲的伟大、温暖、温情，但却很少写到母亲，对于母亲，我真的深感愧疚，深感不孝顺，但也许现在还来得及，就让我去弥补这一切吧。

大学澡堂的时光是那样的欢乐，那样的尴尬。这段时光远去，现在再也无须在澡堂洗澡了，但其中的滋味也许永远无法忘怀。

洗澡的快乐与尴尬

1999 年 4 月，新的一期《闽江》出版。这一期的《闽江》我已不再是主编了。

时间总是这般消逝，流水的主编，铁打的《闽江》，主编在不断更替着，但刊物《闽江》却源远流长。许多事物就是如此，就这样一茬一茬地延续着。按照系里的规定，大四了，我便退出了系学生会的工作，不再是学术部部长了，也自然不再是《闽江》主编了。我的继任者是 1996 级的诗人张嘉泉。他不修边幅的模样恰是一首青春之歌，在长安山热情歌唱。由充满激情的诗人继任，多多少少给刊物带来了新的活力，我为此感到欣慰。这一期的《闽江》我不再是组织者，但依然可以是作者。这一期的《闽江》有我两篇习作，一篇是《鸦片·叔祖父·酒》，一篇是《洗澡的快乐与尴尬》，写得不算生动，但多少都是当时心境的记录，多少值得回味。今天重新摘录《洗澡的快乐与尴尬》一文，也算是对大学期间大家一起赤裸洗澡的回忆。

洗澡的快乐与尴尬

在宿舍楼的澡房里哼着小调，自来水欢乐地在眼前跳动，欣赏着自己的裸体，看着自己渐渐突起、结实起来的肌肉，一块一块的，可爱极了。我可以做出赛跑的动作，或做出健美的种种姿势，自由自在的。水滴在身上滑动，像胡子鱼在泥土中舞蹈，充溢着阵阵的快感。

洗澡的确是人生的一大快事，天气热了，一天就洗上两三次，这对成长在农村中的我，似乎是一种奢侈的享受。农村中的自来水没有计量器，不需要付什么水费。但母亲知道我洗澡时就叫，说身上又不脏，何必洗得那么干净，又何必天天洗澡呢？其实母亲是不理解我的癖好，她就怕我冷水冲洗，容易感冒生病。

我爱洗澡，也常常去澡堂洗澡，只有在澡堂里才觉得自己是个真实的人，自由的人。在澡堂里彼此都是平等的，大家脱了个精光，不管你是干部，还是工人，也不管你是教师，还是学生，大家都天生平等地站在一起，没有等级之分，没有职务、身份之分，手上没有武器，没有杀戮。后来，我才渐渐明白，为什么许多人家里有很好的洗澡设备却不在家里洗澡，高兴跑到大众澡堂来洗，也许正是这种平等之感的缘故吧。

在澡堂里，大家平等地站在一起，带着原始的人性，真实自然地袒露于表，少了一种装饰、掩盖。平时走在街上不管是西装革履，讲究档次和名牌的白领阶层，还是浑身沾满泥土的打工仔，甚至身裹破烂、衣衫褴褛的乞丐。衣服和打扮成了身份的标志，只有在洗澡的时候，这种标志被抛开了，大家是平等的器官、平等的身体。

本来我在想，人们之间少了这种伪装，脱去了外表的装饰，排除表层的干扰，这样天然地平等起来。平等了就可以对话，大家就可以互相理解，互相交流，也可以一起放纵歌唱，然而让我感到最遗憾的是，洗澡排队等待的人多了，一个一个地站在你的面前，眼睁睁地看你身体的每一部位，特别是那些敏感的部位。他的眼光宛如直射入我的心房，有些尴尬，有些不自在起来。他们或催你要快些，或做出种种等得不耐烦的动作，或没有表情的脸孔一直从头上垂挂到脖子，盯着让你毛骨悚然，本来我很陶醉于自己的裸体，很陶醉于自己在洗澡的遐想。

我的心情被搞得没有一丁点的愉快可言。我本来在想大家少了一层隔膜，应该是多了一份理解与交流，但想想即使是将表层的隔膜剔除了，还原了平等，还原了最真实的人性、最原始的人性。而人与人之间内心深处的隔膜还是存在的，看来人与人之间要真正、完全的理解是不大可能的。我同样也是一个大家不可理喻的人。

　　　　我们需要批判的精神，同时也需要理性地面对
现实，并且努力去改变、改良它。

两个时代的通病

　　1999 年 4 月，北京大学青年学者余杰先生来学校讲座，当初余先生在青年人中威信盛高，用现在的话说，就是有不少"粉丝"。对于余先生的到来，我也是兴奋了很久。当初临近毕业，可以说，基本上是在混日子。

　　余杰是我的同龄人，却走得比我广远，十三岁便开始尝试写作，中学时代发表文学作品十余万字并多次获奖。1992 年考入北京大学中文系，大学期间创作近两百万字的文化评论和思想随笔。1998 年，部分作品结集为《火与冰》出版，以对北大现状和中国社会、文化、教育等领域的尖锐批判，在读者和学界引起巨大反响，短短两年间印行上百万册，被视为 20 世纪 90 年代以来知识分子批评立场回归的标志之一。当初，对于《火与冰》，我也是着实入迷。那是在相对封闭的情境下，余杰给我们这些在校的大学生们打开了瞭望世界的窗口，打开了批判的激情和勇气。

　　那天，位于图书馆边上的专家论坛大厅挤满了听众，我也是听众之一。应该说，当时余杰的讲演很精彩，也因此泛起无数的涟漪。余杰有思想，有批判精神，这是十分难得的。但如果只停留在批判上，

显然是不够的。鲁迅先生对于民族劣根性的批判已经入木三分了，后来者几乎没有超越其视野的。这是鲁迅先生给整个现代中国的贡献。批判的目的，不是为了宣泄，而是为了改进。在中国这么个大国，只有批判，显然是不能解决问题的。这点历史已经一再证明了。当然，我们需要向鲁迅先生致敬，需要向余杰这样心怀激情者致敬，敬重他们的勇气和责任担当，但同时我们也需要向改良者致敬，尊重他们改造社会的努力。这二者不能偏颇，甚至我更倾向于后者。在听完余杰的讲演后，我写了篇文章，后来发表在师大《读书与评价》创刊三十期纪念号上。这篇文章难免草率，尤其是对余杰的批判，想来是自己幼稚了。但今天重新摘录于此，也算是一种见证，见证当初自己的热血、偏颇和不成熟。

两个时代的通病

做学问向来严谨的胡适先生在其《红楼梦考证》一文中对"旧红学"的种种旧说提出了尖锐的评判。文章一开头就说，"《红楼梦》的考证是不容易做的。一来因为材料太少，二来因为向来研究这部书的人都走错了道路"。一个"向来"，一个"都"充溢着胡适先生所服膺的"重新估定一切价值"的信念和破字当头的宏伟气魄。但同时也难免染上了那个时代否定一切的通病。

20世纪初以蔡元培、陈独秀、胡适、鲁迅等人为首而掀起的"新文化运动"把批判的视角和矛头指向传统文化。他们为了能使"新思想""新观念""新潮流"成为时代的时尚，在批判旧文化时就摆出一副盛气凌人的样子。他们对所要批判的东西不是一分为二，而是希望"批判越彻底，越能引起疗救的注意"。否定一切似乎成了那个时代知识分子的义务。"新文化运动"已经不是单纯意义上的文化运动，同时还是时代思想革新的运动。正是基于此，"新文化运动"的主将们时不时地表现出否定一切的态势，其目的自然是"用心良苦"的，然而却也使"否定一切"成为那个时代的通病。

"否定一切"是为了使国人的思想受到震撼，并能引起"疗救"。这是"新文化运动"时期"否定一切"的目的。我们可以从鲁迅、胡适等人"否定一切"的文章中看出，他们为能引起"疗救"所进行的不懈努力和痛苦挣扎。然而近一个世纪过去了，"否定一切"不但没有结束，反而成为一种时尚。不过现在的"否定一切"并不是为了人们的思想解放，也不是为引起"疗救"，而是为了使个人能出名。王朔和余杰就是其中典型的个案。

去年王朔向金庸先生开战，把金庸先生的作品骂得一塌糊涂，称金庸是四大俗家。金庸的作品是不是一无是处这本来可以提出来，可以探讨。何满子先生就对金庸的作品基本上持否定的态度，认为金庸的作品有较强的模式化倾向，认为金庸的作品对于读者的阅读是不利的。何满子的观点是不是就正确呢？这也是可以商榷的，何满子对金庸作品的批评允许有他个人的声音。但王朔对金庸的作品不是采取文艺批评的态度，而是想通过否定金庸的一切来张扬自己。否定别人的一切成了王朔获取名利的最好方式，这不能不说是过去的"否定一切"发展到今天的悲哀。

再说说余杰吧，余杰对他人否定的姿态不仅仅是采取文学批评的方式，甚至还带有人身攻击的架势。余杰对杨朔散文的批判不仅是全盘否定的，而且称杨朔是"公害"，是"毒草"。随后，余杰对余秋雨批判的态度更有人身攻击之意，称余秋雨是"文革余孽"。余杰之所以否定杨朔、余秋雨，并不是为了引起人们能对杨朔和余秋雨的散文和历史以及作家本人的人品进一步地去了解和探究，而是使自己能凌驾于他人之上。似乎只有对他人指指点点，否定他人的一切才能证实自己是有本领似的。这也不能不说是"否定一切"这个时代通病的悲哀。

"否定一切"一直是时代的通病，不管是八十多年前的那个时代，还是如今这个时代。然而两个时代的通病却显得很不一样。过去"否定一切"是引起他人和国家的"疗救"，而今天的通病却成为某些人捞取名利的资本，这不能不让人感到遗憾。

时间固然要珍惜，但偶尔的放松、虚度，也许也会别有一番体味。

"一缺三" 的日子

1999 年 5 月，离我们大学毕业越来越近了，时光仿佛停留在了这个多彩的季节。

那个时候，我们完全轻松了下来，整天都不知道做什么好。毕业论文答辩已经过了，教育双向交流大会也已经开过了，进入双向交流的同学已经确定了自己的去处，剩下统一分配的同学，就坐等毕业证和报到证，领了回生源所在地教育局报到。一切的一切，就这样来了，悄无声息地来了，我们相聚的时光终究要接近尾声了。

我与大家一样，顿然轻松了下来。但大家心里都有数，因为，这样轻松相聚的时光不多了，再过个把月，我们将各奔前程。时间多出来了，我们就懒洋洋地聚在一起打牌。当时，学校里流行打 80 分，也不知道是谁，突然打起了 "跑得快"。"跑得快" 越打还越上瘾了。天气热，一轮下来，输的人，就请大家吃冰激凌。有了吃的赌注，打起来也愈发来劲。

时光就在这般欢乐中度过，有时候，你也许会觉得可惜，但时光有时候原本就是拿来浪费的，在那样的欢乐中，时光只是消遣的工具。我以为那是一段难得的享受，想来，后面我们各奔东西了，能如此轻松愉快的时光并不多，而其中这一两个月无疑是回味的美妙瞬间。

因为我们这样无所事事地度日，辅导员郑文灿老师看在眼里，他想提醒我们做点有意义的事情。一天晚点名，他在会上说：现在大家是够轻松了，时间多了大家不知道如何安排，男生们一天到晚就打牌。以前"三缺一"，叫上一个凑一桌打牌。现在是"一缺三"也打牌，只要有一个人想打牌，就能拉上三个一桌打。"三缺一"，如今变成了"一缺三"。郑文灿老师的话逗得大家哄堂大笑。确实，当时就是这般虚度时光。但就那么一两个月，我们的心思似乎厌恶了书本，要叫我们再捧着书本认真研读，已经没了这耐心。我们就这般虚度着，这般享受着这最后的相聚时光。

在这期间，我也乐于打牌，"跑得快"也打得不错，自然冰激凌也吃了不少。但当时我还有一项额外的任务——采写两篇长篇人物通讯。当时系里接到任务，组织基地班的同学，分头采写福建省王丹萍科技奖获得者的人物通讯，然后由福建科技出版社结集出版。我虽然离开基地班了，但这种事，老师一般还会给我安排锻炼的。我负责采写第九届一等奖获得者、福建省地质矿产开发局教授级高级工程师石礼炎先生，第十届二等奖获得者、中科院院士、清华大学教授、福州大学兼职教授张拔先生。石先生比较好办，我与他约定后，就去他的办公室拜访他，然后与他交流。当年已经六十六岁的石先生很是热情，我们就这样来往多次后，我很快就写出了篇长达一万多字的人物通讯《南征北战的找矿人——记福建地址矿产勘查开发局教授级高级工程师石礼炎》。但张拔先生的采访就不好进行了，张先生长期在北京，很少回福州，那怎么采访呢？我先是主动与张先生联系，请他先提供些资料，让我对他有个初步的认识，接着我列出了采访提纲，请他帮忙作答。当然，这还是很难采访到位的。就在5月底的一天，我突然接到通知说，张拔先生来福州了。当时，我真是乐坏了，可以当面采访院士，这是难得的学习机会，也是我写他的长篇通讯必要的基础。见到张先生后，我很是欢喜，因为我觉得自己长得有点像张先生，都显得瘦小。张先生的采访非常顺利，于是我又迅速写出了另一篇长篇人物通讯《计算机的主宰者——访中国科学院院士、清华大学教授、福州大学兼职教授张拔》。这两篇长篇通讯是在大家"一缺三"的时光中完成的，多少有点马虎，但总算没有完全因为"一缺三"而一事无成。

时光就这样匆匆而过，"一缺三"虽然虚度了光阴，但给了我们欢乐，那是一段特殊的时光，定格在特定的时间点，过了这，就再也回不去了，如今大家都不可能再在一起漫无天日地打牌消遣了。许多事情就是这样，多少勤奋好学的日子我们都将之忘却，但就是那一小段虚度的光阴却牢牢记在心间。时间固然要珍惜，但偶尔的放松、虚度，也许也会别有一番体味。

"一缺三"的日子过去了，我们的大学时光也即将结束了。

多少青春事，都化梦中事，当相聚的时光结束了，留下都是温暖的回忆。

再见！长安山

1999年6月28日，我们陆续离校。这一去，不知将来何时能再聚。长安山留下我们的青春，四年的时光虽然短暂，但却留给我们无穷的记忆。

同学们，有的很是惆怅，有的心怀梦想。在毕业前夕，我们也疯狂了一把，把书本撕了，扔得满地都是。没有经历当时的情形，是很难理解的。多少文静事，都有疯狂时。离别的言语显得苍白无力，大家都知道，四年的时光就这样结束了，留给大家的有迷茫和彷徨，也有梦想和希望。

见到大家相拥后，一个个背起行囊，远去了。我站在17号楼前，与大家一一告别。虽然有说有笑，但大家都知道，这一离别，或许从此天各一方了。四年的同学情义在那一刹那都化作了默默相送的眼神。

走了，就这样，一个个在我眼中消失。长安山顿然寂静了下来，在这燥热的天气里，我徘徊于长安山大道，是该好好理理这惆怅的离情别绪了。我漫步其中，为自己能有一份满意的工作而暗暗窃喜，大家就此离开了，自己却依然留在福州。我是幸运的，我感谢大学四年美妙的时光，给了自己一个好的前程。

我漫步其中，这时，突然见到许元洪同学背着一个红色的大编织袋出现在我面前。大家都走了，他留到了最后。长长的长安山大道只剩下我们两个人的身影。见到许元洪，我很是高兴，大学四年的时光，我与他虽然交往不多，但一直钦佩于他的学问。

许元洪是好学的模范，他每天六时起床，不管是多么寒冷的冬天。他起床后，拿着古汉语书，踱到学校背后的山上，在那里苦读一番。苦读也许是对我们而言的，而对于许元洪来说，读古汉语却是他难得的享受。他在古文中遨游，自由自在，像是过着仙人的生活。遇上雨天，许元洪就在走廊上，捧着古汉语踱来踱去，不管谁从他身边走过，他都似乎无需多看一眼。

许元洪心志高远，大家都在荒度时光的时候，他却走进了古汉语的世界。许元洪从来不多话，总是默默不语的。他沉浸于学问的状态，可以说当时是无人能及的。事实上，后来他从事教学工作后，发挥了所长，为当地各类牌匾、碑铭等写了不少优美的辞赋。

许元洪因为沉浸于学问，对人情交往不算老练，交往密切的友人不多。他的生活多独来独往，晚自修，他从不去什么图书馆、综合楼、教学楼等人多的地方凑热闹，他就独自一个待在宿舍里。有一段时间，系里使出怪招，七点至十点半其间，宿舍楼实行关灯制，强迫大家到教室里学习、晚自修。这是大学里最让人恶心的制度，许多人对此表示愤慨。宿舍楼的关灯制度，害惨了许元洪。每到七时，许元洪把书一折，插在裤兜里，走出了宿舍，但他的去向我们通常是不知道的。到了十时半他定准时回到宿舍，然后洗刷，上床睡觉，生活得井然有序。

有一回，我问许元洪，每天晚上都去哪里快活了。他微笑着，挥挥手说："道不同，不相与为谋。"一句话，把我挡得无话可说。

许元洪淡泊名利，他从不参加学生会、班委会的任何追逐与竞选。他大概看不惯常年想着如何追逐学生干部的位子、如何玩权术的同学。许元洪活得十分自在，他从不找老师，也从不渴望从中得到什么，一切的一切，他都那样顺其自然。也许他以为与我们这些浮躁分子真是"道不同"。

四年的大学生活即将要结束了，大家都在忙于各种各样方式的纪念。

文学社《双桅船》出了一期的纪念专刊，不知是谁出的主意，邀请许元洪写文章，许元洪很爽快就答应了。两天后，一篇《往事随风》的古文摆在了文学社编辑的面前。我接过文章一看，一段温和稠密的文字映入眼帘：

更能消几番春去秋来，不觉黯然回首，看世事沧桑，人情变换，算而今，临窗远眺，四遭青山翠卧、碧溪长流，念路边小草，稚嫩瘦弱，犹堪凌风起舞，惟伤落叶纷飞，昭华流逝，而徒有临渊羡鱼之幽思。

遥思初逢长安，日光下澈，撒落一地黄金碎片。树影朦胧，隐约间透析出几缕欢心笑语，眉额微隐残存一点淡淡幽怨，看同门如仙鹤临风，群情皆奋，始知己之为人戚戚焉、惨惨如，茕茕独立，形影相吊，偶面有难色，过闾阖之门，老翁语余曰："入大学，其有易乎?"方知吾之为人情所患，遂隐忍割舍，退避界外，而苟延残喘游离于小我之境，而脱脱乎大渊之菏泽，恍然不觉，神情憔悴，独旅羁行于长安大道之外，默念予所心仪之四书五经，欲求古仁人之用心，或欲为吾寻觅一治身旷世之良方，此念遂起，终引余于治学修善之正径而人。

四载炼狱，风波遥起，每念此中之酸咸苦涩，无不微起迷，于我心有凄凄焉，体情下恤、亦不免生发时过境迁风光不再之淡淡哀愁。

……

　　好一个许元洪，如此美文，能有几人可以匹敌呢？我对他能不心怀敬意吗？当长安大道上只剩下我们俩的背影时，一切都显得那么温情。我执意接过他手中的编织袋，说："我送送你，元洪。"他便笑容灿烂起来，如此寂静的热夏，似乎一下子响起了热烈的蝉鸣声。

　　我与许元洪一人一边提着编织袋，他一个劲儿地笑着，一直说谢谢。他原本安安静静地走了，不想打扰任何人，没想到还是被我碰到了。他如此谦卑，如此清净，反倒是因为我打扰了他的平静。但他显然也是乐意我一路欢声道别。我们漫步在悠长的长安山大道上，话语不多，无非是些道别的话语。我们出了校门，在学校边上大巴停靠点停下了脚步。"就此道别吧！"他微笑着说，接着就从我手中接过了另一边袋子，上了车。我站在原地不动，直到那车渐渐远去才若有所失地重回校园。

　　再见了，长安山。多少青春故事，在这里留下印迹，多少温情瞬间在这里定格，但一切的一切终究结束了。送完许元洪，我顿然有些失落起来，都走了，就这样，四年时光匆匆结束，多少情意都还没来得及表达，多少话语都还没来得及诉说，就这样结束了。也许一切的言语，一切的形式都是多余的，长安山给了我们四年美妙的回忆，就让这永驻心间吧，就让同学们的情愫永驻心田吧！

　　当我与许元洪再度相聚已是多年后的事情，我们漫步福州西湖，重新谈起当初长安山相送的情形，似乎还历历在目。时间飞逝，但不变的是曾经的同窗情谊，不变的是我们对长安山的思念。

那个阳光明媚的七月，我向新的旅途进发。

向新的旅途进发

1999 年 7 月 6 日，那是一个阳光明媚的日子。

早上，我早早就到校部了，今天是要拿毕业报到证。这是新的生活开始的通行证。清晨的校部宁静、明亮，阳光洒满了整个校部。古朴的校部大楼显得格外亲切。这久违的校部大楼，在历史的长河中，见证了师大的成长。1908 年，私立华南女子文理学院在福州创办，随后的 1911 年 12 月，定址仓前山，即有了今日之校部。

时间穿越了沧桑，校部作为学校机关的办公场所，影响甚至决定着师大的方向，多少规划在这里制定，多少梦想在这里追逐，多少战略在这里谱写，多少目标在这里实现。当年我们进师大时，对校部机关就怀有神秘感。不仅因为这里是校领导办公的场所，更是因为这里积淀着岁月、承载着沧桑、涌动着梦想、展示着希望。四年来，我多次进校部机关，每每走进那楼板房，吭吭作响，俨然充满了斗志。四年后的那个明媚的早晨，我又一次来到校部。这次，心情特别激动，因为我即将与之告别，并从这里出发，向新的旅途进发。

对于这次报到证的领取，之前出现了点波折。大一的那次英语补考，我受到了处分，当年的英语成绩属于挂科，毕业报到证能不能如愿领到，我也是忐忑不安。但在这迷茫的人生路口，当时校学生工作部部长郭绍生老师给我莫大的安慰和帮助。之前我与他并不认识，但他知道我的情况后，告诉我说，学校对于曾经犯错误的学生都有一个重新的认定，虽然当初我有个处分，但随后的三四年我表现比较突出，他建议学校撤销当初对我的处分。这样，当初的处分也就不会随着我的档案走了。档案对于我们学生的成长是多么的重要，许多重要的关键点，都会使用到，但档案里面装着什么呢？我自己从来没见过。也许就是越神秘的东西，就越是珍贵。

郭绍生老师从事学生工作二三十年，他知道怎样爱护学生，也知道什么才算是真正的爱护学生。我与他不曾相识，但他却将爱和温暖洒向了我，将希望和勉励洒向了我。他于我是如此，对其他学生又何尝不是如此呢？因为他的心里装着爱，装着学生。也因为，我对他心怀敬意，心怀感念。他后来工作岗位不断调整，先后任师大党委副书记、省教育工委副书记、福建江夏学院党委书记等。我与他一直有着密切的联系，因为像他如此爱护学生的长辈定是我成长的引路人，定是我永生难忘的恩师。

在郭绍生老师的帮助下，我的毕业报到证顺利拿到了手。早晨十一点了，负责就业工作的张爱民老师，将毕业报到证交我手上的瞬间，我会心笑了。那是欢快的微笑，那是满足的微笑。我怀揣着它，开始向新的旅途进发。我不想让时间飞逝，不想因此而耽搁时间，我想马上去单位报到，拿了毕业报到证后，就乘坐公交到了出版社。到出版社后，大家已经下班了，但我还是那样激动，那样欢喜，就在出版社楼下一直等，想一上班就报到。

中午在出版社楼下徘徊着，甚至因此忘记了饥饿，内心总是按捺不住激动。新的旅途即将开启了，能不激动吗？大学四年的时光都化成了这张毕业报到证，都化成对新的旅途的梦想和追求。下午，上班时间一到，我就到出版社办公室报到了。7月6日，注定是我终生难忘的日子，那天，我开启了新的旅途，开启了美妙的时光和光辉的岁月。我为自己能成为一名出版人而自豪，十七年过去了，我将最美好的青春岁月扎根于文字，扎根于书籍，真是乐趣无穷，我庆幸于自己当初的选择。

新的旅途已经开启了，不管风雨，不管春秋，我将一路欢歌，一路奔跑，耕耘于文字，交心于真知，梦想于未来……

后　记

　　多少青春事，都化梦中寻。离开美丽的长安山已经将近十七年了。四年长安山岁月，留下无尽的思念，留下无尽的感恩。感谢这片土地的滋养，让这里的师长心怀学生、爱护学生、教育学生，不仅传授学生知识，更是示范学生为人处世。他们将爱洒满校园，他们将知识滋润校园，温情在这里弥漫，素养在这里升华。正是因为有了这一切，我才得以游刃于其中，才得以成长于其中。

　　我心怀感恩，是师长们的知识和素养滋养了我，是师长们的爱教育了我。四年，在人生的旅途中不算长，但却也足以惦念一生、怀念一生了。除了师长，我感谢与我一起成长的同学们，是他们的接纳，是他们的胸怀，是他们温情的相处，给了我一个宽松的学习生活环境。每每想起那四年的时光，与他们朝夕相处，是大家的爱，给了我力量和自信。同学情意最是难得，毕业后，我出差期间，尽可能与同学见面交流，因为我怀念与大家相处的时光，感恩与大家相处的日子。

　　我感谢长安山的一草一木，相思树下，我们吟诗作画，操场上我们奔跑跳跃。在那浓情的长安山，我收获了爱情，我感谢美华一路相伴，一路心心相印。是她的贤惠与勤勉，让我更加自信，也让我勇于追逐梦想。一切的一切，我都想化成文字，让四年的大学时光定格，但奈何文笔晦涩，永远无法穷尽。

文字在回忆面前显得生涩无力，许多美妙的瞬间往往无法用文字表达，许多美妙的故事往往难以叙说。那是2015年初的一个下午，我到福建师大文学院，见郑家建院长在办公室，便进去与他闲聊了起来，他告诉我说，文学院正在组织编写一套丛书"闽水泱泱"，叫我也添列一本。如此美事，我自然是应承的。毕业多年了，母校的老师，还能如此看重，真是感谢。

应承下来后，原本是可以将之前发表的散文结集成一本的，奈何一次办公室装修，居然把那些原先发表的文章的复印件都弄丢了，那些文字都是我青春故事的记录，而今却这样无奈毁灭了，想来都觉得可惜。那应承下来的散文集怎么完成呢？一日，与林滨交流。林滨说，可以写一本大学学习生活的散文呀，这样才有纪念意义。林滨一语道破其中的迷雾，我又开始兴奋起来，仿佛大学时光重新展现在了眼前，思绪宛如回到了长安山。

由于工作上杂事较多，加上自己的懒惰，写作断断续续。但每每写出一点文字，都是兴奋异常，因为，那都是自己真情的流露，都是自己对那段时光的感怀。我是农民的子弟，从农村走来，能有今天，都是师长教诲的结果，我成长的路上，得到过诸多长辈的关爱，他们都是我成长的引路人、指明灯，没有他们的爱与帮助，不会有如今的我，而这其中，尤其让我难以忘怀的便是大学期间得到的一切。

青春在长安山跳动，激情在长安山奔放，梦想在长安山追逐……一切的一切都远去了，留下的都是美好的回忆、温暖的回忆、感恩的回忆、爱的回忆……青春，因你而美。

汤伏祥

2015 年 12 月于福州

再　记

2016 年《因你而美》出版后，在老师、同学当中引起了些反响。青春岁月在长安山留下印迹，长安山是我们成长的驿站，不管我们走得多远，长安山始终在我们梦中萦绕。又八年时间过去了，承蒙海峡文艺出版社厚爱，拟将此书列入"'大榕树'原创文库"，并改书名《春雨的魅力》。为保持书的原貌，呈现八九年前写这本书时的心态，这次再版，我通读了原文，修改了个别差错，其他表述不作改动。

时光飞逝，渐渐步入半百之年，许多繁华看尽，唯有真情常在。愿长安山岁月不老，师生情谊不老，同学情谊不老，爱情不老。

汤伏祥

2024 年 8 月于福州白马河畔